het EIND

van het

LIED

HANS HOM

het EIND
van het
LIED

ROMAN

Uitgeverij Augustus
Amsterdam • Antwerpen

ISBN 978 90 254 4039 8
D/2013/0108/564
NUR 301

www.atlascontact.nl

Once in love, you're never out of danger

ROD STEWART, 'PASSION'

hurken gaan zitten en zo'n ribbel van dichtbij bekijken, dan zou je zien dat de plantendeeltjes stuk voor stuk een andere kleur hebben, van zwart via beige tot het teerste groen; vanaf stahoogte echter vloeien al deze tinten tot een levend diepbruin ineen, lichter en roder in het voorjaar, wanneer de duizenden en tienduizenden knopschubben afvallen en de bosgrond bedekken; donkerder, paarser, tot zwartpaars toe, in de winter. Nu, in de tweede helft van augustus, is het bruin veranderlijk, soms lijkt het nog op dat van het voorjaar, behalve dat het rood meer oranje is, maar andere keren ligt er al een paarsige wintergloed over, vooral bij nat en bewolkt weer zoals nu. Er zijn nog honderd andere tekenen die erop wijzen dat de zomer over zijn hoogtepunt heen is en dat de seizoenswisseling eraan komt. En in feite is die allang begonnen: al sinds een paar weken bijvoorbeeld groeit het gras om het huis duidelijk minder hard en hoeft de rolmaaier met steeds grotere tussenpozen uit de schuur gehaald te worden. Zoals het met het gras is, is het met alle groene vegetatie rondom, alsof de sapstromen binnen in de planten en bomen ergens in de voorbije weken, misschien al meteen met de zonnewende, hun stroomrichting hebben omgedraaid en niet meer omhoog naar de stengeltoppen en bladranden maar terug omlaag naar de wortels toe zijn gaan lopen. Nog altijd is het grote verwelken en verdorren niet begonnen, nog altijd is het groen op het eerste gezicht alomtegenwoordig, vol, weelderig – als je goed kijkt echter zie je dat er niet alleen bijna geen nieuw, jong blad meer aan de twijgen van de bomen en struiken zit, maar ook dat alle bladeren hun glans grotendeels verloren hebben, doffer en donkerder zijn geworden, terwijl er nauwelijks een blad te vinden is dat geen zwarte, bruine of gele vlekken, gaten en andere opgelopen levensschade vertoont. En beneden op de grond is het al niet anders; hoewel het ook daar nog zomer lijkt, is verreweg het meeste van het bodembedekkende kruid uitgebloeid en aan het dunner worden, zodat op veel plaatsen de kale zandgrond er weer doorheen komt schemeren. – Mocht je echter al deze aanwijzingen voor de ophanden zijnde veranderingen om de een of andere reden toch nog gemist hebben, bijvoorbeeld omdat je andere dingen aan je hoofd had, zoals de terugkeer in je leven van iemand die je na heeft gestaan, dan is er altijd nog het niet over het hoofd te ziene feit dat sinds een paar ochtenden het gras onder de berk naast het schuurtje bezaaid ligt met gele bladeren. En niet alleen onder de berk ligt het vol, ook onder een heesterachtige boom bij de tuiningang, die volgens de boeken vogelkers heet (maar waaraan ook dit jaar weer geen bes te bekennen is), is het 's ochtends dramatisch geel.

En dan het licht! Dat het vogelkoor van de dageraad alweer een tijdlang zwijgt is niet de enige reden dat je 's morgens later wakker wordt: daar is vooral het zich elke dag verder terugtrekkende daglicht debet aan. Nu, half augustus voorbij, schijnt de zon ruwweg zo lang en staat hij ruwweg zo hoog als in de laatste decade van de maand april – maar wat een verschil! Waar de aprilzon jong is, op de weg omhoog, krachtig, en volgens Asja's Noord-Afrikaanse huishoudelijke hulp van destijds zelfs gevaarlijk, is de augustuszon op de weg omlaag en kan, hoewel nog weldadig, eigenlijk al geen kwaad meer. Toch kan hij nog wel degelijk steken, doorgaans is hij zelfs warmer dan de aprilzon; hij lijkt in staat, ook nog in de tweede helft van de maand, om het voluit zomer te laten worden, maar het gebeurt nooit, niet het afgelopen jaar, en ook de jaren daarvoor niet, al die tijd dat hij hier heeft gewoond. Een enkele mooie dag, of hooguit twee, tot meer brengt hij het niet. Maar de hoop dat hij nog één keer losbrandt, dat hij nog één keer een hele week, twee hele weken achtereen van 's morgens tot 's avonds uit een witblauwe hemel zindert en zijn gloed over de bossen uitstort, net zolang totdat het in de hoge kronen van de dennen overal tikt en knapt en hun stammen hars zweten, totdat al het vocht uit de bosgrond getrokken is en het zand van alle paden en paadjes, ook in het diepste en donkerste van het bos, zijn cohesie verliest en wit en mul wordt, totdat de moskussens van droogte verschrompelen en brokkelig van de bodem loslaten, totdat de dorre bladeren luid krakend verpulveren onder je voeten en de lucht van de vroege ochtend tot de late avond trilt van het krekelgesjirp – die hoop blijf je houden, zolang de maand duurt.

Het is tegenwoordig mogelijk om, even gemakkelijk als je de bus of de trein neemt naar de dichtstbijzijnde grote stad, het vliegtuig te pakken en naar een zuidelijke bestemming af te reizen om de zomer nog in volle glorie terug te vinden. Maar hoe weldadig ook, het is niet hetzelfde als hem op je eigen plek meemaken. Je zou het kunnen vergelijken met een nacht met een vreemde vrouw: opwindend misschien – hopelijk! – maar door de vreemdheid en de opwinding ontgaat je ook veel, te veel. Ja, in zekere zin is een plek als een vrouw: ze geeft zich pas geleidelijk. Maar zoals er vrouwen zijn die je altijd vreemd blijven (de meeste), zo zijn er ook plekken die je nooit vertrouwd worden (de meeste). Fataal is wanneer die twee samengaan en je op een plek woont waar je niet kunt aarden met een vrouw tot wie je niet kunt doordringen – was dat kort samengevat niet wat hem met Asja in de stad N. was overkomen?

Maar dat laatste was maar een klein deel van het verhaal, eigenlijk niet meer dan het – voorlopige? – einde. Het begin van hun geschiedenis ligt veel verder terug, ondertussen al bijna vier decennia. Ook daarbij was er sprake van het samenkomen van een onvertrouwde plek en een vreemde vrouw, maar in plaats van gesloten te blijven zoals in het laatstgenoemde geval, openden zowel plek als vrouw zich toen juist op wonderbaarlijke wijze voor hem – of was het de vertekenende blik van de jeugd die hem dat deed geloven?

Om terug te komen op de zomer: dat werd het niet meer, daar moest hij zich bij neerleggen. En al verlangde hij ook meer dan ooit naar de warmte, en al viel het afscheid van de zomer hem ditmaal zwaarder dan voorgaande jaren, hij zou geen vliegtuig nemen naar de zon maar hier blijven, de herfst en winter uitzitten en wachten op het volgende voorjaar. Zo geformuleerd klonk dat nogal dreigend, alsof het leven in de maanden die voor hem lagen tot stilstand zou komen of ondergronds ging of iets dergelijks, maar in werkelijkheid zou het met dat wachten en uitzitten wel meevallen, hij had inmiddels genoeg herfsten en winters hier in het bos doorgebracht om dat te weten. Er waren zelfs momenten dat hij zich al op de komende tijd verheugde, op de dag bijvoorbeeld dat de verwarming voor het eerst weer aan zou gaan, of op de dag dat ook het allerlaatste blad van de berk bij zijn huis gewaaid zou zijn, of anders wel op de dag dat hij de buitenkraan voor de winter zou afsluiten, omdat voor de nacht de eerste vorst was voorspeld. Zoals hij soms ook uit kon kijken naar de ochtend dat de mist tussen de nat glimmende stammen zou hangen en door het hele bos het getiktak klonk van de druipende bomen, of uit kon kijken naar de nacht dat hij wakker zou worden van het licht van de maan die door de kale takken naar binnen scheen – ja, hij kon zelfs uitkijken naar zo'n donkere, waterkoude regenochtend, zoals er ongetwijfeld diverse zouden komen, zo tot op het bot kil dat zelfs de hond er met geen stok toe te bewegen was om naar buiten te gaan.

Maar zo ver is het nog niet, voorlopig is het nog zomer, op z'n retour of niet. Was de dag donker en regenachtig begonnen, nu, begin van de middag, is het opgeklaard. De hond ligt in het gras, op zijn buik, niet alleen zijn voorpoten maar ook zijn achterpoten gestrekt, hij maakt zich zo lang mogelijk om zo veel mogelijk vel aan de zon bloot te stellen, en zijn baas naast hem, zittend op een boomstomp, doet op zijn manier hetzelfde. Hij heeft zijn jack uitgedaan en houdt zijn gezicht omhoog naar de fel stralende dagster, die onbelemmerd uit een diepblauw stuk hemel schijnt – niet voor lang denkelijk, want aan de rand, tussen de boomtoppen, komt alweer een volgend wolkenschip aanzeilen, met al zijn blinkend witte zeilen bol. Het is niet voor het eerst dat hij op deze plek komt, een open terreintje waar het bosbeheer zijn afgegraven grond en kaphout deponeert en waar tevens, opzij, ten behoeve van het wild, een voerakkertje met knollen is aangelegd, aan het eind waarvan, geheel in lijn met de even absurde als ijzeren jagerslogica die hier in dit bos het leven van de dieren, en in het groot misschien wel het leven op aarde in zijn algemeenheid regeert, een afschiethut is neergezet.

Dit terreintje is heel anders van karakter dan de rest van het bos, dat overwegend naaldbos is, hier en daar gemengd met beuken, eiken en berken. Hoewel het tegenwoordig niet zichtbaar lager ligt dan het omringende gebied, is het ooit mogelijk een poel of op z'n minst een moerassige inzinking geweest, de grondsoort is hier in elk geval duidelijk anders. Hier wordt het pad dat erdoorheen loopt bij droogte niet wit en mul, maar blijft aardbruin, breekt alleen op in duizend stukken, waarin vaak het zeshoekige honingraatpatroon te herkennen is. Ook de vegetatie verschilt van die van het omringende gebied, maar dat komt mede doordat de grond hier zo frequent wordt verplaatst. Er zijn tijden dat je je in de berm van een pas aangelegde snelweg of aan een net opgeworpen spoordijk kunt wanen, zo geel van het koolzaad of rood van de klaprozen kan het er zien. Dat is trouwens een van de verborgen aantrekkelijkheden van deze plek: midden in het bos vind je jezelf opeens heel ergens anders terug, in het wijde rivierenland bijvoorbeeld, met verre horizonten en rijen ruisende populieren. Inderdaad staan er hier, als enige in het hele bos, populieren, en niet zulke kleine. Je armen zijn niet lang genoeg om zelfs de dunste helemaal te omvatten. Alleen openen zich tussen hun kruinen door geen wazige vergezichten, maar wordt de blik al na enkele tientallen meters gestuit door een donkere wal van dicht op elkaar staande lorken. Een paar van de dikste populierenstammen zijn omgezaagd en liggen in moten op de grond, op een lukrake hoop gegooid door een van die reusachtige bosbouwmachines die je hier geregeld hoort grommen en waarvan het V-profiel van de enorme banden overal diep in de weke bodem geperst staat. Af en toe vind je in zo'n spoor of daar vlak naast kleinere of grotere zwerfstenen, door de zware machines uit de ondergrond naar de oppervlakte gedrukt. Ditmaal had hij er een opgeraapt, half vuistgroot, niet eens bijzonder van vorm of kleur maar, brandschoon gewassen door de laatste regenbui, hem zo glad en fris, als het ware bijtvers tegemoetglanzend dat hij hem niet kon laten liggen.

Hij had de steen in zijn zak gestoken en was op een zo'n moot populierenstam gaan zitten, met zijn gezicht omhoog naar de zon. De hond lag naast hem in het gras; zijn naar achteren gestrekte achterpoten zagen er nogal dwaas uit, 'net een paar konijnenboutjes', vond zijn baas. Af en toe hapte het dier naar een voorbijvliegend insect, om zijn kop vervolgens, onder het slaken van een diepe zucht, weer behaaglijk op zijn voorpoten te nestelen. Vrede! Van de populieren kwam een loom, brandingachtig geruis, aanzwellend en weer wegstervend, het geluid steeds een fractie later dan de windgolf die bij tussenpozen de bladerzwermen optilde en weer neerlegde. Er ging iets hallucinerends uit

van die telkens optredende vertraging tussen zien en horen, alsof de tijd zelf, die nooit haperende motor, aan het sputteren was
geslagen. Uit het brandingruisen maakte zich nu een ander geluid
los, er werd een geritsel hoorbaar, van veel dichterbij komend,
maar toch oneindig veel lichter dan van de bladeren in de boomkruinen, zo licht zelfs dat de hondenoren het niet leken op te
vangen. Op een bepaalde manier werd dat sputteren en haperen
van de tijdmotor daarin voortgezet, en het zou weldra duidelijk
worden waarom: boven de ronding van het stuk stam naast hem
op de stapel, op de nog intacte, diepgegroefde schors, was, half
zichtbaar, de platte reptielenkop verschenen van – nee, niet van
een slang maar van een hagedis, die kennelijk bij zijn zonnebad
was gestoord en een heenkomen zocht. Of was het dier helemaal
niet op de vlucht en kwam hij zijn rustverstoorder juist in ogenschouw nemen, of, idiote gedachte, wilde hij die zelfs verjagen?
Want met zijn schokkerige manier van voortbewegen, tussen
glijden en rennen in, waarmee hij ook dat eerdere, telkens stok-
kende geritsel had veroorzaakt toen hijzelf nog verborgen was,
roetsjte de hagedis, die nu in zijn volle lengte zichtbaar was geworden, steeds een paar centimeter, niet verder weg maar juist
dichter naar zijn – ja, wat eigenlijk: concurrent? rivaal? toe en
bleef toen op nog geen meter afstand onbeweeglijk zitten, zijn
kop scheef, zijn kraalogen strak op zijn menselijke bezoeker gericht.

Had het hiervoor al geleken of de motor van de tijd was beginnen te haperen, nu was het of hij geheel afsloeg. Natuurlijk kan
de tijd niet echt stilstaan, althans dat wordt beweerd. Maar toch
vond hier iets plaats wat daar verdacht veel op leek. Niet dat de
voortgang van de gebeurtenissen, waarin het voortschrijden van
de tijd zich heet te manifesteren, tot stilstand kwam: de populieren bijvoorbeeld aan de rand van het terreintje gingen gewoon

door met ruisen, en ook het keeltje van de hagedis, heel duidelijk zichtbaar onder de opgeheven kop, bleef kloppen, evenals trouwens het hart van zijn beschouwer – het laatste zelfs iets sneller en hoger dan gewoonlijk. Alles bleef dus verdergaan, er deed zich ogenschijnlijk geen directe breuk of onderbreking voor, behalve dat alles nu op de een of andere manier buiten de tijd leek plaats te hebben, of alsof de tijd zich uit de gang van de gebeurtenissen had teruggetrokken. Zag zo de eeuwigheid eruit? – Maar of dit nu de eeuwigheid was of alleen maar de uitdijende ruimte tussen twee ogenblikken (en misschien is dat wel hetzelfde!) doet niet eens zoveel ter zake; feit is dat er de sensatie was van een grote wijdheid, alsof een smal stroompje zich plotseling uitstortte in de immense zee. Daar in de onmetelijkheid drijvend op hun boomstam de man en het dier, de blik op elkaar gericht. Wat het dier ziet blijft ongeweten; op het netvlies van de man daarentegen tekent zich, duidelijk als onder een loep, de geschubde huid van het reptiel af, de schubben stuk voor stuk bol en glanzend als opgenaaide kralen, de beide donkere lengtestrepen over de rug van het dier als in de zoomlens uit elkaar schuivend tot twee rijen zwartomrande ogen, smaragdgroen van iris. De honderd ogen van Argus! De gigant Argus, die in het verhaal de koeogige Io moest bewaken tegen de liefdesaanvallen van Zeus, maar de meesterdief Hermes op zijn dak kreeg gestuurd. Nu zitten de twee dus opnieuw tegenover elkaar, ieder op een stuk stam, nemen elkaar op, meten elkaar. In het verhaal gaat het dan zo dat Hermes, die beseft dat zelfs hij, hoe sluw hij ook is, de door Zeus begeerde Io nooit onder Argus' hoede vandaan kan krijgen zonder dat hij door een van diens vele ogen wordt gezien, zijn rietfluit pakt en de honderdogige bewaker in slaap speelt, waarop hij de slapende reus met een kei de schedel inslaat. Is het de opgeraapte steen die de man op de boomstam in zijn zak voelt waardoor hij aan deze geschiedenis moet denken? Op zijn beurt lijkt het dier op de andere stam de gedachten van de man tegenover hem te lezen in diens ogen, want het is of het plotseling in zijn onbeweeglijkheid verstrakt, het keeltje onder de naar hem opgeheven kop is langzamer gaan kloppen, tegelijkertijd spant het lange smalle lijf van het reptiel zich in een S-vorm, klaar om het volgende ogenblik, bij de minste beweging van de man, weg te flitsen nog voordat de steen op hem neerdaalt. – Maar het kwam niet tot het volgende ogenblik, althans nog niet. Nee, hier zou die moord niet herhaald worden, niet hier in deze vrede, niet in deze ruisende tijdloosheid. De hand om de steen ontspande zich weer, ook de honderd ogen op de rug van het dier leken iets van hun starre waakzaamheid te verliezen, het ogenblik, of de eeuwigheid, bleef duren. De grashalmen op de grond bogen onder de wind omlaag, kwamen rechtop staan, en bogen weer omlaag. De bladeren van de populieren wiegelden en ratelden tienduizendvoudig tegen de felblauwe hemel, waaruit de zon nog steeds ongehinderd scheen. Boven de bosrand drongen de witte wolken wel op maar kwamen toch niet dichterbij, begonnen integendeel al van hun baan af te wijken zodra ze het zonnegebied maar naderden, en was er toch een wolk zo koppig of zo argeloos om zijn aanvankelijke koers te blijven aanhouden, dan hadden de hete stralen hem al doen smelten en verdampen lang voordat hij ook maar het eerste tipje van de zonneschijf wist te bedekken.

Het volgende ogenblik kwam niet en kwam toen natuurlijk toch. De tijd had zich alleen opgestuwd achter een versperrende dam en brak zich nu een baan – niet met 'donderend lawaai' waarvan bij zulke beelden bijna altijd sprake is, maar met niet meer dan het gerucht van een snel overeindkomen, een krassen van nagels op hout, en een ingehouden, diep uit de keel komend gegrom: het volgende ogenblik was het ogenblik dat de hond vooruitschoot en meteen ook al de hagedis te pakken had, het reptiel tussen zijn tanden heen en weer schudde en voor de voeten van zijn baas neerlegde. En de tijdstroom, die onbedwingbaarste van alle rivieren, hernam pas goed zijn onverbiddelijke loop toen de man zag dat de hagedis die daar bij zijn voeten in het gras met zijn buik omhoog lag niet dood was maar bewoog – ja, hij bewoog, een voorpoot bewoog, traag en als het ware tastend, lucht grijpend met zijn op een mensenhand lijkende klauwtje. Als het niet zo gruwelijk was zou je kunnen denken dat het dier naar hem zwaaide – nee, het was geen zwaaien wat het deed, het was wenken! De stervende hagedis wenkte hem, nodigde hem uit! Nodigde hem uit waarvoor of tot wat? – Dat was niet moeilijk te raden, met die steen in je broekzak!

Naast het afgrijzen dat hij voelde steeg irritatie in hem op, irritatie jegens de spartelende hagedis, die zo'n onmogelijk beroep op hem deed. Maar ook irritatie jegens de hond, die hem in deze situatie had gebracht en die, zoals altijd wanneer het dier hem voor de voeten liep of onuitgenodigd en te diep zijn levenssfeer binnendrong, dadelijk weer 'de hond van Asja' werd, na al die jaren nog. Tegelijkertijd voelde hij ook zelf schuld, alsof hij de moord, daarstraks in de fantasie gezien, de weg had bereid in de werkelijkheid, had uitgelokt zelfs. Toch waren dit voor hemzelf allemaal min of meer begrijpelijke, min of meer voorspelbare reacties, en geen daarvan verklaarde de diepe verontrusting die hij daarbij onderging, alsof niet het leven van het reptiel, maar zijn eigen leven hier in het geding was.

Verontrusting, inderdaad: uit zijn rust gehaald, uit zijn rust gezet worden, als was rust een huis waarin hij sinds hij op deze plek was neergestreken had gewoond, dat was precies wat er met hem gebeurde, en niet voor het eerst deze afgelopen tijd. Het ging hier niet om de gewone, als het ware sluipende existentiële ongerustheid die vermoedelijk iedereen wel kent die ouder wordt, een ongerustheid die hem vooral sinds hij weer alleen leefde nooit meer geheel verliet, althans niet voor langere tijd, en die als een vage toekomstdreiging steeds op de achtergrond aanwezig was, de ene keer duidelijker dan de andere. Er was in dit geval iets anders aan de hand: de verontrusting die nu bezit van hem nam was wel degelijk ook existentieel van aard, maar sluipend kon je haar onmogelijk noemen. Ze had meer iets van een reactie op een felle schrik, veroorzaakt door een dreigend gevaar, en wel een acuut gevaar. Het ermee gepaard gaande gevoel, gelokaliseerd hoog in de buikholte, net boven de maag, herkende hij, en hij herinnerde zich dit de laatste tijd vaker te hebben gehad. Nog onlangs, op een nacht, thuis in zijn boshuis, was het er geweest toen hij plotseling wakker schoot, met de wegstervende tonen van een belsignaal in zijn oren. Het geluid bleef in het donkere huis zo duidelijk naklinken dat hij geen moment aan zijn waarneming twijfelde, maar het klonk toch net niet duidelijk genoeg om het onmiddellijk te identificeren. Had er een wekker gerinkeld (maar hij bezat helemaal geen wekker die rinkelde!), was het de telefoon die was overgegaan, had er iemand aangebeld? Maar in dat geval zou de hond toch aanslaan? Alles zweeg echter, en bleef ook zwijgen toen hij na een halve minuut stil opstond en zonder licht te maken naar de woonkamer liep om uit het raam te kijken. De hond lag als een vage vlek in zijn mand, sliep echter niet, hij voelde dat het dier strak naar hem keek. Zoals gewoonlijk had hij de buitenlamp niet aan, maar de nacht was licht genoeg om meteen te kunnen zien dat er niemand voor de deur stond. De maan scheen niet en er waren geen sterren, toch tekenden de boomtoppen zich scherp af tegen de hemel, die laag hing en van een zacht, bijna brijig grijs was, als van nat gips. Het bos daaronder lag er daarentegen als een zwart hol, waarin niets te onderscheiden viel. Toen hij enige tijd zo voor het raam had gestaan en er in de stilte alleen zijn eigen ademhaling te horen was geweest en het suizen van het bloed in zijn oren, besloot hij dat hij zich vergist moest hebben en schoof zijn bed weer in, niet zonder een rest van beklemming, als een pijnlijk aangetrokken knoop onder het hart.

Dan was er de keer geweest (wanneer? nee, niet op de ochtend volgend op de nacht van het belgerinkel, maar daarvoor al) dat hij, zoals gewoonlijk bijtijds opgestaan, uit het keukenraam voetsporen opmerkte in het nog bedauwde gras, vanaf de tuiningang recht naar zijn voordeur toelopend. Voelde hij het eerste moment slechts verwondering – 'Wie kan dat geweest zijn, zo vroeg?' –, meteen daarna was er die koude kramp boven zijn maag toen hij zich realiseerde dat er in het gras *geen voetstappen terug* stonden. En of hij zichzelf nu voorhield dat de persoon in kwestie dan waarschijnlijk om het huis heen gelopen en achter dwars door het bos weer vertrokken moest zijn (andere mogelijkheden, bijvoorbeeld dat zijn bezoeker de oude woudloperstruc had toegepast en, met zijn schoenen achterstevoren aan zijn voeten ofwel voorzichtig achteruitlopend, zorgvuldig in zijn eigen voetsporen tredend, dezelfde weg terug was gegaan, verwierp hij als zijnde te fantastisch, terwijl ook de laatste mogelijkheid, namelijk dat hij het zelf was geweest, dat hij 's nachts slaapwandelend uit het raam was geklommen en door de voordeur weer naar binnen was gekomen, gevoeglijk van de lijst afgevoerd kon worden omdat ten eerste al zijn schoeisel die ochtend kurkdroog bleek te zijn, en in de tweede plaats omdat de voetstappen in het gras bij nadere inspectie veel te klein leken, zo klein als van een kind) – toch doorzocht hij niet één keer, maar tot twee-, driemaal toe zijn hele woning van onder tot boven in alle hoeken, tot achter de wasmachine en in de gootsteenkastjes.

Al dit soort incidenten echter – en er waren er nog meer geweest de laatste weken, zoals de bijna niet te tillen potplant op het terras die hij op een ochtend niet zomaar omver maar letterlijk op zijn kop vond, of de tas met supermarktboodschappen die hij zolang buiten voor de deur had gezet en die hij toen hij terugkwam van het honduitlaten verspreid door de tuin aantrof, alle verpakkingen woest opengescheurd en de inhoud over de grond uitgeschud en/of aangevreten – al die dingen zou hij met een schouderophalen hebben afgedaan, zelfs het doodslaan van de stuiptrekkende hagedis voor zijn voeten op dat ruisende terreintje in het bos zou hem niet langer dan enkele uren of hooguit voor de resterende tijd van die dag uit zijn evenwicht hebben gebracht, als er niet tegelijkertijd een zeker houvast voor hem was weggevallen, een soort van onzichtbare beschermende koepel boven hem was weggetrokken, door een gebeurtenis namelijk waar hiervoor op werd gezinspeeld toen er gesproken werd van 'de terugkeer in je leven van iemand die je na heeft gestaan'. – De vorm waarin die mededeling werd gegoten is niet voor niets algemeen gehouden, zo ver mogelijk van het persoonlijke verwijderd! Precies zo zou hij de gebeurtenis zelf, datgene waar de mededeling op sloeg, zo ver mogelijk bij zich vandaan hebben gehouden, dat wil zeggen: enerzijds. Want aan de andere kant hield die ontmoeting hem bezig als niets anders, zijn gedachten vlogen er telkens weer naartoe als motten naar een lamp, wat op zijn beurt weer wil zeggen, op z'n minst, dat hier een gebied wordt betreden waar op het noemen van het woord 'wilsvrijheid' een stilte valt.

Dat het een vrouw was die hem van zijn rust beroofde lag in de lijn der verwachting, zoals dat heet – je kunt ook zeggen: was voorbeschikt. Maar voorbeschikt door welke god, of welke goden? Wie stuurde hem op die late namiddag zowat een maand geleden naar de weg langs de spoorbaan, en daarmee ook langs het al sinds enkele jaren opgeheven station? Het laatste wat hij wilde was een hogere macht, welke dan ook, op dit punt te beledigen of tekort te doen, maar om eerlijk te zijn was degene die hem stuurde toch vooral hijzelf. Het was namelijk een route die hij wel vaker nam wanneer hij de hond uitliet, ter afwisseling, en om, na dagen tussen de bomen, weer eens een licht- en ruimtebad te nemen op de wijde vlakte van de zandverstuiving die hij zo aandeed. Als extra attractie lag tussen station en vlakte dan nog een uithoek van het militaire oefenterrein, een tamelijk uitgestrekt bos- en heidegebied achter afrasteringen met om de vijftig meter een bord dat streng verbood het terrein te betreden, kracht bijgezet door de kop van een Duitse herder, afgebeeld met een ver uit de muil hangende tong die een rij vervaarlijke kiezen en tanden blootliet. Hoewel er vanaf het oefenterrein vaak genoeg mitrailleurgeratel en gebrul van zware motoren, soms ook vliegtuiggedaver klonk, had hij daar, behoudens een enkele zich in de verte laag boven de bosrand verplaatsend en soms stilhangend donker silhouet van een monsterachtig grote gevechtshelikopter, nooit ook maar enige beweging, menselijk of dierlijk, waargenomen. Winter en zomer lag het daar in de gelijke onbeweeglijkheid. Geen vogel leek er ooit te vliegen, laat staan te zingen. Zo'n stille indruk maakte dit landschap achter de hekken inderdaad dat het was of zelfs bij harde wind de bomen daar nog roerloos stonden, als versteend. Tegelijkertijd leek alles er groter, groener, glanzender. De stammen van de dennen en sparren leken er hoger en rechter op te rijzen, de naalden aan de takken waren van een dieper groen en stonden dichter opeen. De heidestruiken groeiden er voller, bloeiden paarser. De paddenstoelen schoten er in het najaar uitbundiger uit de grond, hun hoeden spanden zich wijder, hun stelen daaronder waren ronder, vleziger. In dit Betoverde Land (zo noemde hij dat gebied voor zichzelf vaak) raakte op een keer zijn, of eigenlijk dus Asja's, hond zoek, en wel op dezelfde dag dat hij de vrouw op het perron van het opgeheven treinstation zag.

Hij was op een voor hem vooral bij zonnig weer niet helemaal ongebruikelijk tijdstip van huis gegaan, tegen de avond namelijk, wanneer het bos zich met schaduw vult maar het Zand, zowel het Lange als het Korte, nog een tijdlang in het zonlicht baadt. Een bijkomende zegening van dit uur van de dag is dat de wandel- en fietspaden ontvolkt raken en je om zo te zeggen het rijk alleen hebt, een luxe waar hij niet genoeg van kon krijgen en waar hij zich ook ditmaal al bij voorbaat op verheugde. Inderdaad lag de lange rechte weg langs de spoorbaan zo ver je kon kijken leeg voor hem, helemaal tot waar hij in blauwe wazigheid oploste. Even leeg was op dat moment de spoorbaan zelf, geen zingen van de rails of belgetingel kondigde de nadering van een volgende trein aan. Behalve de boomtoppen ving enkel het pannendak van het stationsgebouw nog zon; daaronder lag het witte villa-achtige gebouwtje evenals de weg en de spoorbaan zelf al in blauwe schaduw. Wat de stationsklok aanwees was vanaf de plaats waar hij liep niet te zien (pas later realiseerde hij zich dat het niet uitgemaakt zou hebben; het uurwerk was immers allang niet betrouwbaar meer); een blik op zijn horloge leerde hem echter dat het een paar minuten over zes was, zodat de vrouw die daar onder de klok op het perron op de trein stond te wachten dus nog ruim een kwartier zoet te brengen had voordat... – Zo vertrouwd was hem nog steeds de aanblik van een daar op het perron wachtende reiziger dat hij zich pas realiseerde dat er op dit station al sinds een paar jaar geen treinen meer stopten toen hij er alweer voorbij was. Wat deed die vrouw daar dan op het perron? Hij was inmiddels al zo ver doorgelopen dat toen hij omkeek alleen nog de uiterste punt van de betegelde perrondam zichtbaar was; de plek waar de vrouw stond werd grotendeels aan het oog onttrokken door een meer dan mans-hoge beukenhaag, waar het blauwe bord met de stationsnaam, in een alweer verouderde belettering, nog net bovenuit kwam. Moest hij omkeren en de vrouw erop attent maken dat ze ver-geefs wachtte? Hij hield de pas al in, maar de ingebakken gêne om een vreemde aan te spreken won het voorlopig van zijn be-hulpzaam- of nieuwsgierigheid en hij liep verder, zich voorne-mend dat hij haar als ze er op de terugweg nog stond in ieder geval zijn hulp zou aanbieden. Het beeld van de wachtende vrouw liet zich echter niet meer afschudden, ook niet toen hij werkelijk een daarop lijkende beweging met zijn bovenlichaam maakte, onwillekeurig, alsof hij iets van zijn schouders wilde krijgen. Of was het eerder een rilling die hem over de rug ging, omdat er waar hij liep, op de bodem van de donkere vochtige schaduwsleuf die spoorbaan en weg door het bos vormden, voor het eerst een vleug herfst te bespeuren leek? Maar ook van de vrouw op het perron was op de een of andere manier iets van kou uitgegaan, alleen al door die dikke jas die ze, zomer toch nog, aanhad. Hij probeerde haar beeld in zijn hoofd scherp te krijgen, er als het ware op in te zoomen, omdat er iets aan de vrouw was geweest wat hem had getroffen. Dat was niet eens zozeer die winterjas die ze droeg, en ook waren het niet de vele tassen die ze om zich heen had staan, alsof ze een verre reis ging ondernemen. Het was trouwens helemaal niet iets wat ze aan- of ophad (hij meende zich te herinneren dat ze iets felgekleurds op of om haar hoofd had gedragen) waardoor zijn aandacht was getrokken. De drang die hij voelde om zich de verschijning van de vrouw voor de geest te halen en er keer op keer zijn innerlijk oog over te laten gaan had een andere oorsprong en leek op de dwangmatige vasthoudendheid waarmee je op iets probeert te komen wat zich maar niet te binnen wil laten brengen, omdat je meent het al eens eerder te hebben gezien, alleen: wanneer en waar? En plotseling had hij het, en het kwam met een schok, want de vrouw op het perron, die deed hem denken aan Asja! Ze was het natuurlijk niet, maar die schouders, frêle onder de schoudervullingen van haar jas, de lijn van de nek, de stand van het hoofd daarop, de val van het haar, loshangend onder die kleurige haarband of wat het ook was – en helemaal de lichaamshouding van de vrouw, onnadrukkelijk en toch op een bepaalde manier uitdagend, of op z'n minst ponerend – het herinnerde allemaal aan Asja, maar op merkwaardig vertekende wijze, alsof je door bobbeltjesglas keek. Nee, niet door bobbeltjesglas, het was alsof je naar een fotonegatief keek! Toch was ook dat het nog niet helemaal, hij bleef het beeld van de vrouw in zijn geheugen naarstig afzoeken naar iets wat het geregistreerd moest hebben maar niet aan zijn bewustzijn had doorgegeven – en daar was het eindelijk, en het kwam wederom met een kleine schok en tegelijk met een gevoel van geruststelling: de vrouw op het perron kon onmogelijk Asja zijn want, nu zag hij het, het haar van de vrouw op het perron dat onder dat felgekleurde haarbandje of sjaaltje vandaan kwam was spierwit geweest! Moest hij daarom aan een fotonegatief denken, omdat Asja immers pikzwart haar had, de laatste keer dat hij haar had gezien, in de stad, toen hij het restant van zijn spullen bij haar kwam ophalen om ze naar het boshuis te verhuizen, zelfs nog zonder één adertje grijs? Zijn geruststelling hield echter niet lang stand. Niet alleen in spookverhalen, maar ook in het werkelijke leven kwam het immers voor dat mensen in één nacht grijs werden. Des te gemakkelijker dus in – hoe lang inmiddels, zes? acht jaar? En daarbij was er nog iets geweest, iets wat hem op het moment zelf kennelijk wel was opgevallen, maar waar hij pas nu een betekenis aan gaf: bij het langslopen had hij de vrouw op het perron op de rug gezien – *maar steeds als vanuit hetzelfde standpunt*! Dat was natuurlijk onmogelijk, want tussen het punt waar hij zijn eerste, en het punt waar hij, over zijn schouder achteromkijkend, zijn laatste blik op de vrouw had geworpen zat zeker vijftig meter, zodat hij haar op z'n minst, hetzij vanaf de ene, hetzij vanaf de andere plaats, voor een kwart van opzij in zijn blikveld moest hebben gehad. Toch wist hij heel zeker, juist omdat hij nieuwsgierig was geweest naar haar gezicht, dat hij haar alleen maar recht van achteren had gezien. Had de vrouw ervoor gezorgd dat ze hem steeds de rug toegekeerd hield, was ze met hem meegedraaid omdat ze niet herkend wilde worden?

Inmiddels had hij de stationsweg links laten liggen, was het pad door het bos ingeslagen en had, zijn gedachten aldoor bij de vrouw op het perron, allang de rand van het Lange Zand bereikt toen hij zich realiseerde dat hij de hond al een poos niet meer had gezien. Ook na een tijdje wachten kwam het dier niet opdagen. Het gebeurde regelmatig dat hij in het bos roepende en fluitende hondenbazen of -bazinnen tegenkwam, en vaak maakten ze een nog verlorener indruk op hem dan hun verdwaalde viervoeters. Nu was hij zelf zo'n baas, maar eerder dan verloren voelde hij zich geïrriteerd, in de eerste plaats omdat 'de hond van Asja' hem weer eens in zijn overpeinzingen stoorde, en daar kwam dan nog bij dat hij, om het dier te zoeken, gedwongen was weer naar het donkere bos terug te gaan, juist nu hij er zich op had verheugd de in het zonlicht badende zandvlakte te betreden.

Wat een sensatie is het telkens weer wanneer je, uit de dekking komend, een grote wijde ruimte voor je open ziet gaan! Je hebt even de pas ingehouden, al was het maar in gedachten, gehoorzamend aan een of ander uit de mist der tijden komend bevel dat je gebiedt waakzaam te zijn. Niet alleen om in de verte te kijken houd je je hand beschuttend boven je ogen (alweer: al is het maar in gedachten), je doet het behalve om het licht weg te houden ook om een houvast te hebben, om niet toe te geven aan de duizeling, hoe licht ook, die de open ruimte in je teweegbrengt, en die misschien niets anders is dan een afschaduwing of echo van de duizeling van de mensheid voor de leegte van het heelal. Tegelijkertijd oefent de lege ruimte grote aantrekkingskracht uit, je hoeft alleen maar naar de stranden van de zeeën en de oevers van de meren op aarde te gaan om dat bevestigd te krijgen. Maar mocht je nu menen dat de aan deze boorden van het open water geconcentreerde drukte uit de aard van dat andere, ons vreemde element zelf voortvloeit, dan krijg je aan de hand van het voorbeeld van zowel het Korte als het Lange Zand gedemonstreerd dat deze aanname op z'n minst voorbarig is. Want ook hier, waar het element geen ander wordt en je midden op de vlakte nog steeds hetzelfde witte zand onder je voeten hebt als aan de randen, zijn de bezoekers toch in overgrote meerderheid aan de zoom te vinden en waagt altijd maar een enkeling zich de leegte in. Inderdaad kan op mooie zondagen het Zand de aanblik aannemen van een baai of van een meer, wanneer hele families met kinderen en honden zich er rondom nestelen en op hun picknickkleden en dekens met hun rug naar het bos en hun gezicht naar het midden de open ruimte celebreren.

Tegen de avond echter stroomt de grote vlakte leeg en wordt tot het donker is alleen nog doorkruist door een enkele jogger of een late ruiter. Maar dan 's nachts! Kom je hier heel vroeg in de ochtend, dan stuit je, vooral goed zichtbaar als het heeft geregend, op talloze prenten en sporen die er de afgelopen nacht door de diverse klauwen, eeltkussens, hoeven, buiken en staarten van evenzovele dieren, van mensgroot tot insectklein, in het vochtige zand zijn gedrukt. Stel je de roedel statige herten voor, in dansende gang als schaduwen onder de sterren de wittig schemerende zandvlakte overstekend! Of in een sukkeldrafje, met zijn neus op de grond, de zwarte schim van de jagende vos! De van graspol tot graspol roetsjende veldmuizen, het huppelende konijn, de streepsnelle wezel! Eens liep hem, niet 's nachts maar midden op de dag, en ook niet hier op de vlakte maar vlak bij zijn huis in het bos, een jong konijn tegen de benen, plompverloren, tolde vervolgens vreemd knikkebollend een paar stappen van hem weg, en pas toen zag hij de veel kleinere wezel aan de hals van het pluisdier hangen. Drama's zijn ook de nachten op het Zand kennelijk niet vreemd. Het fijngegroefde glijspoor van een slang- of wormachtige houdt na een paar meter abrupt op, er is geen hol of gat in de grond te bekennen, het is alsof het bijbehorende dier plotseling vleugels heeft gekregen (wat waarschijnlijk ook zo is – alleen waren het niet de zijne). Twee sporen van dezelfde dieren stuiten op elkaar en lopen vandaar verder samen op. Twee andere sporen van verschillende kleine dieren stuiten ook op elkaar maar onderbreken elkaar dan, snijden elkaar af, de zandplek is daar wild bekrast en omgewoeld, en dan gaat er één spoor verder.

Maar de nacht is niet uitsluitend van de dieren; het Zand trekt dan ook menselijke bezoekers, vooral 's zomers, en het leek wel of dat de laatste tijd vaker voorkwam. Het was niet ongewoon dat je op mooie avonden op de banken langs het fietspad opzij van de zandvlakte tot heel laat plaatselijke jongeren aantrof, ook bij grote droogte midden in het bos vaak sigarettenrokend, hun daar al even verboden scooters pontificaal midden op het betonpad geparkeerd. Eén keer, toen hij met de laatste trein was teruggekomen en in de stilte van de nacht door het bos naar huis liep kwam hem, onder aanzwellend gebrom en gedaver, over het zandpad in het donker met grote snelheid een laag gemotoriseerd voertuig tegemoet dat nog het meest leek op een autochassis op wielen, met daarop een uitgelaten groepje, dat hem zwaaiend en joelend passeerde en in de nacht verdween. Meestal echter was het stil en verlaten als hij daar nog laat langskwam, en nooit had hij met eigen ogen een van de vuren zien branden, of ook maar geroken, waarvan hij overdag, als hij met de hond langs de randen van het Zand wandelde, meermalen de resten aantrof: een hoop as, al dan niet uiteengerakeld en onder zand bedolven, half verkoolde, al dan niet uit het vuurcentrum weggetrokken dikke dennentakken, filtersigarettenpeuken, en een wisselend aantal bier- en frisdrankblikjes en flessen, al dan niet geblakerd, gebutst of kapotgegooid. In de meeste gevallen kon je in één oogopslag, uit de gebruikte consumpties, afleiden dat het om de sporen van een jeugdfeestje ging, maar andere keren, en dat scheen vooral de laatste tijd zo – of was hij er meer op gaan letten? –, was dat minder duidelijk en leken de overblijfselen eerder te wijzen in de richting van nachtelijke samenkomsten van een ander, geharder slag drinkers. Dat viel niet alleen op te maken uit de op die bepaalde vuurplaatsen achtergelaten lege wijn- en rumflessen van de allergoedkoopste merken, maar meer nog leek die veronderstelling gewettigd door wat er op die plekken in vergelijking tot de eerdergenoemde ontbrak, zoals elk spoor van frisdrankgebruik of genuttigde etenswaar. Daarentegen in het zand een overvloed aan shagpeuken, nicotinebruin aan het mondeinde, die hem aan zijn eigen rookperiode met Asja herinnerden.

Juist op de avond dat hij de vrouw op het perron had gezien en even later de hond kwijtraakte, ontdekte hij een nieuwe drinkplek, duidelijk een van de tweede soort, maar daarvan toch ook verschillend. Om de hond te zoeken was hij, met spijt vanwege de in de warme avondzon gedompelde zandvlakte, terug het schaduwbos in gelopen, tussen het fluiten en roepen door af en toe stilstaand, tot hij op een gegeven moment inderdaad antwoordgeblaf hoorde, komend uit de richting van het militaire oefenterrein. Het was onmiskenbaar 'de hond van Asja' die daar blafte, maar wat klonk het vreemd ver en gesmoord, alsof het onder de grond vandaan kwam! Terwijl hij, telkens weer stilstaand om te luisteren, in de richting van het geblaf liep, had hij al visioenen van de hond, hopeloos klem zittend in een of ander konijnen- of vossenhol, onmogelijk zonder hulp van buitenaf te bevrijden. Het blaffen, steeds met korte tussenpozen, alsof het dier zijn krachten spaarde, bleek tot zijn verbazing zelfs van achter het hekwerk van het militaire oefenterrein te komen, dat toch altijd zo solide had geleken en waarvan hij altijd had gedacht dat er bij wijze van spreken nog geen muis doorheen kon. En nu zat er, toen hij ervoor stond, opeens een gat in. Of had het er altijd al gezeten en had hij het alleen nooit opgemerkt, evenmin als het paadje van platgetrapt mos en gras dat ernaartoe leidde? Nee, het moest recent zijn, dat was te zien aan de nog blanke snijvlakken van het ijzerdraad waar het gaas met een tang was doorgeknipt, twee keer verticaal vanaf de onderkant omhoog, zodat er een rechthoek was ontstaan, een naar boven toe open te klappen luik, groot genoeg om een mens door te laten. Een stroper? Dieven? Saboteurs? Het gaasluik werd van onderen blijkbaar door middel van twee kleine takjes in de grond vastgezet, maar omdat een daarvan was losgeraakt, had de hond zich door de zo ontstane opening kunnen wurmen en was het militaire terrein op geglipt. Zijn baas bedacht zich niet lang en volgde het voorbeeld van het dier. Hij was het hek nog niet onderdoor of zijn voeten zakten diep weg in zachte moskussens. Ook de stammen van de bomen hadden allemaal dikke sokken van mos. Hij waadde door kniehoge, donkerviolet bloeiende heidestruiken, wrong zich, in een wolk van stuifmeel en geur, langs een haag wilde rozen, passeerde een jonge spar, die zijn smaragdgroene takkenkransen zo gelijkmatig horizontaal, zo doodstil uitspreidde dat het leek of het boompje in glas was gegoten – hij was in het Betoverde Land!

De betovering hield echter niet lang stand, veranderde althans al snel van karakter – of verdiepte ze zich alleen maar? – toen hij, na een overgroeid zandduin opgeklauterd te zijn waarachter het blaffen vandaan leek te komen, plotseling op de betonnen resten stuitte van wat eens een bunker of kazemat moest zijn geweest, uit het zwarte ingangsgat waarvan eerst niets, maar dan, op zijn herhaald roepen, een even wild als gedempt vreugdegehuil en -gejank opklonk, af en toe van opgewondenheid overslaand in een hees piepen. Daar was de hond en hij zat daarbinnen ergens vast!

Donkere holen of gaten zijn niet alleen als woorden of begrippen tegenstellingen van wijde open vlakten, ook ons lichaam ervaart ze als zodanig. Maar het reageert op die twee uitersten gelijk: met terugdeinzen. 'Moet ik daarop' wordt: 'Moet ik daarin' – maar daarmee houdt de overeenkomst tussen beide ook wel op. Want het afgrijzen dat hem overviel nu hij blijkbaar in dat zwarte bunkergat moest afdalen om de hond te bevrijden stond, bij hem althans, in geen verhouding tot het spoortje ruimtevrees waardoor hij daarnet nog werd bevangen toen hij aan de rand van de zandverstuiving stond. – Er werd toen hij klein was op kinderverjaarspartijtjes een spelletje gedaan dat zoiets heette als 'De koning komt terug van het slagveld'. Alle kinderen moesten op de gang staan en werden een voor een geblinddoekt de kamer binnengeleid, waar op een zetel 'de koning' zat, net teruggekeerd uit de oorlog. De begeleider vertelde de geblinddoekte hoe verschrikkelijk de oorlog was geweest, hoe het slagveld bezaaid had gelegen met lijken, hoe de lucht vervuld was geweest van het gekerm van de stervenden. Het leger van de koning had de veldslag uiteindelijk gewonnen, maar niemand was ongeschonden uit de strijd gekomen, ook de koning zelf had zijn dapperheid met vreselijke verwondingen moeten bekopen, voel maar, hij mist zijn ene onderbeen – en terwijl de naar de bewuste plek toe geleide hand van de geblinddoekte inderdaad niets dan een stomp voelde zag hij voor zich hoe het been van de koning met een geweldige zwaardhouw werd afgeslagen, net onder de knie – en zo ging het ook met een arm van de koning, een paar vingers, een bloederige wond in zijn zijde. En nog waren alle gruwelen niet voorbij, de ergste was tot het laatst bewaard, want een van de vijandelijke krijgers was op de koning toe gestormd, had zijn lans geworpen en hem het oog doorboord, waar eens de oogbol zat gaapte nog slechts een etterend gat – en het kind achter de blinddoek voelde zijn vinger in iets onbeschrijflijks geduwd worden, een substantie die vanaf dat moment nooit meer terug te brengen was tot de trek- of levertraanzalf die het nadat de blinddoek was afgedaan bleek te zijn geweest, en die voor hem tot op de huidige dag, in een soort homeopatische verdunning, overal was terug te vinden waar het diep en donker was, zo ook hier, waar hij de bunkerschacht in moest om de hond uit zijn kennelijk benarde situatie te verlossen.

Uiteindelijk viel het natuurlijk mee en was de beproeving minder groot dan gevreesd. Toen hij eenmaal gebukt de oogkas van de bunker in was gekropen, bleek de duisternis van de schacht minder dik, doorlatender dan gedacht. Al na enkele meters maakte de gang een bocht en was er weer licht te zien. Dit viel, zo werd even later duidelijk, boven uit een gat naar binnen, precies in het midden van een lage ronde kamer waar de gang op uitgekomen was. Je kon in de onderaardse kamer staan, maar hij had nauwelijks de tijd om zich dat te realiseren, want het gejank en geblaf klonk nu oorverdovend. En daar was de hond ook al, in het schemerdonker tegen een traliehek opspringend dat een ander, kleiner kamertje van het ronde vertrek scheidde. Het hek zat dicht maar niet op slot, het klemde alleen en was, met enige moeite, open te duwen. Aan de uitzinnige vreugdebetuigingen van de hond leek geen einde te komen, maar tussen het kwispelstaarten, proesten, snuit-in-de-hand-drukken en likken van het dier door begon hij zich toch af te vragen hoe het daar verzeild had kunnen raken. Er stond hierbinnen geen zuchtje wind, hoe had het hek dan achter hem dicht kunnen vallen? In het raadsel van wat de hond hier te zoeken had gehad, waarom hij überhaupt de bunker binnen was gegaan, kwam overigens iets meer helderheid toen het dier, na weer een vreugderondje door de bunkerkamer, opeens voor hem stond met een pak spritskoek in zijn bek, trots alsof hij zijn jachtbuit aan de voeten van zijn baas kwam leggen. Het pak koek zat nog half vol, en inderdaad, nu zijn ogen aan het halfduister gewend raakten merkte hij nog andere in het rond slingerende levensmiddelenresten op, kennelijk door de hond uit een of meerdere van de plastic tassen gevist die half op elkaar gestapeld tegen de wand leunden, en waarvan hij had aangenomen dat het afval was maar die, zo zag hij in de gauwigheid, behalve een aantal lege flessen ook ten minste één volle, onaangebroken fles goedkope wijn bevatten, en behalve wat kledingstukken ook, netjes opgerold, een slaapzak. – Het was duidelijk: hier in deze bunkerkamer at, dronk, sliep misschien zelfs iemand! Op dat ogenblik drong, waarschijnlijk uit een van de plastic tassen toen hij die met zijn voet verschoof, nee, geen urinelucht of een andere zware dierenstank waar zijn reukorgaan zich al op had voorbereid, maar een lichte parfumgeur zijn neus binnen. Onmiskenbaar was het een vrouwenparfum, en niet zo'n goedkoop bovendien. – Sleepte de man die hier huisde een zak vrouwenkleren met zich mee, had zijn geliefde hem ooit verlaten en zwierf hij nu rond met het enige wat hij nog van haar bezat? Of, en daar kwam hij pas op toen hij de kazemat of bunker alweer hoog en breed uit was, ook het gaasluik van het 'Betoverde Land' weer zorgvuldig achter zich had vastgezet en met de hond dicht naast hem – ditmaal wel! – de onderbroken wandeling over het Zand vervolgde: was het helemaal geen man die daar in dat bunkerhol huisde of het als drinkplek gebruikte, maar een vrouw?

In de wijde omgeving van zijn huidige landelijke woonplek had hij in al de jaren sinds hij er zich had gevestigd nog nooit een zwerver aangetroffen. Voor de supermarkt in het kleine winkel-centrum waar hij zijn boodschappen deed stond wel eens een daklozenkrantverkoper, en de laatste tijd zat daar soms ook de ene of de andere Oost-Europese accordeonspeler met zijn af-tandse instrument, maar altijd waren die tegen winkelsluitings-tijd alweer hoog en breed verdwenen, met de bus terug naar de naburige stad, waar ze blijkbaar hun onderkomen hadden. Wel had zoals bijna ieder dorp ook dit zijn dorpsgek, in dit geval een 'gekkin', een grove vrouw van onbestemde leeftijd, die ook vaak in dat winkelcentrum rondhing. Deze vrouw had de eigenaardig-heid dat ze alles wat ze zei zingend zei, en op sommige voor haar blijkbaar bijzonder onrustige dagen placht ze op iedere alleen-lopende man af te schieten, vlak voor deze te blijven staan en, terwijl ze hem toezingzegde: 'Voel eens hoe zacht!', haar bestop-pelde wang tegen de zijne te wrijven. – Nee, deze vrouw kon onmogelijk degene zijn die de bunker tot verblijfplaats had geko-zen – als de bunkergebruiker tenminste een vrouw was. Iets in hem had dit echter allang als vaststaand aangenomen, eigenlijk al meteen vanaf het moment dat hij de parfumgeur had geroken, en datzelfde iets in hem had die geur al even prompt en onbezonnen verbonden met een mogelijke, ja, de enig mogelijke eigenaresse daarvan, een conclusie waar zijn overige ik slechts schoorvoetend aan wilde: kon het zijn, sterker nog, was het niet zeer waarschijnlijk, dat de vrouw van de bunker dezelfde was als de vrouw op het perron van daarstraks, de vrouw met de dikke winterjas, de onbekende die hij hier nog nooit eerder had gezien en die zoveel op Asja had geleken?

Dat deze conclusie nogal gemakkelijk was getrokken en concreet door weinig anders werd onderbouwd dan door de op beide plekken, zowel in de bunker als op het perron, ruime aanwezigheid van plastic tassen, deed er, toen ze zich eenmaal in zijn hoofd had vastgezet, nauwelijks meer iets toe. Vanaf dat moment was het zo, niet alleen voor dat 'iets in hem', maar voor hem helemaal, niets uitgezonderd. Het was zo en het bleef zo, ook nadat hij die avond op weg naar huis nog speciaal langs het station was gelopen, een terugroute die hij anders nooit nam, om te kijken of de vrouw er nog stond en het perron leeg en verlaten vond, niemand meer onder de klok waarvan de wijzerplaat sinds het station was opgeheven niet meer verlicht werd, en alles: klok, perron, spoorbaan, stationsgebouw, verzinkend in het donker onder een hemel waar het licht nu snel uit wegtrok en waarin alleen een paar hoge condensstrepen nog roze nagloeiden.

En hoewel hij daarna, na deze ene avond, niet meer bij de bunker was geweest en ook de vrouw op het perron niet meer had gezien, bleef het voor hem vaststaan dat de bunkerbewoner en de vrouw met de dikke jas één en dezelfde persoon waren. Die zekerheid werd zelfs alleen maar groter, niet in de laatste plaats omdat datzelfde 'iets in hem' alweer een volgende stap had gemaakt, overigens zonder dat de rest van hem vooralsnog wilde volgen:

kon het niet zijn, was het wel helemaal uit te sluiten, dat de vrouw op het perron, de vrouw met de winterjas en al die tassen, waarvan er ook een aantal in die bunker stond, de vrouw die zoveel op Asja leek, maar van wie hij het gezicht niet te zien had gekregen omdat ze er steeds voor had gezorgd dat ze hem de rug toegekeerd hield – kon het niet zijn dat die vrouw, die blijkbaar niet herkend wilde worden, niet *door hem* herkend wilde worden, niet alleen veel op Asja leek, maar Asja ook wás?

Vanaf het ogenblik dat hij, of althans dat 'iets in hem' deze gevolgtrekking had gemaakt, rook hij haar parfumgeur overal. Niet voortdurend, niet elke dag, maar toch geregeld. En wel op momenten die ertoe deden. Bijvoorbeeld die keer 's nachts toen hij dacht dat er werd aangebeld, of die keer dat die agave met pot en al ondersteboven op het tuinterras lag. Maar hij kon de geur ook op minder geprononceerde ogenblikken ruiken, of althans menen te ruiken, zoals in het donker op het bospad, als hij nog laat op de avond de hond uitliet. Of hij rook hem plotseling aan zijn handen, bijvoorbeeld op een ochtend niet lang geleden toen hij heel vroeg met de auto weg moest – had *zij* 's nachts aan het autoportier gemorreld? Voor het laatst had hij haar parfum opgesnoven op een plaats en in een situatie waar en waarin hij dat wel het minst verwachtte, en waardoor de waarschijnlijkheid van zijn voorgaande waarnemingen tegelijk werd versterkt en op losse schroeven kwam te staan. Het gebeurde op dat open terreintje met de populieren midden in het bos, nadat hij vanuit de hemel van het 'eeuwige nu' hardhandig terug in de tijdstroom was geduwd toen de hond de hagedis de rugwervels had gekraakt en het diertje stuiptrekkend aan zijn voeten lag. Op het moment dat hij de steen in zijn hand op het nog bewegende reptiel liet neerkomen om het uit zijn lijden te verlossen en niet wist of de snerpende gil die hij op dat ogenblik hoorde van het dier kwam of dat het zijn eigen kreet van afgrijzen was, ving zijn neus heel duidelijk en onmiskenbaar een vleug van diezelfde parfumgeur op, alsof die samen met de laatste lucht uit de strot van het dier was geperst – of was hij het toch zelf die het parfum ergens bij zich droeg en wasemde hij dit, geactiveerd als het werd door de warmtestuwing die het afgrijzen bij hem veroorzaakte, zelf uit? Aan iets anders dan dat wilde hij niet geloven, want dat *zij* op dat moment en daar op die plek lijfelijk in de buurt zou zijn geweest was een mogelijkheid die hij uitsloot, waaraan hij niet moest denken – en natuurlijk toch dacht. Het kon toch niet waar zijn, het was toch niet mogelijk dat *zij* was gekomen? Maar aan de andere kant: had hij haar niet allang verwacht?

HET WERD TIJD de dingen bij de naam te noemen. Waarom bijvoorbeeld was hij na die ene keer niet meer naar de bunker in het Betoverde Land teruggegaan, al was het maar om zekerheid te krijgen? – Maar dat was nu precies wat hij níet wilde hebben: zekerheid! Liever bleef hij in het onzekere, met daarachter de gedachte, of eerder de vage wens, dat de bui vanzelf weer over zou drijven. Dat hij echter haar parfum bleef ruiken, op allerlei plaatsen, en het laatst dus weer op een plaats die hij sinds hij hier woonde meer dan alle andere als 'zijn' plek was gaan beschouwen, bewees dat de lucht nog lang niet was opgeklaard. Integendeel: dat hij het op deze plek had geroken, en op dat moment, betekende juist een verscherping, een toespitsing, het was als het ware een signaal aan hem, om hem te laten weten dat ze wist waar hij was, en dat ze hem overal zou weten te vinden. Asja's afscheidswoorden aan zijn adres: 'Ik maak je kapot', hem toegevoegd toen hij de rest van zijn spullen bij haar kwam ophalen om die naar zijn zojuist afgetimmerde en inrichtbaar geworden boshuis te verhuizen, had hij dan ook volstrekt serieus genomen, en dat ze bij dezelfde gelegenheid, als het ware in één moeite door, haar hond aan zijn hoede toevertrouwde, je zou ook kunnen zeggen: op hem afschoof, 'het is maar tijdelijk hoor, Peter, totdat ik een andere oplossing heb gevonden, ik kan hem tenslotte niet mee de klas in nemen' (ze was les gaan geven, op een *business*-school – zij, Asja!), had hem niet in slaap kunnen sussen. Toch was de kracht van het dreigement met de jaren langzaam minder geworden, maar als het al niet zijn eigen ijzeren geheugen voor dat soort dingen was, dan was het wel de geprolongeerde aanwezigheid van de hond die voorkwam dat de vier woorden helemaal werden vergeten. Was dan nu het moment aangebroken dat ze in daden werden omgezet? Wel, hij zou zorgen dat hij voorbereid was!

En als hij naging hoe zijn onrust van de afgelopen paar weken sinds hij de vrouw op het perron had gezien, van wie hij dacht dat het Asja was maar die Asja niet kon zijn, zich onder andere had geuit in een hem zelf verbazende orde-en-netheidsdrang in huis, maar ook in een extra aandacht voor zijn uiterlijk, was hij dan inderdaad al niet met die voorbereiding bezig? Schoor hij zich de laatste weken soms niet stipt elke ochtend zorgvuldig, zonder nog wel eens een dagje over te slaan zoals hij daarvoor deed, om niet met een grauwe stoppelbaard op zijn wangen verrast te worden mocht *zij* plotseling voor hem staan? Trouwens niet om te behagen schoor hij zich glad of poetste hij het huis, maar juist om geen aangrijpingspunt, geen onmiddellijk in het oog springende zwakke stee te bieden. En hetzelfde gold voor de kleren die hij 's morgens aantrok, waarbij hij ervoor zorgde dat ze schoon en heel waren en net iets vaker werden gewisseld dan voorheen. Als het dan onvermijdelijk was dat hij weer met *haar* werd geconfronteerd, moest zijn wapenrusting in orde zijn.

Ook voor zichzelf gebruikte hij dat laatste, veelal in de sfeer van slachtoffers en daders gebezigde werkwoord wanneer hij aan hun komende ontmoeting dacht (want dat die zou plaatsvinden, daarvan was hij overtuigd). Maar maakte hij zich daar concreet een voorstelling van, dan zag hij die absoluut niet als een confrontatie van een dader met een slachtoffer (het idee: Asja slachtoffer!), integendeel: eerder als een treffen tussen twee van zulke ongelijksoortige wezens zoals dat 's nachts op het Zand blijkbaar plaatshad en waarvan de sporen de ene keer, meestal, van een fatale, de andere keer, zelden, van een min of meer gelukkige afloop getuigden. Deze ontmoeting echter, dit treffen, dat vroeg of laat moest volgen, was er een dat geen gelukkig einde zou kennen – of?

Niet lang geleden maakte hij met de hond een vroege ochtendwandeling door het bos. Het was een zondag, en zoals gewoonlijk op deze dag, vooral als die stralend begon zoals ditmaal, raakten de bospaden al vroeg bevolkt met groepjes joggers, prikstoklopers en mountainbikers. Later, omstreeks koffietijd, verschenen dan de gewone wandelaars, dat wil zeggen, die met trekkersschoenen en dagrugzakjes, en pas tegen het middaguur of daar nog overheen, volgden de stellen en de gezinnen, al dan niet met buggy's en honden. Het paar dat voor hem uit wandelde was er dus vroeg bij, tegelijk met de sporters, en het was niet eens op trekkersschoenen. De jonge vrouw droeg gympen, lage witte, en tussen de onderkant van de pijpen van haar zomerbroek en de bovenrand van haar voetsokjes kwam bij elke stap een stukje van haar enkels bloot, die recht en stevig waren en waarvan de zich beurtelings strak trekkende achillespezen glansden in de ochtendzon. De ochtend was, begin augustus, fris geweest, maar nu begon het toch op te warmen, zodat de vrouw onder het lopen haar lange dunne sjaal afdeed, met een soepele wikkelbeweging van haar rechterarm, waarvoor ze eerst haar hand uit de hand van de man had losgemaakt. Ze stak de sjaal weg in haar schoudertas, verschikte iets aan de kraag van het getailleerde jasje dat ze droeg, schudde haar haren los, alles in een vloeiende opeenvolging en met een gratie die onbedacht en onnadenkend was en die voortkwam uit een lichaam dat er was en er wilde zijn. De man naast haar was op het oog aanzienlijk ouder dan zij, maar die indruk zou ook kunnen worden gewekt door zijn vormeloze gestalte en de hotseklotserige manier waarop hij zijn ene been voor het andere zette. Vergeleken daarmee danste de vrouw welhaast naast hem voort! En de toevallige getuige die achter de twee liep kon niet anders dan de man benijden toen hij zag dat haar hand, die blijkbaar klaar was met zijn schikkende werk aan hoofd en hals, weer afdaalde om de zijne te zoeken, te vinden, en zich daarmee, vingers in grove vingers, te verstrengelen. De kleine steek die hij daarbij voelde werd veroorzaakt door het besef, niet nieuw maar hem al van eerdere gelegenheden bekend, dat hij nooit, *nooit* zou kunnen navoelen waarom deze vrouw juist deze man blijkbaar boven alle andere verkoos. – Zou zo'n zelfde getuige, als er zo iemand in de trein had gezeten die Asja en hem indertijd, na de crematie van haar moeder, tien of twaalf jaar geleden, terugbracht van hun bezoek aan 'De Bosrank', over hen beiden ook zo hebben gedacht? Zou hij, gesteld dat deze getuige in de trein een man was geweest, hem net zo hebben benijd als hij deze wandelaar hier op het bospad benijdde? Zou deze zelfde man in de trein echter tegelijkertijd ook niet, toen hij *hun* handen elkaar zag zoeken, die van Asja en van hem, zijn hoofd hebben geschud over zoveel lichtzinnigheid? Want dat was het, achteraf bezien, toch wel geweest: verregaande lichtzinnigheid. En dat gold misschien nog wel meer voor hun laatste samengaan, waar deze handen-

II

DE BOSRANK

De Bosrank was de naam van het voormalige Sallandse weekendhuis van Asja's moeder, en het was daar dat Marie werd verwekt. Alweer zo lang had hij niet meer aan dat lage pannengedekte huisje aan de bosrand gedacht dat de herinnering daaraan in hem opensprong, vers en sappig als een zojuist doormidden gesneden vrucht. Maar wat hij zag waren niet de beelden van zijn laatste bezoek, toen het al verkocht was en hij er met Asja naartoe was gereisd om het nog eenmaal te zien, maar eerdere beelden, van veel langer geleden, beelden die wellicht in hem losgemaakt waren door de gedachte aan dat wandelende paar in het bos. Onverhoeds bevond hij zich in de lage kamer met de grote erker en de rondlopende groen gebloemde gordijnen waar het blauwige winterochtendlicht doorheen schemerde; daar stond de zeshoekige tafel met de vier oud-Hollandse spijlenstoelen eromheen; daar had je de schuine schoorsteen en daarvoor de grote gietijzeren potkachel met de porseleinen grepen die ze 's nachts probeerden aan te houden door middel van een in een natte krant gerolde bruinkoolbriket; daar had je het tot halver-hoogte met schrootjes beklede wandje met de kinderfoto's van de twee zusjes, van wie Asja toen nog de blondste was; daar had je de rotanfauteuil met over de ene leuning een netjes gedrapeer-de bundel kleren met bovenop een donkere mannenonderbroek, over de andere een slordige hoop bekroond met een witglanzend vrouwenslipje; en daar stond het bed waarvan het matras diep doorzakte maar toch geen rugpijn gaf omdat ze jong waren; hij kon de zwaarte voelen van de vracht dekens waaronder ze lagen, hij en Asja, de bovenste het bontvel vol kale plekken, die als je daar met je gezicht of arm tegenaan kwam klam en koud aan-voelden als reptielenhuid. Maar niet koud, warm, bloedwarm was *zij*, die naast hem lag, die tegen hem aan lag, die half op hem, half in hem lag, slapend, met overgave, zoals ze alles met overgave deed. Hij voelde haar voet op zijn enkel, haar lange gladde been, haar buik, haar – ach! – schaamte, de prikkende haartjes, hij voelde haar schouder, haar adem, waarmee ze hem tot op de dag van vandaag, van zo'n grote afstand, leven inblies, ondanks alles.

Dat was geweest toen ze net weer bij elkaar waren, tijdens hun tweede, hun 'groene' periode, zoals hij dat voor zichzelf naar analogie van de kleurfasen in het oeuvre van de beroemde Spaan-se schilder noemde (waarbij de eerste, hun begintijd, bij hem de 'grijze' heette, en de 'blauwe' de derde en laatste, de afsluitende – of volgde er nog een, en van welke kleur? bloedrood?). Dat er een kind uit dit samenzijn voortkwam, was niet gepland, maar werd aanvaard, 'ook door jou,' zei ze, als ze daar weer eens woorden over hadden. En woorden hadden ze inderdaad genoeg gehad, en niet alleen daarover, en het was ook niet altijd alleen bij woorden gebleven. In feite hadden ze zeventien jaar lang over het hoofd van het kind heen hun oorlogen uitgevochten, totdat

Marie, nog op dezelfde dag dat ze voor de wet meerderjarig was geworden, haar koffers had gepakt en nooit meer was teruggekomen.

Hij en Asja waren toen allang niet meer bij elkaar, zonder dat ze de strijdbijl ooit hadden begraven. Met de verdwijning van hun dochter viel toen hun voornaamste twistappel weg, of althans, deze werd als het ware gefixeerd en bracht geen nieuwe aanleidingen tot strijd meer. Het duurde echter tot na de crematie van Asja's moeder (gedenkwaardige dag!) eer de gewapende vrede die er tot op dat moment tussen hen heerste echte vrede werd – vooralsnog dan! Was het berekening dat hij juist Asja's voormalige familievakantiehuis uitkoos om het verzoeningsproces in gang te zetten? In ieder geval reageerde Asja verrast toen hij haar opbelde met de vraag of zij er nog een keer samen met hem naartoe wilde. Verrast en in eerste instantie afwijzend: 'Peter, het is verkocht, wat heb je daar nog te zoeken, je wordt toch niet sentimenteel of zo?' Maar een paar dagen later belde ze hem terug en zei alsnog ja. Nu was het zijn beurt om verrast te zijn. Het was niet alleen jaren geleden dat hij voor het laatst met haar naar De Bosrank was geweest, het was eveneens jaren geleden dat hij samen met haar iets had ondernomen. Keek ze er net zo naar uit als hij? Eerder dan de plek waar Marie werd verwekt was het vakantiehuis voor hem de plek waar hij Asja voor het eerst – niet had ontmoet, maar had gezien, in de meer overdrachtelijke betekenis van het woord. Het was ook de plek die zijn leven een andere wending had gegeven, die het überhaupt een richting had gegeven, en die misschien nog steeds zo bepalend was dat hij nu, bijna veertig jaar later, zijn eigen boshuis bewoonde, als het sluitstuk van een cirkel. Voor Asja moest De Bosrank een heel andere betekenis hebben. Er waren voor haar meer en oudere herinneringen verbonden aan die plek dan voor hem, ze had er haar halve jeugd doorgebracht. Zo zag het er ook uit toen hij er de eerste keer kwam, als een herinneringenveste. Waarom 'veste'? Het was een woord dat hij indertijd niet zou hebben gebruikt, misschien niet eens kende, maar waarvan de gevoelsinhoud zich meteen aan hem opdrong. Dat kwam ook doordat hij daar in een vrouwenbolwerk belandde. 'Bolwerk', nog zo'n term uit het militaire verdedigingsarsenaal. Het hield een naar-binnen-gekeerd-zijn in, een zich-afschermen-van, wat hier echter niet het geval was, althans niet bewust en niet actief. Het maakte toen alleen maar die indruk op hem, de mannelijke gast, die zelf thuis alleen maar broers had.

Asja's moeder, die lerares Frans was aan een lyceum in de plaats B. in de Randstad, had De Bosrank gekocht toen haar twee kinderen naar school begonnen te gaan. Ze wilde met haar dochters in ieder geval tijdens de weekenden aan de benauwdheid van de tamelijk kleine flatwoning die ze indertijd bewoonden ontsnappen. Had ze het misschien ook gedaan om, ten minste voor een paar dagen per week, onder de blik uit te zijn van haar overleden echtgenoot, wiens foto daar op de schoorsteenmantel stond? Haar man, een hartspecialist, was lang geleden gestorven (aan een hartstilstand!), maar hoewel Asja en haar jongere zuster Olga uiterlijk beiden op hem leken (met Asja als de donkere uitgave), werd er daar thuis nimmer over hun vader gesproken; het leek of hij in het leven van de drie vrouwen geen enkele rol meer speelde. Toch was het misschien wel zijn blonde, onverstoorbaar glimlachende aanwezigheid waardoor je in hun doordeweekse woning minder snel de indruk van een vrouwensamenleving kreeg dan in het weekendhuis. Daar geen mannenfoto's, of het moesten de gedistingeerde zilvergrijze dirigenten- of pianistenkoppen zijn op de hoezen van de klassieke grammofoonplaten die de moeder draaide, soms zo luid dat het door het bos schalde. Maar het was niet zozeer de afwezigheid van het mannelijke element wat het vrouwelijke daar zo naar voren deed treden, bijna tastbaar, inadembaar maakte, het was geen gemis of gebrek aan iets, niets negatiefs: wat hem trof was juist het volledige, het zichzelf-genoeg-zijn, in-zichzelf-afgerond-zijn van de sfeer die hij daar binnendrong. Later werd hem duidelijk dat het vervulde, afgeronde, zelfgenoegzame van deze vrouwenwereld volstrekt niet wilde zeggen dat die wereld ook vredig en harmonieus was! Integendeel, hij kende geen andere familie waar zulke langdurige, tot in de kern van de ziel doorvretende, verzengende vetes werden uitgevochten als in deze.

Daar had hij nog geen weet van toen hij deze vrouwenwereld de eerste keer betrad. Hij was toen alleen; zijn vriend APé, die met Asja's jongere zus Olga omging en door wie hij bij de familie was geïntroduceerd, was er niet bij. In die jonge jaren voortdurend op zoek naar een substituutgezin, begon hij er na hun kennismaking steeds vaker over de vloer te komen, al spoedig ook zonder zijn vriend. Asja zelf trof hij daar in hun kleine flatwoning maar zelden aan; zij woonde al niet meer thuis en kwam ook in de weekenden weinig naar De Bosrank. Zij was er bij uitzondering wel toen hij voor het eerst in hun Sallandse zomerhuis was uitgenodigd, naar aanleiding van iets feestelijks – waarschijnlijk om Olga's verjaardag te vieren. Omdat zijn vriend om de een of andere reden niet kon komen – zat hij toen al in het buitenland? – en de familie er al was, reisde hij er op eigen gelegenheid naartoe. In het dorpscentrum van M. uit de bus gestapt, had hij zich in de weg vergist, was na het dorp een zandpad te vroeg ingeslagen en belandde pas na veel omwegen en een paar maal vragen op het goede spoor. Toen hij eindelijk op het huisje toeliep, via een

smal achterpaadje door een dicht stuk bos, werd hij niet onmiddellijk opgemerkt, omgekeerd zag hij de vrouwen wel. Ze waren
alle drie met tuinwerk bezig. De moeder, haar kleine magere
gestalte in een oude regenjas gehuld, tuinhandschoenen aan, filtersigaret in haar mondhoek, was in het bos doende laagzittende
dode takken uit de bomen te zagen en op een hoop te leggen,
ongetwijfeld bestemd als aanmaakhout voor de potkachel waar
ze het zo vaak over hadden. De twee zusters waren op de open
plek naast het huisje in de weer, met kruiwagen, schoffel en hark
tussen een woud van zonnebloemen en een zee van herfstasters.
Ze droegen allebei kaplaarzen, Asja had bovendien een hoofddoek op, niet elegant in tulbandvorm gedrapeerd als een diva of
koket om haar hoofd gewikkeld als een fris oogstmeisje, überhaupt niet bevallig, maar boers onder haar kin vastgeknoopt, als
een Poolse plattelandsvrouw. De paar keer dat hij haar, de oudere zuster, ontmoet had, had ze nooit anders dan ongenaakbare modieuze kunstacademiekleren gedragen. Nu, vanaf het
bospad, leek het hem of hij haar voor het eerst echt zag, alsof die
nauwsluitende broeken, strakke truitjes, ragdunne sjaaltjes en
spitse laarsjes haar voorheen aan het oog hadden onttrokken.
– Was het niet zo? Ja, zo was het, en toch ook weer niet. Want
wat gebeurt er met iemand op het moment dat hij of zij de vrouw
of de man van zijn leven tegenkomt, of, zoals bij hem, gewaar-
wordt? Hij moest achteraf voor zichzelf bekennen: in zijn geval
eigenlijk niet zoveel! De wereld stond niet stil, er begon geen
engelenkoor te zingen, hij werd niet als door een vuistslag geveld
of door de bliksem getroffen, hij zeeg niet biddend op zijn knie-
en neer, niets van dat al. Hij was niet iemand van het grote ge-
baar, toen als jongeman niet, en later zo mogelijk nog minder.
Maar al vond er dan niets spectaculairs plaats, er gebeurde wel
degelijk íets: iets kleins, bijna onmerkbaars, zoiets als een mi-

nieme verschuiving van de aandacht, een in een ietsje andere richting spitsen van de oren, een net een fractie anders instellen van de blikfocus. Ging dit gepaard met het uitzenden van een haast even onmerkbare druk- of geluidsgolf, alleen voel- en hoorbaar voor wie die bestemd was, dan zou hem dat niet verbazen. Eén ding is zeker: het werd opgevangen.

Later dacht hij nog dikwijls aan deze scène terug. Niet zonder beklemming overigens, een beklemming die hij ook op het moment zelf al voelde, zoals steeds wanneer je oog in oog met de waarheid staat. Het beeld van de geheel in hun tuinwerkzaamheden opgaande drie vrouwen, ieder op zichzelf en voor zichzelf en toch een gesloten front vormend, hoe onbedoeld ook; en in dit beeld weer het beeld van de gehoofddoekte Asja, nijver wiedend en harkend tussen de hoog opgeschoten bloemen die haar telkens weer aan het oog onttrokken, volkomen bij zichzelf, volledig, onaantastbaar, omstraald door de stille septemberzon, leek iets van zijn toekomst te onthullen.

Een rest van dat gevoel van beklemming bleef ook nog toen ze 's avonds na het eten met hun vieren in de kamer zaten met de potkachel, waar de moeder af en aan houtblokken in wierp, zodat de vlammen als ze het deurtje opendeed naar buiten sloegen en wand en zoldering in een rossige gloed zetten. Nu was hun vrouwenbeslotenheid, die hem bij zijn aankomst zo had getroffen, in elk geval verbroken. Met name de moeder, de weduwe, had zich uit hun toverkring losgemaakt en zich vol naar hem, de man in huis, hoe jong ook, toegekeerd. Om Asja echter bleef die kring intact, de hele verdere avond lang. Zij zat daarbinnen, net zo volkomen en compleet als eerder in de tuin, onaantastbaar. En het was vreemd: hoe vaak en hoe lang zijn ogen ook, tussen het geanimeerde gepraat door, op haar rustten, ze zagen niets. Van de moeder en van Olga kon hij zich 's nachts in bed nog elk detail scherp voor de geest halen, zoals een uit de wrong losgeraakte haarstreng of de gele nicotinevingers bij de eerste, het fijngevormde jongemeisjesoor en de beweeglijke polsen bij de tweede. Van Asja daarentegen kon hij zich geen enkele bijzonderheid herinneren. Als hij 'Asja' dacht, zag hij niets voor zich, hoogstens een vorm, een gedaante, maar ook die raadde hij meer dan dat hij hem zag. Toch was het niet zo dat zijn blikken op die tovercirkel afketsten, of dat zijzelf zijn blikken afweerde; hij was er zelfs bijna zeker van dat ze ze toeliet. Ze zonken alleen dadelijk weg in iets zachts en warms, zonder zich aan een oppervlakte te hechten.

Op het moment zelf werd hem echter nauwelijks tijd gegund voor zijn verwarring, er werd iets van hem verwacht, hij moest zijn bijdrage leveren aan het gezellige samenzijn met de drie vrouwen. En hij leverde, was attent, luisterde, lachte, dronk, vertelde zelf ook, kon gevat, zelfs geestig zijn, helemaal als iemand die al jaren ervaring had met zulke avondjes. Maar hoewel hij er in hun doordeweekse woning al kennis mee had gemaakt, toch was en bleef alles nog steeds nieuw voor hem: de gespreksonderwerpen, de studentikoze manier van praten van de lerares, de filtersigaretten die ze de een na de ander opstak, de krachttermen die ze om de tien woorden gebruikte, het oude wollen vest met gaten in de ellebogen dat ze droeg, de rotanstoelen met schapenvellen, de houten tafel zonder tafelkleed, de koffie- en theekoppen zonder schoteltjes, de knoflook in het eten, de rode wijn die daarbij en ook de rest van de avond rijkelijk werd geschonken, alles. Was in zijn ouderlijk huis en in al de ouderlijke huizen die hij tot dusver had gekend het meubilair voor het grootste gedeelte als nieuw, glimmend gepoetst en pijnlijk schoon, hier in het boshuisje van Asja's moeder zag het meeste er duidelijk gebruikt, gebutst, soms zelfs afgetrapt uit, en was niet zelden met een laag stof bedekt. Zijn eigen moeder zou het hier onmogelijk 'gezellig' hebben kunnen vinden, bedacht hij, maar zelf voelde hij zich er direct op zijn gemak, alsof een dergelijke huisinrichting niet alleen aan het lichaam, maar ook aan de ziel meer leefruimte bood, eindelijk.

Iets anders wat opviel aan het interieur, misschien niet onmiddellijk, maar na verloop van tijd, was dat veel voorwerpen, zeker de kleinere, zelf gevonden of gemaakt waren, meestal door de dochters, en dat al vanaf hun vroegste kindertijd. Grillig dooraderde stenen, veren van alle stand- en trekvogels, uitgeblazen eieren, wonderlijk gevormde stukken wortelhout, uilenballen, opgeprikte vlinders, torren en kevers, een afgeworpen slangenhuid, eikel- en kastanjemozaïeken, stangen hertengewei, met ingekerfde geometrische figuren versierde wandelstokken, een zorgvuldig uitgekookte en schoongekrabde schedel van een das, door een boer illegaal geschoten, een krukje vervaardigd van een plak beukenstam, de kromme hoektand van een wild zwijn, een vel uitgerolde berkenbast, granaathulzen uit de Tweede Wereldoorlog, een naast een door de bliksem gevelde eik in de grond aangetroffen klont gesmolten glas of door de hitte tot glas samengesmolten zand – elk voorwerp onlosmakelijk verbonden met zijn eigen verhaal, tezamen opgeslagen in de 'herinneringenveste' die het huisje was.

Voerden al die met herinneringen beladen voorwerpen al terug naar de kindertijd van de beide meisjes, de tuin deed dat op een andere manier nog meer en nog duidelijker, hoewel er niets in groeide wat ouder was dan een paar jaar. Wat hij bij zijn aankomst als één grote, gezamenlijke tuin had gezien, bleken bij nadere beschouwing drie tuinen te zijn: in de hoofdtuin hadden de zusters ieder hun eigen kleine lapje grond, streng van elkaar

afgescheiden, zelfs niet aan elkaar grenzend, maar zo ver mogelijk van elkaar vandaan elk aan de tegenovergestelde rand van
de open plek waaraan De Bosrank was gelegen. En de twee tuintjes konden niet minder op elkaar lijken. In het ene, dat van Asja,
was het een wildernis van hoog opgeschoten asters, zonnebloemen, lupines, vingerhoedskruid, beide laatstgenoemde al grotendeels uitgebloeid maar nog niet opgeruimd en als dorre staken
uit de zanderige grond omhoogstekend; diverse soorten dramatisch bloeiende dahlia's, chrysanten, vuurpijlen en nog een menigte andere bloemen die hij niet kende, waarvan een ronde
oranjerode soort met een diepbruin hart, warm en fluwelig als
de vacht van een jong dier, noch daarvoor noch daarna ooit ergens anders door hem gezien, zijn hart een steek gaf. 'Die? O, die
komen uit Spanje, ik weet niet hoe ze heten,' deelde ze mee op
zijn vraag, en daar bleef het bij, alsof ze er verder niets over kwijt
wilde. Ze was trouwens helemaal niet erg mededeelzaam over
haar tuin, en ze had die behalve die eerste keer ook nooit meer
aan hem laten zien, en zelfs die ene keer was nog op zijn verzoek
gebeurd.

Dat was iets minder uitgesproken met Olga, die ruim een jaar
jonger was dan Asja. Zij bood hem in tegenstelling tot haar
zuster wél uit eigen beweging een rondleiding aan in haar do-
mein, kletste er ook honderduit over, maar toch leek het of ook
zij op een bepaalde manier iets achterhield, of ongezegd liet, of
langsheen praatte. Later, toen hij er nog eens over nadacht, wist
hij plotseling wat het was: geen van de beide zusters liet zich ook
maar één woord ontvallen over de tuin van de ander, alsof die
zo onbelangrijk was dat er niets over te zeggen viel. Terwijl er
toch geen twee tuinen meer van elkaar konden verschillen dan
de hunne. Want in de tuin van Asja's zuster was alles klein; er
stonden alleen maar laagblijvende plantjes met piepkleine blaad-

jes en dito bloempjes. En als hij er al een soort van dacht te kennen, dan was het daar weer de dwergvariant van: dwergafrikaantjes, dwergviooltjes, dwergcyclamen, dwergsteenbreek of hoe ze allemaal mochten heten, in groepjes, met daartussen zandige plekjes met heel kort, in dichte pollen groeiend, stug gras, en zorgvuldig geplaatste stapstenen. Waande je je op Asja's grondje in een weelderige bloemenjungle, in de tuin van haar jongere zuster bevond je je in de droge woestijnsteppe. Hun moeder vertelde later dat de tuintjes vroeger, toen ze nog heel jonge kinderen waren, naast elkaar hadden gelegen maar dat de meisjes elkaar steeds weer in de haren waren gevlogen, schijnbaar om niets, maar met een des te verwoestender nasleep, tot wederzijdse wraakoefeningen en vergeldingsacties – elkaars bloemen knakken, wortels onzichtbaar onder planten doorsnijden zodat ze raadselachtig verlepten, hele jampotten vol slakken in elkaars tuin loslaten – aan toe. De ruzies liepen zo hoog op dat ze de kinderen in arren moede ieder een ander stukje grond, verder uit elkaar, toewees, en toen ook dit niet afdoende bleek weer een ander, met de rododendronhaag ertussen, zodat ze elkaar niet meer konden zien. Daarna werd het wat dit betreft kalmer tussen hen, maar vrede werd het nooit. 'Heb je op de omheiningen gelet?' vroeg de moeder, en toen ze begon te vertellen herinnerde hij zich weer dat hij zich erover verbaasd had, over de zware, palissadeachtige stammenschutting aan de ene zijkant bij de ene, en het stuk afscheiding van bamboestaken – 'Heb je ze gezien? Met punten!' – bij de andere tuin. Maar het was hem niet opgevallen dat beide afscheidingen precies naar elkaar toegekeerd stonden, als verdedigingswerken. Asja's zus was toen op een zeker moment als eerste begonnen met een soort tuindemon op te richten; onder een laag, schermvormig groeiend beukenboompje had ze een grote, ovale zwerfkei rechtop gezet en daar met zwarte verf een paar ogen op gekalkt, die ook weer in de richting van haar zusters tuin keken. Op een morgen toen Olga haar tuin betrad stond de steen met de ogen een slag gedraaid. Olga draaide hem weer terug. De ochtend daarop stond hij nogmaals gedraaid, en zo voort, totdat Asja in haar eigen tuin van takken, oude lappen en mos een nog vervaarlijker uitziende verschrikker of boeman oprichtte, die de boze blik van haar zusters ogensteen blijkbaar afdoende neutraliseerde, want sindsdien hoefde de steen niet meer gedraaid te worden. – Nu de meisjes groot waren, vertelde de moeder, bleef het gebakkelei uit, maar nog steeds zette de een geen voet in de tuin van de ander.

Van de tuintjes was allang niets meer over toen hij na ruim dertig jaar met Asja terugging om te zien wat er van het weekendhuis was geworden. Ten tijde van zijn eerste visites aan De Bosrank waren de zusters het tuinwerk trouwens al gaan verwaarlozen, en dat hij ze daar destijds bij zijn kennismakingsbezoek allebei juist bij aantrof was in zoverre toeval, dat het toen net herfst werd en er veel uitgebloeids op te ruimen viel. De zusters hadden in die jaren andere dingen te doen dan met hun moeder naar het weekendhuis te gaan en in de tuin te werken: eindexamen afleggen (Olga), zich in het grotestadsleven storten (Asja), liftreizen maken, feesten geven en aflopen, met hun vrienden zijn (beiden).
  Wat hemzelf betrof waren dit al even vormende jaren, al had hij toen absoluut geen idee waartoe of voor wat. Terwijl zijn vriend APé (hij had van zijn initialen zijn roepnaam gemaakt) stage liep in de houthandel van zijn vader, al een grotemannenleven was beginnen te leiden en vaak in het buitenland zat, begon hij halfhartig aan een letterenstudie in de hoofdstad. Hij had zich niet eerder zo verloren gevoeld. Te vreemd voelde hij zich tussen zijn mondige medestudenten, te weinig kon de stof hem boeien,

te groot was de afstand tot de docenten en te slecht kon hij zijn weg vinden in de grote stad. Hij was zoals dat toen heette een 'spoorstudent', hij pendelde tussen zijn woonplaats en de hoofdstad op en neer, zodat zijn uiterlijke leven een tamelijk precieze vertaling was van zijn innerlijke toestand in die tijd: hij hing overal zo'n beetje tussenin. Dat veranderde toen hij via Asja, die daar al werkte, een baantje kreeg in de spoelkeuken van een visrestaurant. Tot dan toe had hij haar in de stad één of twee keer opgezocht, steeds in gezelschap van zijn vriend en Olga. In zijn eentje naar haar toe gaan, daar was hij steeds voor teruggeschrokken, hoewel ze hem al een paar keer had uitgenodigd. Op een middag moest hij voor de aanschaf van een studieboek in haar buurt zijn, ging de straat in waar zij ergens driehoog haar kamer had, stond beneden al voor haar deur, maar voelde zijn hart zo bonzen en zijn knieën zo slap worden dat hij zonder op de bel te drukken snel doorliep, vurig hopend dat ze boven niet net uit het raam keek. Hij had het daarna niet meer gewaagd.

In het restaurant hadden ze één avond per week samen dienst; hun overige shifts vielen op verschillende avonden. Wanneer ze om vier, vijf uur 's middags begonnen was het nog stil in de zaak; de koks kwamen de een na de ander binnen, deden de lichten aan, ontstaken de vuren, slepen messen, legden klaar, sneden voor, klopten, roerden, enzovoort, sommige onder grappen en grollen, andere rustig, bijna in zichzelf gekeerd. Geleidelijk aan begon zich tussen de fornuizen een stille spanning op te bouwen, waardoor de restaurantkeuken op die momenten iets weg kreeg van de kleedkamer van een sportteam vlak voor het begin van de wedstrijd. Een van de koks had zich al wat warmgelopen met de maaltijd te bereiden waarmee de avondploeg hun dienst begon. Dat was, tot de aanvankelijke opluchting van de nieuweling, maar een enkele keer vis; meestal werd er een bord met rijst, groente en een stukje vlees aan het personeel geserveerd. Maar in de tijd dat hij er werkte kreeg hij successievelijk toch alle gerechten te proeven die er op de spijskaart van het gerenommeerde visrestaurant stonden, via Sjouk namelijk, de kolossale cheffin van de afwasploeg, die een lijntje had lopen met sommigen van de kelners. Als zij de tafels in het restaurant afruimden hielden ze soms op verzoek maar meestal uit eigen beweging – en tegen het strikte verbod van de restaurantleiding in – de lekkerste hapjes die op de borden van de klanten onaangeroerd waren gebleven apart: 'Hier, Sjouk, voor jou.' En Sjouk, ondanks haar geweldige eetlust, was gul en liet de hele spoelkeuken meedelen. Zo leerde ook hij vis eten en hadden *Sole à la meunière, Coquilles St. Jacques, Truite aux amandes* en welke weidse namen de gerechten verder nog mochten dragen, na een paar weken geen geheimen meer voor hem.

Asja lustte geen vis en at het nooit. Hoe ze het dan uithield daar in die restaurantkeuken, waar altijd en eeuwig een zware vislucht en soms zelfs -stank hing, was hem een raadsel. Zij bracht hem daar trouwens toch in verbazing, die ene avond per week dat ze samen dienst hadden: niet alleen werkte ze sneller en beter dan hij, ze was wanneer het werk erop zat, zo tegen elf uur 's avonds, nog net zo fris – nooit rook ze ook naar vis! – als 's middags wanneer ze begon, terwijl hij vaak zo moe was dat hij alleen maar naar zijn bed verlangde. Daar in die restaurantkeuken, als die eenmaal op volle toeren draaide, in het geraas van de afzuigkappen, het gebrul van de gasvuren, het gesis van het bradende vet, het geschreeuw en getier van de koks en de kelners, het gekletter van de schalen en borden, in de stoom en de walm, in heel die onder hoogspanning staande, dampende, ziedende baaierd, leek Asja zich net zo op haar gemak, net zo op haar plaats te voelen als toen in de stille bostuin. Met haar hoofddoekje (in tegenstelling tot destijds bij De Bosrank ditmaal wel elegant om haar opgestoken zwarte haar geslagen), haar rubberhandschoenen, haar jeans en mannenoverhemd (een schort zoals Sjouk, de kolossale spoelkeukencheffin, of een stofjas zoals Gerard, de kleine gebochelde, eeuwig mopperende pannenman, droeg ze niet, en toch hoefde ze zich na het werk nooit te verkleden, deed hoogstens een flatteuzer paar laarsjes aan haar voeten), leek ze zich over de werkvloer te bewegen als over een dansvloer, terwijl ze met het vaatwerk van zwaar hotelporselein jongleerde alsof de stapels borden, schalen, kopjes en het zware verzilverde bestek minder wogen dan het lichtste wegwerpplastic.

Zo zagen zijn ogen het, en ze probeerden er onder het werk door, dat hem veel meer inspanning kostte dan Asja, zo veel mogelijk van op te nemen. Nu zag hij alles van haar heel precies en scherp, ze was niet alleen maar een vage vorm zoals die keer in De Bosrank. Toch, hoe precies ook, hij had zijn blik nog niet van haar afgewend of hij was alles wat hij gezien had weer vergeten en moest opnieuw kijken. Maar misschien kon hij wat zijn ogen opnamen ook wel daarom niet vasthouden en moest hij het geziene steeds vernieuwen, omdat de beelden telkens weer uit hem werden weggedrongen, niet door andere beelden – hoe zou dat ook kunnen –, maar door iets wat machtiger was dan die. Het was de kracht van haar nabijheid. Ze was tijdens die uren in het kabaal en de hectiek van de restaurantkeuken ook letterlijk heel dichtbij, steeds op minder dan drie meter bij hem vandaan, vaak op aanraakafstand. Voor het eerst in zijn leven onderging hij zo sterk de aantrekkingskracht van een vrouwelijk wezen. Zijn moeder, toch de enige vrouw in het mannengezin waaruit hij stamde: het was het aloude, bekende, bijna geslachtsneutrale. De buurmeisjes: dat waren de buurmeisjes. De schoolvriendinnen later, zelfs die ene om wie hij ooit wakker gelegen had: niet meer dan rimpelingen op de stille vijver die hij blijkbaar al die tijd was geweest en waar Asja nu de steen in was. Maar hoewel hij nog veel heftiger in beroering was dan eerder in het boshuis toen hij haar in de tuin zag werken, moest er aan de buitenkant weinig aan hem te merken zijn. Zelfs de geweldige Sjouk, immer spiedend naar opbloeiende romances om haar heen – misschien omdat ze er zelf niet meer op mocht hopen – had niets in de gaten. Maar als hem dat al voldoening schonk, dan was het tegelijkertijd en in nog veel grotere mate een bron van zorg, twijfel, regelrechte pijn. Want de spoelkeukencheffin had scherpe ogen en oren en merkte een boel op: hoe die en die kelner bij het leegruimen van zijn dienblad net iets te lang zijn blik op Asja had laten rusten, of dat een andere zelfs even zijn arm om Asja's middel had gelegd, of dat dezelfde of weer een andere een net iets te complimenteuze opmerking tegen haar had gemaakt, of dat de kok zich met de maaltijd aan het begin van de avond extra voor Asja had uitgesloofd, zelfs een biefstuk voor haar gebakken had omdat ze geen vis bliefde – en ze hield haar observaties niet voor zichzelf, maar ventileerde ze prompt in de kring, plagerig, goedmoedig. Voor hem was het dan net of hij zich elke keer weer pijnlijk voelde ineenkrimpen, zoals een naaktslak die een schep zout op zich krijgt. Zo voelde hij zich ook: huidloos. Ofwel zijn huid zo dun en doorlatend dat hij Asja's nabijheid en wezen met al zijn poriën kon indrinken, maar daarmee ook geen bescherming meer had tegen de gifdruppels van de jaloezie. En Asja zelf? Hij begon naar haar te kijken met de ogen van de spoelkeukencheffin en zag een mooie jonge vrouw die ook wist dat ze dat was. Hij zag de bewondering en de begeerte in de blikken van de kelners en de koks, in de brillenglazen van de chef. Hij zag het, maar kon er niets mee aanvangen. Hij vertoefde voor een deel nog in een andere wereld, een soort voor-wereld, een wereld die hij later 'onontwaakt', 'ongeordend' of 'ongericht' kon noemen, en waarvan de poort onherroepelijk achter hem dichtsloeg op het moment dat hij een voet in de nieuwe, de volwassen, 'gerichte' wereld zette.

Ja, hij werd 'gericht', en wel hardhandig. Op een avond na het werk, toen hij met Asja in de stad nog iets was gaan drinken en hij, de spoorstudent, al aanstalten maakte om zijn laatste trein te halen, nodigde ze hem uit om nog te blijven, ze had zin om te gaan dansen in de Blue Star, hij kon vannacht bij haar op haar kamer blijven slapen, ze maakte op de grond wel een kermisbed voor hem. Hoe zou hij daar geen ja op hebben kunnen zeggen: Asja die hém meevroeg! hij de hele nacht met Asja samen! bij haar slapen! – In de Blue Star was het donker, rokerig en vol, en hij was geen danser. Op een goed moment stond hij al heel lang met een glas bier aan de bar, Asja danste met een Amerikaanse neger uit Frankfurt of een andere Yankee-legerbasis, hij zag diens zwetende zwarte gezicht telkens opglimmen in de rondcirkelende lichtbundels. Even later kwam Asja naar hem toe, alleen, gaf hem een arm en zei: 'Gaan we?' Op haar kamer dronken ze niet eens meer iets. Asja was moe, wilde meteen gaan slapen, had ook geen fut meer om een apart bed voor hem op te maken, ze zei: 'Als je wilt, kun je er bij mij wel naast kruipen.' – Daar lag hij dan, in het donker, op zijn rug naast *haar*, die hij niet lang daarna zo regelmatig hoorde ademhalen dat het niet anders kon of ze sliep. Hijzelf daarentegen kon de slaap niet vatten, durfde zich niet te verroeren, durfde haar ook niet aan te raken, ze hadden elkaar zelfs nog nooit een zoen gegeven. Het bed was niet breed, op z'n hoogst een twijfelaar, ze lag op haar zij met haar rug naar hem toe, hij op zijn rug, en zijn heup raakte alleen het kleinst mogelijke plekje van haar bil, maar hij voelde haar helemaal, van haar haarwortels tot haar tenen. Hij moest die nacht op de een of andere manier toch in slaap gevallen zijn, want de volgende ochtend werd hij wakker en vond hij de plaats naast zich in bed leeg. Op de tafel was een ontbijt voor hem klaargezet en op een briefje stond uitgelegd hoe hij als hij wegging de deur van de kamer moest afsluiten. 'Tot volgende week!' eindigde het – en zo gebeurde het ook. Een paar weken achtereen gingen ze na hun werkavond dansen in de Blue Star, dat wil zeggen, zij danste terwijl hij aan de bar toekeek, en daarna kroop hij bij haar in bed om de verdere nacht min of meer slapeloos naast haar door te brengen.

In wat voor zonderlinge, bitterzoete hemel was hij beland! Of was het toch de hel? In ieder geval kon het niet blijven duren, al wenste hij ook vaak van wel. Er kwam een nacht, hij moest dan toch half en half in slaap zijn gevallen, dat Asja plotseling in zijn armen lag, of liever gezegd, hij lag in de hare, en haar mond drukte zich in het donker op zijn mond. Van het vervolg had hij maar het allervaagste idee, alleen het overweldigende dichtbije van hun twee verstrengelde lichamen, en dat ze op een gegeven moment zijn geslacht bij zich naar binnen bracht. Toen het voorbij was, vroeg ze: 'Is dit de eerste keer dat je met een vrouw was?' en een paar minuten later, toen hij rechtop in bed zat met zijn handen om zijn knieën, hoorde hij haar vanuit het donker achter zich zeggen: 'Nu weet ik zeker dat ik niet van je hou.'

Hij had in die ogenblikken het merkwaardige gevoel dat Asja, of niet Asja, niet eens *iemand*, maar *iets*, hem klein wilde krijgen, voorgoed, eens en voor al. En het wonderlijke was dat haar woorden hem wel tot in het diepst van zijn ziel raakten, maar dat ze ook, en tegelijkertijd, van hem afgleden als waterdruppels van een oliehuid. En nog wonderlijker: het beeld dat hij van deze gebeurtenis meenam had alle donkerrode en pikzwarte schaduwen verloren en stond in een zachte gouden glans voor hem: hij zag zichzelf naakt en met opgetrokken knieën op dat bed zitten, met een stille glimlach telkens aan zijn hand ruikend die naar Asja rook. Asja zelf kwam helemaal niet in het beeld voor, maar hoewel verborgen, was ze er toch, en voor altijd, mee verbonden.

DAARNA WAS ER definitief iets veranderd tussen hen. Hij begeleidde Asja nog één of twee keer naar de Blue Star, sliep dan ook nog bij haar, maar de betovering, of hoe je het onzichtbare weefsel ook noemt dat geliefden verbindt, was verbroken, ze verdroegen elkaar niet meer. Het was omstreeks datzelfde tijdstip dat hij besloot zijn studie eraan te geven, en aangezien hij nu immers niet meer in de stad hoefde te zijn, nam hij tegelijk ontslag bij het visrestaurant. Hij zocht en vond een tijdelijk baantje in de stationsrestauratie van W., tien treinminuten van zijn woonplaats. Nu woonde en werkte hij weer uitsluitend in zijn geboortestreek en nam nog maar sporadisch de trein naar de grote stad. Asja zocht hij daar nooit op, hij vernam dat ze ondertussen was verhuisd, ze zou een nieuwe vriend of begeleider, of zoals haar moeder zei: *amant* hebben, en zou evenmin nog in de spoelkeuken van het visrestaurant werken. Hij begon weer meer bij haar familie over de vloer te komen, maar trof haar daar geen enkele keer, en in De Bosrank verscheen ze helemaal nooit meer. Daarentegen kwam hij er vaker dan ooit, meestal met de moeder en Olga, soms was ook zijn vriend APé erbij, en een heel enkele keer ging hij met Olga alleen. Hij pakte de draad weer op van het driehoeksspel zoals APé, Olga en hij dat speelden voordat hij in de stad was gaan studeren, maar hij voelde zich na Asja honderd jaar ouder geworden en kon er niet dan halfslachtig aan meedoen. Liever hoorde hij de zuster en haar moeder uit over Asja. Ze wisten wel dat hij haar in de stad geregeld zag, maar over de aard van hun kortstondige verhouding had Asja thuis blijkbaar niets losgelaten, en iets zei hem hen niet wijzer te maken dan ze waren, met name de moeder niet. Wanneer hij in De Bosrank was vergat hij nooit om even in Asja's tuintje te gaan kijken. Dat was intussen een echte wildernis geworden, maar hij waagde het niet er iets aan te doen, hoogstens maakte hij de oranjerode bloemen met de bruine harten wat vrij, die nu nog meer dan voorheen voor iets van Asja stonden.

Zo ging een zomer voorbij, een herfst, een winter, en het werd weer voorjaar. In de herfst had hij nog een week alleen in De Bosrank gezeten, om in alle rust na te denken over zijn toekomst, zoals hij zei. Met instemming, op aandringen zelfs van de moeder, die zijn baantje in de stationsrestauratie maar niks vond en hem liever iets serieus zag aanpakken. Hield ze er, misschien onbewust, rekening mee dat hij haar nog eens om de hand van haar dochter zou vragen? Hij legde het in elk geval zo uit, al even onbewust misschien. Hoe het ook zij, blijkbaar genoot hij haar volste vertrouwen, want ze had nog nooit aan een vreemde de sleutel van De Bosrank toevertrouwd, zelfs haar eigen dochters mochten er bij uitzondering onbegeleid heen. Het was kil en het regende die dagen bijna aan één stuk door. Hij was meteen op de dag dat hij aankwam met de beschikbare fiets naar het dorp gereden, had de fietstassen vol etenswaren geladen en was het huisje de verdere week bijna niet meer uit geweest, behalve om hout te kloven voor de grote potkachel, die de hele dag volop brandde. Eén keer, het was tegen de avond beginnen op te klaren, was hij vlak voor hij ging slapen naar buiten gelopen de donkere bosnacht in en zag boven zich ingevat tussen een kring van zwarte sparrentoppen plotseling een laaiende sterrenhemel, zo angstaanjagend dichtbij dat hij vlug weer naar binnen ging. Overdag las hij meestal, liggend op het bed met het bontvel vlak bij de kachel, of in de rotanstoel bij het erkerraam, vanwaar hij als hij uit zijn boek opkeek buiten de stil druipende bomen kon zien, en de bladeren die geel, bruin en rood verkleurend in een constante trage stroom omlaag dwarrelden. Soms buitelde er opeens een zwerm kleine drukke vogeltjes door de boomkruinen, een andere keer sprongen een paar gaaien krijsend van tak tot tak, en één keer dacht hij de donkere gedaanten van een roedel reeën vlakbij tussen de stammen door te zien glijden. Elke dag stuitte hij in het huisje op weer meer onbekende sporen van Asja's verleden: foto's, kinderboeken waar haar naam in geschreven stond, een mapje met tekeningen van boombladeren, insecten enzovoort, kennelijk als kind hier gemaakt, allemaal vergeeld en verstoft. Hij bekeek ze stuk voor stuk met vertedering, maar merkte tot zijn opluchting ook dat ze hem verder eigenlijk weinig deden. Hoe anders was dat geweest op haar kamer in de stad, op die ochtenden dat zij al weg was en hij daar nog even bleef talmen, juist om tussen al die voorwerpen te zijn die, hoe alledaags of zelfs hoe in massa ook vervaardigd, louter en alleen omdat ze van haar waren en door haar handen waren gegaan, met betekenis waren geladen. Nu in het boshuis was dat veel minder het geval, ook al omdat de dingen die hij daar aantrof van veel ouder datum waren, alsof de kracht er in de loop van de jaren langzaam uit was weggelekt, zoals bij batterijen. En misschien was het zo dat ook zijzelf, Asja, voor hem haar kracht begon te verliezen, dat, zonder dat hij het gemerkt had, haar beeld in hem net zo was beginnen te verbleken en te vergelen als hier haar kindertekeningen?

Zijn verblijf in De Bosrank was in zoverre vruchtbaar geweest dat hij nu inderdaad iets serieuzer begon uit te kijken naar iets wat hij als broodwinning in het leven zou kunnen kiezen. Het werk in de stationsrestauratie kon je immers moeilijk levensvervullend noemen – maar moest dat dan? Bovendien, hoe nederig ook, ergens hing hij aan dat baantje. Niet alleen omdat de spoorlijn waar het station aan lag hem met de grote stad en dus met Asja verbond (zodat hij elke dag naar zijn werk kon gaan met de hoop dat zij nog diezelfde dag zijn restauratie binnen zou stappen, al hoefde ze er als ze eens in de veertien dagen naar huis ging pas het volgende station uit en had ze hier niets te zoeken), maar ook omdat hij zich in het werk op zijn gemak voelde, er plezier in had om mensen te bedienen en vriendelijk tegen hen te zijn, en er een diepe voldoening uit haalde als de dingen marcheerden zoals het moest. De enige schaduwkant, die ook steeds groter werd, was de baas, de zaakvoerder of pachter van de restauratie, die gelukkig maar een paar keer per week kwam, en dan meestal maar voor even. Om af te rekenen vooral – maar nu hij er toch was, waarom dan niet van de gelegenheid gebruikgemaakt om je ondergeschikten nog eens goed in te peperen dat ze ondergeschikten waren? Het kwam uiteindelijk zo ver dat deze ene ondergeschikte daar zo schoon genoeg van kreeg dat hij op een middag, midden in de drukte, na de zoveelste kleinerende bazenopmerking, kalmpjes zijn kelnerssloof afbond, zijn jas aantrok en de deur uit wandelde, precies op tijd om de trein te pakken die hem naar zijn woonplaats terugbracht.

Meteen de volgende dag had hij werk gevonden in de enige kunstgalerie die zijn woonplaats rijk was. Van nu af aan was het zijn taak om behalve 'op de winkel te passen', zoals zijn nieuwe werkgever het ontvangen van bezoekers noemde, hand- en spandiensten te verrichten bij het ophangen of neerzetten van de kunstwerken, en tevens de tentoonstellingsaankondigingen eerst alleen maar de deur uit te krijgen, al gauw, toen hij daar een zeker talent voor bleek te bezitten, ook te ontwerpen. Net als de stationsrestauratiebaas was ook zijn nieuwe werkgever er vaker niet dan wel. Hele dagen was hij zodoende alleen in de 'winkel', en omdat het er niet storm liep en er ook niet zo frequent nieuwe tentoonstellingen waren voor te bereiden, had hij dikwijls niets omhanden, zodat hij veel naar muziek luisterde of, als hij niet zelf een boek mee had, de in het kantoortje aanwezige kunstboeken inkeek of de fotoboeken met vrouwelijke en mannelijke naaktmodellen doorbladerde die zijn baas – daar kwam hij pas later achter – in eigen beheer uitgaf. En wat voerde hij, de 'assistent', daar verder nog uit? Waarom was hij eigenlijk in een kunstgalerie gaan werken? Wat had hij dan met kunst?

Dat waren niet zozeer vragen die hij zichzelf stelde, maar die aan hem gesteld wérden, en wel door zijn vriend APé, die intussen voor de zaak van zijn vader in een tropisch bos ergens in de Zuid-Amerikaanse binnenlanden zat. In zijn brieven aan hem liet hij telkens weer doorschemeren dat hij zijn galerie-bezigheden eigenlijk als net zo'n tijdelijk baantje beschouwde als dat in de stationsrestauratie, bovendien een 'wijvenbaantje', zoals hij schreef, en: 'Wanneer ga je nou eens echt iets doen?' Dat 'echte doen' speelde zich in zijn ogen toch uitsluitend af in de 'echte wereld', en dat was de wereld 'waar het geld wordt verdiend'. Veel gunstiger dan APé oordeelden anderen uit zijn omgeving over zijn nieuwe betrekking, niet in de laatste plaats Olga en nog meer haar moeder, die werken in een kunstgalerie een stuk aanvaardbaarder vond dan werken in bijvoorbeeld een stationsrestauratie. De status die de kunstwereld aanhing (blijkbaar echter niet voor iedereen!), straalde nu ook op hem af, hij steeg in aanzien bij haar, die niet voor niets uit een oude kunsthandelarenfamilie stamde, hij trad als het ware tot haar kringen toe, en was dat ook niet waar hij op had gehoopt? Nog een geheime hoop die hij had gekoesterd toen hij voor de galerie had gekozen: dat hij daarmee weer binnen de gezichtskring zou komen van Asja, die immers aan de kunstacademie studeerde. Maar ook los van Asja en afgezien van aanzien of status wenkte de wereld van de kunst hem op de een of andere manier, al zou hij toen niet hebben kunnen zeggen waarom, als een wereld van vrijheid en menswaardigheid.

In het dagelijks werkleven echter bleef dit alles veeleer onder de oppervlakte. Hij zat de hem vaak lang vallende dagen uit tussen kunstwerken die hem dikwijls genoeg allesbehalve als afgezanten uit een lichtstralende wereld voorkwamen, en hij was blij wanneer Olga af en toe als ze een uur vrij van school had in de galerie bij hem langswipte. Sinds haar (en ook zijn) vriend APé in de tropen verbleef om daar de belangen van zijn vaders houthandel te behartigen, had hij, de achterblijver, van lieverlede een nauwere band met haar gekregen, vooral omdat hij als een soort bemiddelaar tussen de twee gelieven fungeerde wanneer de een dacht dat de ander hem/haar in het verre buiten- respectievelijk thuisland vergat. Ook de richting waarin APé zich ontwikkelde baarde Olga zorgen, zijn neerbuigende of in haar ogen zelfs kleinerende opmerkingen over de plaatselijke bevolking stuitten haar tegen de borst, ze kon zichzelf moeilijk als de aanstaande zien van een 'koloniaal', zoals ze zich uitdrukte. Eindeloos praatte ze daar met hem over, besprak de brieven die hij haar schreef van voor naar achter en van achter naar voor, tot ook haar gesprekspartner ze bijna uit zijn hoofd kende. Hier manifesteerde zich eens te meer Olga's talent voor het kleine, zoals dat ook al bij haar tuintje aan de dag was getreden. 'Moet je horen wat hij nu weer schrijft.' Ze haalde de brief tevoorschijn en las voor: '*Ik*

*heb sinds een paar dagen een nachtwaker, hij bewaakt 's nachts
het huis. Dat is eigenlijk niet echt nodig, maar ja, je moet die
mensen hier ook wat gunnen. Ik noem hem "Govert", op zijn
Hollands, want zijn Portugese (of indiaanse, kan ook) naam is
onuitspreekbaar.* Zeg nou zelf, Peter, dat is toch koloniaal tot en
met!'

Ook tijdens weekenden in De Bosrank, waar Olga nu, na zijn
ongechaperonneerde herfstverblijf, vaker zonder geleide van
haar moeder naartoe mocht, werden hun gesprekken over haar
en APé voortgezet – daar juist; overdag tijdens lange wandeltoch-
ten over de eindeloze zandpaden in de omgeving, of 's avonds bij
de houtkachel, al dan niet in gezelschap van Olga's hartsvrien-
din, echter nooit waar de moeder bij was. Zo kreeg hun verhouding iets intiems zonder dat er hartstocht bij kwam kijken, alsof
de liefde een andere ingang dan de gebruikelijke had gekozen.
Werd het driehoeksspel dat al vanaf het begin tussen Olga en de
twee vrienden was gespeeld dan toch ernst? – Voorlopig volgde
er alleen een ander trio, een variant zogezegd, met als derde niet
APé, maar Olga's vriendin. Het werd Oudjaar, en de avond werd
gevierd in De Bosrank. Ze waren met hun drieën, hij, Olga en
haar vriendin. De moeder was naar familie in de stad. Sinds hij
werkte beschikte hij over wat geld en had oliebollen, drank en
vuurwerk gekocht. Olga zette in de loop van de avond de muziek
keihard, ze schoven de stoelen aan de kant en dansten. Ze hadden maar één dansbare plaat bij zich, een singletje met een snel
en een langzaam nummer. Olga wilde dat hij het langzame nummer ook met haar vriendin danste, niet alleen met haar. Tegen
middernacht gingen ze naar buiten, het was bitter koud, om
twaalf uur precies ontstak hij het vuurwerk, en nadat de laatste
knal door het zwarte bos had geklonken bleef hij, de beide vriendinnen warmend onder de enorme jas van schapenbont die hij

toen droeg, nog even in de donkere winternacht staan luisteren naar de sporadische antwoordknallen in de verte, waarop ze weer naar binnen gingen. Zijn dikke schapenjas gaf ook als vanzelf het nachtarrangement aan: vanwege de kou schoven ze de twee eenpersoonsbedden in de woonkamer tegen elkaar aan, legden boven op de vracht dekens zijn bontjas, kropen eronder met hem in het midden. In de rossige weerschijn van de kachel ontwaarde hij aan de ene kant naast zich op het kussen nog vagelijk Olga's sierlijke meisjesoorschelp, aan zijn andere kant de donkere krullenbos van haar vriendin, zag dat het goed was en viel, geholpen door de drank, als een blok in slaap.

Zo bleef ook daarna de verhouding tussen hem en Olga steeds balancerend op het randje van – ja, van wat eigenlijk? Zij bleef hem om raad vragen inzake APé, de gevoelsarmoede die ze in diens brieven uit de tropen meende te vinden, en hij op zijn beurt bleef zijn dubbelrol spelen, bemiddelde waar hij kon, maar zorgde er tegelijkertijd steeds voor dat de weg voor hemzelf nooit helemaal afgesloten werd, zonder Olga overigens ooit zijn liefde te verklaren. Dit ragdunne web waarin ze zich ingesponnen hadden en waarin ze beiden spin en prooi tegelijk waren, moest vroeg of laat een keer scheuren, en eerder vroeg dan laat. Het toneel waar zich dat afspeelde was wederom het Sallandse weekendhuis van de familie. Het werd voorjaar, het seizoen van zijn geboorte, en de dag dat het eenentwintig jaar geleden was dat hij, zoals dat zo plechtig heet, het levenslicht aanschouwde, naderde snel. Hij had voor die gelegenheid in De Bosrank een klein feestje georganiseerd om zijn (toen nog op genoemde eenentwintigjarige leeftijd ingaande) meerderjarigheid te vieren, natuurlijk samen met Olga, ten eerste omdat het haar huis, althans het huis van haar familie was, en verder was het vanzelfsprekend dat hij het met haar samen deed omdat ze de laatste maanden praktisch alles samen deden, helemaal alsof ze een stel, een paar waren, maar dan zonder dat ze hun verbintenis als zodanig hadden benoemd, ook niet voor zichzelf. Zelfs als ze bij elkaar sliepen, wat na die oudejaarsnacht nog twee of drie keer was voorgevallen, bleef steeds het laatste woord ongezegd. Ze vonden het prettig om elkaar aan te raken, zeker, maar hun aanrakingen gingen niet dieper dan hun huid.

Het verjaardagsfeestje was al in volle gang toen plotseling Asja verscheen. Ze hadden buiten, op deze eerste warme dag van het jaar, een met uitlopende takken versierde stoel voor hem neergezet en daarboven op een stuk karton dat aan een staak was geprikt met lijm en zand letter voor letter de tekst van het wetsartikel geschreven dat over meerderjarigheid handelt, in die merkwaardige ontkennende benadering: *Minderjarigen zijn zij, die de ouderdom van eenentwintig jaren niet hebben bereikt*, een preciesiewerkje, dat duidelijk de signatuur van Olga verraadde. Op het moment dat Asja over het bospad – het brede, rechte, koninklijke, niet het smalle, kronkelige achterpaadje waar hij die eerste keer over was gekomen en de vrouwen had bezig gezien – kwam aangewandeld, kalmpjes, op haar gemak, zonnebril op haar voorhoofd geschoven, zat de jarige juist even in zijn feestzetel, met een glas in de hand. Toen hij de late bezoekster zag komen en herkende, schrok hij zo intens dat hij in zijn stoel verstarde en nog net kon voorkomen dat hij het glas tussen zijn vingers fijnkneep. Later vertelden ze hem dat hij opeens bleek als een dode was geworden, en Olga's vriendin, die met de donkere krullen, was op hem toegesneld, omdat ze zijn bleekheid en de grote rode vlek die zich plotseling op zijn witte overhemd verbreidde bloederig met elkaar in verband bracht. Het was niet meer dan wijn die hij had gemorst, maar de te hulp snellende zorgster had het in zoverre bij het rechte eind met haar gruwel-fantasie, dat hij zich in zijn stoel op het moment dat hij Asja ontwaarde precies had gevoeld alsof er een inwendige wond weer was beginnen te bloeden.

In de stilte die er viel toen het groepje aanwezigen de onver-wachte gast opmerkte – stopte ook de muziek niet plotseling? – liep Asja – nee, ze liep niet, ze schreed – naar hem toe, zoende hem vol op de mond, feliciteerde hem met zijn verjaardag en zei, half naar hem, half naar de anderen toegekeerd, luid en voor iedereen verstaanbaar:

'Lieve Peter, ik had geen tijd meer om een cadeautje voor je te kopen, maar toch kom ik niet helemaal met lege handen, want als je het goed vindt, blijf ik vannacht hier bij je slapen.'

Daar stond Asja in al haar majesteit, ze torende hoog boven hem in zijn versierde stoel uit, nee, het was niet Asja die voor hem stond, het was De Vrouw, en De Vrouw koos zich een man, en de man had niets te kiezen, enkel te gehoorzamen. Ze had wel gezegd: 'als je het goed vindt', maar dat was slechts voor de vorm, in werkelijkheid was alles besloten, en elk verzet was zinloos. Ook de anderen vatten dit blijkbaar zo op, want hoewel het oorspronkelijk half en half zo was gepland dat iedereen in De Bosrank zou blijven slapen, begonnen ze na een tijdje de een na de ander afscheid te nemen, de eerste omdat hij zogenaamd de volgende dag moest voetballen, de tweede omdat ze nog een tentamen moest voorbereiden, de derde omdat hij bij zijn ouders zou eten, enzovoort. Het vertrek van de gasten ging als bij een bruiloft gepaard met allerlei geginnegap en geplaag ('Nou, dan laten we de duifjes maar alleen' en dergelijke) – maar was dat niet gewoon omdat ze met hun grapjes de oerschroom probeer-den te overstemmen voor de Eerste Nacht, ook al stond die dan

Zo hadden ze het tegen elkaar gezegd in de trein tijdens de terugreis van M., waar ze na zoveel jaar De Bosrank weer hadden teruggezien, die toen al niet meer De Bosrank heette maar – hij was de nieuwe naam meteen weer vergeten: 't Hoes? De Plagge? Toch Nog? Op de heenweg hadden ze steeds tegenover elkaar gezeten, nu waren ze naast elkaar gaan zitten, als vanzelf. Ze hadden hun jassen uitgetrokken en hij mat met zijn ogen zijn rechterdij tegen haar linker naast hem: zij won nog steeds. Af en toe stootten ze met hun onderarmen tegen elkaar, hun heupen raakten elkaar net niet, maar hij voelde haar warmte. Ja, ze had gelijk: hij had er inderdaad iets 'reusachtigs' van gemaakt destijds. Na die zogenoemde 'Eerste Nacht', die alleen maar zo kon heten als hij de nachten die hij toen in de stad bij haar had doorgebracht – en dan vooral die ene waarin ze zei dat ze nu zeker wist dat ze niet van hem hield – niet meetelde, waren ze uiteengegaan met van haar kant de vage belofte dat ze elkaar gauw weer zouden zien. Dat gebeurde ook, maar niet zo snel en niet zo vaak als hij gewild had, en ze sliepen ook geen enkele keer meer met elkaar. Het was de zomer van Olga's eindexamen; alleen of samen met haar vriendin zocht ze hem nu vaker dan ooit in de galerie op, in een soort poging tegen beter weten in om hun omgang op de oude voet voort te zetten. Maar het was duidelijk dat hun verhouding sinds zijn verjaardag en Asja's – ja, wat was het: coup? niet meer kon worden als voorheen, niet van haar kant, en evenmin van de zijne. De zomer van toen was er trouwens helemaal een van afloop en verwelking, ondanks het prachtige weer. Vanaf de eerste warme dag van het jaar op zijn verjaardag laat in de lente was het bijna ononderbroken mooi gebleven tot diep in september, en toch hing er in zijn herinnering iets donkers over deze zomer, alsof er al die maanden een herfstzon had geschenen. Het was ongetwijfeld mede de verhuizing van zijn ouders geweest waardoor dat gevoel bij hem was ontstaan, het opgedoekt worden van het ouderlijk huis, het huis ook waarin hij geboren was. Bovendien het definitieve afscheid van zijn schooltijd, nu Olga, door wie de banden met school nog een paar jaar waren blijven bestaan, eindexamen had gedaan en ging studeren. Maar misschien nog het meest van al, alsof het achter de horizon verdwijnen van de schooltijd inderdaad het zicht had vrijgemaakt, het aan diezelfde horizon opdoemen van zoiets als het volwassenenleven, als iets dreigends, een grauwzwarte wolkenbank. 'Papa, ik wil niet een groot mens worden,' had Marie een keer gezegd toen ze een jaar of zeven was, met een zo grote beslistheid dat hij, de vader, zich op slag weer zijn eigen weerzin tegen hetzelfde onontkoombare feit herinnerde. Had zijn dochter uiteindelijk niet de daad bij het woord gevoegd? Hijzelf was ten langen leste een 'groot mens' geworden, maar meer een van het soort dat met zijn rug de toekomst in geduwd moest worden.

De enige dag in die zomer die eruit sprong, maar dan wel zo stralend dat hij achteraf het lichtgebrek van de hele zomer bijna in zijn eentje goedmaakte, was de dag dat hij bij Asja op bezoek was in de stad. Ze had een nieuwe kamer, of eigenlijk een kleine etagewoning, op een van de stadseilanden betrokken. Lag het daaraan, doordat het gereflecteerd werd door het vele water in de omgeving, dat het licht iets gewichtloos, ja, verheffends gaf, alsof je als je erin liep steeds een heel klein beetje werd opgetild? Zo had hij het in elk geval ervaren toen hij op weg naar haar toe was, door de buurt met veel lage huizen aan de grachtjes en zijgrachtjes, en ook bij haar op haar bovenetage bleef hij dat gevoel houden. Alle ramen stonden wijd open, de tintelende, lichte stadszomerlucht, hier met de duidelijke geur van water, vermengd met een vleugje botenbenzine en steigerteer, stroomde naar binnen en deed de gordijnen af en toe traag bollen. Er was een buurkind bij Asja, bijna nog een baby, op wie ze paste, als vriendinnendienst of voor geld, dat wist hij niet meer. Het kind zat met een slab om in een kinderstoel en wachtte op het eten, dat Asja in het keukentje aan het bereiden was. Even later zaten ze met hun drieën aan tafel, Asja voerde het kind, dat gretig at, volkomen op zijn gemak onder haar handen. Het lachte, kraaide als Asja van de lepel een vliegmachine maakte of een boemeltrein, of als ze een hollebollegijsmond zette. Asja leek volkomen argeloos, er leek niets te staan tussen haar en wat ze deed, en toch voelde hij dat ze het ook deed voor hem, als om hem iets te demonstreren, om hem iets aan zijn verstand te brengen. Of verbeeldde hij zich dat allemaal maar? In ieder geval wenkte hem daar, in die ruime, zomerse, winddoorwaaide kamer, met voor de open ramen een eettafel waaraan een man, een vrouw en een kind, afgetekend tegen een witblauwe hemel boven het door een gouden namiddagzon beschenen stadsdakenlandschap, voor het eerst de mogelijkheid van een gezin, binnen bereik ook voor hem, als een plotseling herkende wens, die tot dan toe uitsluitend iets van de verre volwassenenwereld was geweest.

Dit beeld van man, vrouw en kind nam hij mee naar de daaropvolgende herfst en winter, en het was er misschien wel de oorzaak van dat hij en Asja dan toch een paar werden. Ook voor haar regeerde dit beeld mogelijk hun samengaan, als een onzichtbare, onder de bewustzijnshorizon schijnende leid-ster. Want hoe was het anders te verklaren dat ze een hele week lang haar anticonceptiepillen vergat in te nemen, juist in de kritieke periode? 'Ik heb er gewoon niet aan gedacht, Peter,' was later haar enige verweer. De mogelijkheid die ze achteraf opperde, namelijk dat ze ze vergeten was mee te nemen, moest worden verworpen, want hij herinnerde zich heel duidelijk in de badkamer daar het kaartje met de kleine roze tabletjes, zo nieuw nog in die tijd, uit haar toilettas te hebben zien steken. Hij wist het daarom zo zeker, omdat de aanblik van dit allervrouwelijkste attribuut daar op die plek en in die situatie hem toen van een primitief soort mannentrots vervulde, de trots een vrouw te bezitten. (Dat dit meteen ook zowat het enige moment tijdens het bosverblijf of zelfs in zijn hele samenlevingstijd met Asja was geweest dat hij zich zo'n gevoel kon veroorloven, vermoedde hij ook toen al wel.) – Of Asja nu wel of niet bewust een kind had gewild: het diende zich aan, onmiskenbaar en ondubbelzinnig, op een moment dat hun verhouding al de scheurtjes en barstjes begon te vertonen die zich later tot regelrechte kloven en ravijnen zouden verdiepen. Ze woonden in die tijd nog altijd niet bij elkaar; de week in De Bosrank was tot dan toe de enige gelegenheid geweest waarbij ze langer dan een of twee etmalen samen waren. Het was trouwens een grote verrassing voor hem geweest dat het ervan was gekomen. Steeds hield Asja de boot af als hij met voorstellen kwam voor een reisje of uitstapje met z'n tweeën dat de duur van een weekend te boven ging, en opeens kwam ze zelf met zo'n voorstel. Als reden gaf ze op dat ze zin had om door de sneeuw te lopen en dat ze er vast in geloofde dat het wanneer ze in De Bosrank zaten zou gaan sneeuwen. Het was tot op dat ogenblik de zachtste en druilerigste januarimaand sinds mensenheugenis en in de verste verte wees niets erop dat het binnen afzienbare tijd nog zou gaan vriezen, laat staan sneeuwen, maar Asja was ervan overtuigd dat het zou gebeuren, en hij liet het wel uit zijn hoofd om haar tegen te spreken. – Wat een zee van tijd lag er voor hen toen ze na een vlot verlopen trein- en busreis bij het huisje aankwamen! Nu eens niet de gebruikelijke dag of krappe anderhalve dag, maar een hele week hadden hij en Asja voor henzelf! En zoals bij de echte zee, verbreidde ook deze tijdzee een gevoel in zijn binnenste van grenzeloosheid, van verwachting en avontuur, en boezemde hem tegelijk toch vrees in, een vage angst niet tegen de gevaren opgewassen te zijn, de overkant niet te halen, schipbreuk te lijden. Maar de zegen die al op de reis ernaartoe had gerust – de trein vertrok met precies voldoende vertraging van het vertrekstation dat ze hem nog net hollend wisten te halen, en kwam tijdig genoeg op het bestemmingsstation aan om daar de al wegrijdende overstapbus nog te onderscheppen – bleef ook in het vervolg werkzaam. Op het moment dat ze voor De Bosrank stonden en Asja de sleutel in het slot van de deur stak en een paar seconden moest morrelen om hem open te krijgen, sloeg de angst hem in de knieholten, op de maag, om het hart, overal – om het volgende ogenblik, gelijk met het openzwaaien van de deur, op te lossen in de honderd handgrepen die zich aandienden om het huisje bewoonbaar te maken: lampen aanknippen, kachel aanmaken, waterhoofdkraan openen, koelkast aansluiten, gasflessen opendraaien, geiser aansteken, matras uit de winterhoes halen, lakens ontvouwen, bed opmaken, tassen uitpakken, kleren inruimen, thee zetten, cake aansnijden. En zo gingen zij al doende door het huisje, heen en weer tussen de woonkamer en de keuken en de zijkamer en de vliering, voerden ieder hun taak van dat moment uit en raadden reeds de volgende, liepen precies op het ogenblik dat het nodig was naar elkaar toe om elkaar een hand toe te steken, en gingen weer los van elkaar verder met waar ze mee bezig waren, alles zonder elkaar ook maar één keer in de weg of voor de voeten te lopen, als een geoefend danspaar. Ja, was het inderdaad niet net alsof hij daar met Asja danste, eindelijk, als een soort revanche op zijn niet van de grond gekomen pogingen destijds in de spoelkeuken van het visrestaurant en nog meer in de Blue Star? En was het ook niet net alsof hun dans zich voortzette, overdag het ritme gaf aan hun bezigheden en aan hun nietsdoen, en helemaal 's nachts in bed, waar gevoel voor ritme alles is?

Hij had er niet meer van opgekeken toen tegen het einde van die week het kwik plotseling was beginnen te dalen en er nog voor de nacht was gevallen een pak sneeuw lag. Dertig jaar later, met Asja over het bospad lopend dat naar het huisje leidde, herinnerde hij zich nog precies de plekken waar ze elkaar in het donker met sneeuwballen hadden bekogeld en waar hij haar had ingepeperd, hoe haar wangen voelden en proefden, strak, nat en sneeuwkoud, toen hij haar afzoende. Ook daarom was hij met haar naar De Bosrank teruggegaan, in de absurde hoop de topografie van het geluk (ja, dat was het!) ongeschonden terug te vinden, en natuurlijk gebeurde dat niet. Ze konden het huisje niet eens in, want toen ze voor de deur stonden en aanklopten, was er niemand. Hij had hun komst bij de nieuwe bezitters – een al ouder echtpaar zonder kinderen – aangekondigd, maar er moest iets tussengekomen zijn, het huisje stond er verlaten bij, de gordijnen van de erker – niet meer de groen en wit gebloemde – waren dichtgetrokken, evenals voor het raam van de keuken en die van het zijkamertje. Niets wees erop dat er kortelings nog iemand aanwezig was geweest. Ze liepen een paar keer om het huisje heen, pogend door elk kiertje en spleetje dat zich maar wilde openen een glimp van het interieur op te vangen, maar het bleef grotendeels voor hen verborgen. Er stond een bankje buiten, ze besloten te wachten, misschien waren ze te vroeg gekomen. Het was mooi herfstweer, de zon bescheen de open plek, die veel kleiner leek dan hij in zijn herinnering had. Dat kwam misschien ook doordat alle bomen eromheen dertig jaar ouder, dikker en hoger waren geworden. Van de tuintjes van Asja en Olga was geen spoor meer te bekennen, behalve dat de vegetatie aan de kant van Asja's voormalige tuintje nog steeds weelderiger leek dan waar eens Olga's stukje was geweest. Maar de grote ovale zwerfkei die daar op zijn rug in het spichtige gras lag zou heel goed de steen geweest kunnen zijn die indertijd door Olga rechtop gezet en van een paar geschilderde ogen voorzien was met het doel de groeikracht in haar zusters tuin langs magische weg te ondermijnen. Nu keek de kei blind de hemel in en had zelfs niet meer de macht zich het mos van het lijf te houden.

Het was vredig om het huisje, de open plek was allang geen strijdtoneel meer, althans niet voor mensen. Een late vlinder fladderde van bloem tot bloem, herfstdraden glansden in het zonlicht. Het verre geraas van de provinciale weg, inmiddels veel drukker geworden, verdiepte de bosstilte alleen maar. Asja en hij zaten naast elkaar op de tuinbank in de zon. Ze zeiden niet veel tegen elkaar, het hoefde ook niet. Over zijn aanvankelijke teleurstelling vanwege het misgaan van de afspraak en de onmogelijkheid het huisje nog een keer vanbinnen te zien was hij grotendeels heen. Hij begon er zelfs de voordelen van in te zien dat ze het rijk alleen hadden, zonder vreemden met wie ze zich moesten onderhouden. Hij was blij dat hij Asja gevraagd had haar hond thuis te laten. Waar zou ze nu aan denken? Dacht ze net als hij aan hun begintijd, of was ze met haar gedachten nog verder terug, was ze weer kind en voerde ze haar tuinoorlog met Olga?

Ze keken op, omdat ze voetstappen hoorden naderen. Toch nog de nieuwe bewoners? Maar nee – het waren ook maar heel lichte voetstappen, en van slechts één kleine persoon, een jongetje van een jaar of acht, dat aarzelend van achter het huisje de hoek om kwam. Hij had een fiets aan de hand, die hij op de grond neerlegde.

'Oom Evert en tante Jos zijn er niet, hoor!' Het kind sprak met een duidelijk accent van de streek.

maar oog voor het roodharige buurkind gehad, vroeg hem honderduit over thuis, over 'oom Evert en tante Jos', en of hij vaak naar hen toe ging enzovoort, en dat was opvallend geweest, maar hij kon ermee leven. Vervelender voor hem was het al dat ze het huisje nu aan de hand van het kind terugzag en hij maar zo'n beetje achter de twee aan stommelde, waardoor hun rondgang door de vertrekken wel heel ver verwijderd bleef van de bedrijvige dans door de kamers die hij in zijn herinnering koesterde en die hij vagelijk gehoopt had met haar te herhalen. Vandaar dat hij het kind had gevraagd om buiten te blijven wachten; achteraf kon hij er echter ook weer niet zo heel rouwig om zijn dat het anders gelopen was, want binnen troffen ze uiteindelijk niets vertrouwds meer aan, alleen de grote potkachel stond nog op zijn oude plaats, zij het ook zo mooi opgepoetst, dat het duidelijk was dat hij nooit meer werd gebruikt. Nee, niet door het buurjongetje zelf voelde hij zich naar het tweede plan gedrongen, daar was het kind te argeloos voor. Maar het had als het ware iemand meegebracht, onzichtbaar achter op de bagagedrager van zijn fietsje, al die tijd al door hen opgemerkt zonder dat ze het zich bewust werden, opgemerkt ook door haar – want was het niet alsof Asja vanaf het moment dat het kind verscheen opeens wakker was geworden, en hadden ze prompt ook niet hun eerste kibbelpartijtje gekregen –, en voor hen allebei pas zichtbaar gestalte aannemend toen Asja tegen hem zei: 'Vind je niet dat hij sprekend op Marie lijkt toen ze klein was?' Hij had vlug iets onverstaanbaars gebromd in de hoop zo te voorkomen dat ze er verder op doorging, maar ze drong aan: 'Hè, Peter, vind je niet?' Nog eens sloeg de schrik door hem heen, of eigenlijk was het geen schrik, maar een soort verduistering, alsof plotseling de schaduw van iets immens en ontzaglijks op hem viel. De naam van hun verdwenen dochter werd nog maar zelden tussen hen uitgesproken, en als het gebeurde, dan bijna nooit anders dan als startschot voor een stroom van verwijten, waarvan de onuitgesprokene de ergste waren. Maar nu keek Asja hem zo trouwhartig, ja, bijna verzaligd aan dat zijn aanvankelijke schrik wegebde en hij uit de schaduw weer in het licht stapte. En hij antwoordde, hoewel de gelijkenis tussen hun dochter en het buurjongetje hem geheel ontging: 'Ja, sprekend!'

In de trein terug bleef hun stemming zo luchtig, ook van hem was alle zwaarte afgevallen sinds het moment dat de naam van hun kind was genoemd zonder dat er meteen een verwijtenoorlog op was gevolgd. Het was alsof ze haar naam voor het eerst uitspraken, net zo onwennig als vlak na haar geboorte. Daarmee hadden ze haar echter niet teruggeroepen uit haar verbanningsoord of voorgeborchte, of hoe je de plaats ook noemt waar de vermisten verblijven, of hoogstens maar voor even. Even was hun dochter net zo licht en luchtig als hijzelf en Asja, een doorzichtig wolkje dat tussen hen in op hun schouders rustte en waarvan ze het gewicht nauwelijks voelden, en dat de toevallige getuige, zag deze hen op dat moment in de weerspiegeling van de treinruit, voor een ademwolkje zou hebben gehouden. Net zo transparant waren op dat ogenblik haar vader en moeder voor elkaar, en tegelijkertijd hadden ze hun mooie aardse massa behouden. Zie ze een fractie naar elkaar toeschuiven, zodat ze heup aan heup, dij aan dij zitten en elkaars warmte voelen. Zie dan zijn rechterarm voorzichtig over haar linker gelegd worden en zijn hand de hare zoeken en vinden, waarna hun vingers zich verstrengelen. Zo reizen ze verder. Er wordt weinig meer gezegd. Buiten is de avond allang gevallen, de trein raast door de nacht, over het donkere scherm van de treinruit trekken onophoudelijk lichtflitsen, vuurballen en -strepen, alsof ze naar een kometenregen kijken, of naar een oude film.

III

IN HET BOSHUIS
[vervolg]

Je bent geneigd je eigen leven te zien als één lange, min of meer
ononderbroken, min of meer rechte lijn, maar zou je van de be-
drieglijke voortgangsillusie die de tijd eraan geeft afzien en het
werkelijke patroon daaronder zichtbaar kunnen maken, dan zou
er misschien zoiets als een wilde krastekening tevoorschijn komen, een warrelkluwen van spiralen, haarspeldbochten, splitsin-
gen en aftakkingen, kruisingen, oversnijdingen en losse einden.
Maar de hoofdvorm zou duidelijk herkenbaar een cirkel zijn. Het
gevoel dat een cirkel zich sloot toen hij zijn eigen huisje in het
bos betrok, drong zich pas later aan hem op; op het moment zelf
dacht hij zich nog altijd op die rechte lijn te bevinden die zonder
onderbreking doorliep naar de toekomst. Zo had hij het ook in
de werkelijkheid gezien, op die vroege voorjaarsochtend in Asja's
stad toen hij, de kilometerslang kaarsrecht naar het zuiden lopende uitvalsweg afturend die daar al even buiten het centrum
begon, helemaal aan het eind daarvan, voorbij de laatste bebouwing, in de wazige verte van het groenende land een nieuw leven

voor zichzelf meende te ontwaren, en het besluit nam uit deze stad, die in de zes of acht jaar dat hij daar met Asja had gewoond nooit de zijne was geworden, weg te gaan.

Zijn hernieuwde samengaan met Asja, zo voorzichtig begonnen met het hand-op-hand in die verlichte treincoupé, bleek evenmin zo'n rechte lijn te volgen, en het was al helemaal niet de *linea recta* naar het Land van Melk en Honing die ze er in hadden menen te zien. Lang voor het bereiken van de gedroomde bestemming was hij al beginnen af te buigen, om op zijn beurt in een cirkelgang te vervallen, waarvan de omloop nu bijna was voltooid. De Bosrank, waar het allemaal begon, is dan weer opnieuw een herinnering geworden. Noch Asja, noch hij heeft het ooit meer gehad over hun laatste bezoek na de cremate van Asja's moeder, laat staan over zijn eerste, nog veel langer geleden (dat Asja misschien al totaal vergeten was). Maar het is niet per se nodig erover te spreken om de kracht ervan levend te doen blijven, levend genoeg in elk geval om hem bij de keuze van zijn nieuwe werk- en later woonplek te hebben geleid, bewust of onbewust. Mocht hij daarbij de hoop hebben gekoesterd, hoe vaag en ongeformuleerd ook, dat het samenbindende vermogen van De Bosrank ook op dit nieuwe boshuis was overgegaan, dan had hij zich daarin vergist, want de eerste en meteen ook de enige keer dat Asja zijn buitenstadse werkhuis kwam bezichtigen merkte ze op: 'Dat je hier wilt zitten, het lijkt wel een kampbarak!' Haar opmerking raakte hem meer dan hij voor zichzelf – en al helemaal voor haar! – wilde bekennen, het was geen seconde bij hem opgekomen dat je op die manier naar het houten bouwsel kon kijken. Toen hij het voor het eerst zag had hij precies de tegenovergestelde ervaring: verre van een beperking van vrijheid te suggereren, op welke wijze dan ook, leken plek en gebouwtje vrijheid juist als belofte in te houden.

Sommige plekken zijn meer dan alleen maar een plaats; betreed je zo'n plek dan is het of je heel zacht wordt beetgepakt of nauwelijks waarneembaar tegen iets onzichtbaars aan loopt. Er worden hier niet mensheidsplekken bedoeld zoals die van de Zeven Wereldwonderen of die voorkomen op de lijst van het werelderfgoed. Het zijn geen *lieux de mémoire*, vaak zijn ze niet eens bezienswaardig. Er hoeft zelfs je gezelschap niets op te vallen aan zo'n plek, maar jij houdt de pas in omdat het is alsof iemand je heel even aan je mouw trekt. Het lijkt dan of zulke plekken er speciaal voor jou zijn, alsof er tegelijk met jouw komst op aarde voor gezorgd is dat je je er althans op sommige ogenblikken ook thuisvoelt. Want het zijn vriendelijke plekken, ze nodigen uit, om te gaan zitten, te gaan liggen en even je ogen dicht te doen, of zelfs om er te blijven, 'voor altijd'. Het moet wel zo zijn dat veel van de alleenstaande huizen die je op het land ziet ooit op zulke plekken zijn gebouwd. Gold dat ook voor het kaduke huisje in het bos? Je zou je kunnen voorstellen dat de oorspronkelijke eigenaar op een dag aan was komen lopen om even op een boomstronk of in het gras uit te rusten, waarbij hij zich vervolgens wonderlijk op zijn gemak had gevoeld, zozeer, dat hij zich maar moeilijk weer van de plek kon losrukken en onwillekeurig de verzuchting slaakte: hier zou ik wel willen wonen. Zo ongeveer was het zijn opvolger een paar decennia later tenminste vergaan, behalve dat het huis toen hij op die plek stuitte niet meer gebouwd hoefde te worden maar er al stond, en dat hij in eerste instantie alleen maar van plan was om er te gaan werken en dat het wonen pas later kwam.

Hij liep ertegenaan op een van zijn stadsverkenningstochten, waar hij ondanks (of juist vanwege) zijn besluit om Asja's stad te verlaten mee door was gegaan en waarvan de kringen inmiddels zo wijd waren geworden dat ook de verste buitenwijken erbinnen vielen. Vervolgens was hij aan de krans van de omliggende dorpen begonnen, allang niet meer alleen te voet of per fiets, maar ook met de bus en als het zo uitkwam met de trein; een auto bezat hij in die periode niet. Zo stapte hij dan op een dag uit op het kleine forensenstation dat hem in de tijd daarna zo vertrouwd zou worden en dat later, enige jaren na zijn verhuizing, zou worden opgeheven. Toen het nog als station dienstdeed zag het witte villa-achtige gebouwtje er een stuk verwaarloosder uit dan nu het leegstond – het was dus niet eens zo heel vreemd dat Asja, of althans de vrouw met de dikke jas en de tassen die hij daar onlangs op de avond van een van de laatste julidagen op het perron zag wachten, zich had kunnen vergissen en had kunnen denken dat de treinen daar nog stopten, te meer omdat alles op het eerste gezicht nog intact leek, tot en met de strak geschoren beukenhaag en de nog steeds lopende stationsklok (zij het dat die allang een fantasie-tijd aanwees, verder of minder ver van de juiste verwijderd al naargelang er zomer- of wintertijd werd geschreven).

Op die middag van zijn verkenningstocht was hij de enige uitstappende passagier geweest, en na het villastationnetje uit gelopen te zijn was hij een laan met nog maar net uitbottende robinia's ingeslagen, was een weg overgestoken en had vervolgens het eerste het beste bospad genomen dat hem veelbelovend had geleken. Een paar honderd meter bosinwaarts op datzelfde pad stuitte hij toen op dat houten bouwkeet- of schuurachtige gebouwtje dat Asja niet veel later een kampbarak zou noemen, maar dat hem zulke heel andere, juist met vrijheid en werklust (echter mijlenver van het cynisme van *Arbeit macht frei* verwijderd!) verbonden voorstellingen ingaf. Het stond iets opzij, aan een weitje van fijn bosgras, dat omsloten werd door een haag van braamstruiken, waarvan de nieuwe frisgroene ranken al bijna weer de doorgang versperden die nog van het jaar daarvoor zichtbaar was. Een smal paadje in de vorm van een uitgerekte letter S liep ernaartoe, in de golvende lijn daarvan zag hij een wenk-gebaar, niet verstard, maar levend. Ligging en aanblik van het gebouwtje troffen hem meer dan hij kon zeggen: het voelde alsof er diep vanbinnen iets in hem opensprong.

Het was meteen te zien dat de keet niet meer werd gebruikt; het eens zwartgeteerde houtwerk was grijs uitgeslagen en de wanden waren van boven tot onder met oud spinrag overdekt, de dakgoten bungelden erbij, er zat geen heel ruitje meer in de sponningen, de deur hing scheef in de hengsels en miste bovendien een groot deel van zijn onderste helft. Toen hij zich een weg baande door de doornranken om het gebouwtje van dichterbij te bekijken, voelde hij zich een soort drempel overgaan, niet alleen figuurlijk, maar ook letterlijk, in de vorm van een lage aarden rug, verborgen onder het dichte braamtakkenwoud. De twee slingers van het S-vormige paadje brachten hem direct tot voor de deur. Nieuwsgierig wrong hij zich door het deurgat naar binnen, behoedzaam zijn voeten neerzettend om niet verrast te worden door een bezwijkende vloerplank of vermolmde balk. Het was binnen veel lichter en ruimer dan hij had verwacht, niet in de laatste plaats doordat de tussenwanden die er eens hadden gezeten alle weggesloopt waren. De hele ruimte, rechthoekig, ongeveer drie keer zo lang als breed, was leeg, op een grote kachel midden voor een van de lange wanden na. Op het moment dat hij het gebouwtje binnendrong meende hij iets zich ritselend uit de voeten te horen maken, maar verder bleef het stil, het soort stilte dat alleen in lange tijd onbetreden gebleven ruimten hangt. Hoe gammel en aftands het er vanbuiten ook had uitgezien, binnen maakte de bouwkeetachtige schuur een verrassend solide indruk, inderdaad, het was opvallend hoe droog de vloeren waren, hoe recht de balken, hoe gaaf de kozijnen.

De dagen daarna bleef de leegstaande houten keet in het bos hem bezighouden. Waar hij ook was, aan het werk in zijn stadskamer, op straat lopend of bij Asja thuis, telkens dwaalden zijn gedachten weer terug naar het kapotte maar toch nog stevige gebouwtje, het weitje ervoor met het S-vormige paadje door het gras, de ranken werpende bramenhaag rondom. Op de een of andere manier vormde het houten huisje in het bos de voortzetting van wat die wazige groene verte hem had beloofd op de morgen dat hij het besluit nam uit Asja's stad weg te gaan, en was er tegelijkertijd de concretisering van. Stond dat gebouwtje er niet voor hem, speciaal voor hem? Ergens was er een stem die hem zei dat hij iets essentieels in zijn leven zou verzuimen als hij niet alles in het werk zou stellen om het in bezit te krijgen. Als hij dan toch binnenkort uit zijn stadswerkkamer weg moest, wat lag er meer voor de hand dan om te proberen van die houten keet in het bos zijn werkhuis te maken? Maar mocht dat lukken, dan zou dat wel als consequentie hebben dat hij zijn besluit om uit Asja's stad weg te gaan sneller ten uitvoer moest brengen dan gedacht – het was de vraag of hij daar aan toe was. Banden, zelfs ongewenste, zijn altijd sterker dan geen banden, en nu hij op het punt stond de band met Asja's stad door te snijden of althans losser te maken, maakte de trekkracht ervan zich voelbaar. Het stond bovendien te bezien of hij deze band zo eenduidig als ongewenst mocht ervaren – in elk geval was dat niet altijd zo geweest.

Toen Asja en hij op de avond van hun uitstapje naar het oude familieweekendhuis afscheid van elkaar namen, was dat in dezelfde treincoupé geweest als waar hun handen elkaar hadden gezocht. Ze woonden toen nog ieder in een andere stad, en hij had op een knooppuntstation moeten overstappen. Dat afscheid moest snel gebeuren, maar hoefde daarom nog niet zo vluchtig te zijn als het werd, deels door de overhaast, deels ook door hun verwarring en verlegenheid, die zich op dat moment pas openbaarden. Om zich voor dat haastige afscheid te verontschuldigen en om haar nog eens te bedanken voor deze dag, de eerste die ze sinds lange tijd weer in elkaars gezelschap hadden doorgebracht, belde hij haar zodra hij thuis was op, kreeg de ingesprekstoon, probeerde het een paar minuten later opnieuw, hoorde haar aan de andere kant van de lijn haar naam noemen, en was op slag reddeloos. Wat voordien, naast elkaar op de treinbank, toch wel voornamelijk spel geweest was, een toenaderingsspel, waarbij de opluchting over het uitblijven van tweespalt om hun verdwenen dochter ook ruimte gaf aan vertedering voor elkaar, was plotseling ernst geworden. Het moment waarop alle nog intact gebleven weerstanden in hem wegsmolten was zelfs tot op de milliseconde te bepalen: toen nadat ze had opgenomen meteen na de eerste a-klank van haar voornaam de licht geslíste s zijn gehoorgang binnenging en als een heet mes in één keer doorstootte naar zijn hart.

Het gevoel vloeibaar te worden, weg te smelten vanbinnen, kende hij in zijn leven van één andere gelegenheid, en ook daarvan was Asja de veroorzaakster. Het gebeurde toen hij haar na hun lange eerste breuk, na hun afwasbaantje in het visrestaurant, weer terugzag. Op foto's uit die tijd zien ze er allebei onwaarschijnlijk jong uit, niet voor te stellen dat ze met zulke gladde, ja, bijna onnozele gezichten tot de gevoelens in staat waren waarvan hij zich herinnerde dat ze die hadden – of injecteerde hij die als het ware achteraf in hun ziel, die zich op het moment zelf misschien nog maar net begon los te maken uit die verdoezelende mist waarin de zielen van kinderen rondwaren (verdoezelend omdat anders het leven voor hen immers niet te verdragen zou zijn)? Hoe het ook zij, de jonge Peter ziet op een feestje na tamelijk lange tijd de jonge Asja terug en hij breekt. Nog altijd is het voor hem een schaamtevolle herinnering om zichzelf hangend tussen twee vrienden in tranen door de nachtelijke straten van zijn woonplaats te zien waggelen. Het helpt niet of hij zichzelf al voorhoudt dat het de drank was die hem slap maakte: nooit eerder voelde hij zich zo overgeleverd, zo totaal, met huid en haar. *Zij* heeft daar officieel geen weet van, want ze is dan allang weer van het feest vertrokken, even onverwacht als ze daar was verschenen. Maar ze weet het op een andere manier natuurlijk toch, ze heeft het allang in de gaten gehad dat haar verschijnen een verpletterende indruk op hem heeft gemaakt. Desondanks, of misschien juist daardoor, staat haar beeld van die avond op dat feestje hem niet scherp meer bij, hij herinnert zich niet meer dan een gestreept truitje met een laag uitgesneden hals, voor de rest is dit beeld opgegaan in dat van de restaurantspoelkeuken van enkele jaren daarvoor: haar halslijn onder het opgestoken zwarte haar, een paar lange benen in smalle broekspijpen, halfhoge laarsjes aan haar voeten. Nog altijd is dit beeld in staat haar wezen over te brengen, maar dit wezen, deze essentie, dit centrale *zij*, ligt voor hem niet zozeer verborgen in wat ze draagt als wel in de beweging die ze uitvoert. Denkt hij aan hoe ze was in die tijd, dan ziet hij haar midden in een danspas, onbekend van welke dans, in ieder geval een waarbij een heup naar buiten wordt gedraaid en een schouder en arm binnenwaarts bewegen terwijl tegelijkertijd het hoofd wordt opgetild. Dat is alles, maar het is voor hem genoeg, en meer dan dat. In die ene beweging, nee, niet eens: in dit ene onderdeel van een beweging liggen meer lust en verlangen samengebald dan ooit enige striptease, hoe uitgesponnen ook en al wordt hij gedanst door de mooiste vrouw van de wereld, in staat is bij hem op te wekken.

Werd dit beeld in hem wakker geroepen door de slis-s waarmee ze de tweede letter van haar naam aan de telefoon uitsprak? In ieder geval was plotseling alle afstand tussen hen onmogelijk geworden. Het was niet genoeg dat die in de auditieve ruimte, aan de telefoon, al was weggevallen, ook in de lijfelijke werkelijkheid moest hij absoluut opgeheven, tenietgedaan worden, en zo zat hij een minuut later in de auto naar haar toe, op de donkere en al spaarzaam bereden snelweg die hun woonsteden met elkaar verbond. Hadden er in plaats van snelheidsmetende infrarode camera's langs de weg gestaan, dan was zijn auto alle keren geflitst, door zulke warmtegolven werd hij onderweg opgenomen, nee: hij werd zelf één grote warmtegolf. – Was er dan geen enkele twijfel? O, zeker wel. Maar die werd overstemd, overspoeld, overweldigd door iets wat veel machtiger was, althans op dat moment, een onweerstaanbare kracht-naar-voren, een kracht die als hij eenmaal is ontketend moeilijk meer in te tomen is.

Zo begon dan de eerste in een daaropvolgende reeks samenkomsten, die uiteindelijk uitmondde in wat hij voor zichzelf hun 'derde periode' noemde. En als grijs de kleur is die bij hun eerste samenlevingsperiode hoort, omdat ze toen nog half in de grijze mist van de kinderjaren rondwaarden, en groen bij de tweede, de kleur van het begin, van de groei en van de hoop, dan is de kleur die voor deze derde periode van toepassing is ongetwijfeld blauw, de kleur van de hemel. Want blauw waren de nachten dat hij naast haar insliep, vlak onder de sterrenhemel in het grote schuine raam van de nog door haar vorige, tussen-, man verbouwde stadszolder, en blauw waren ook de ochtenden dat hij naast haar wakker werd, de sterren verblekend in de dageraad waarin, zo herinnert hij het zich, steevast een merel floot. Blauw kon je zelfs het verre achtergrondgedruis noemen van het op gang komende ochtendspitsverkeer op de snelwegen waardoor Asja's woonstad werd ingesloten. En blauw, maar dan van een heel bijzondere kleur blauw, het stille, wijkende blauw van de hemels boven geschilderde middeleeuwse steden, waren ten slotte de zondagen, dat wil zeggen, de ochtenden waren dat. Op de zondagochtenden bleven de snelwegen bijna tot aan het middaguur grotendeels leeg, en een hele waaier van andere geluiden drong dan tot Asja's zolder door. Behalve de merel, die ook 's zondags gewoon doorzong, viel het gekoer van de onvermijdelijke stadsduiven te onderscheiden, waarin zich soms de nasale kretensalvo's mengden van de kauwenfamilie die in een schoorsteenpijp op een van de buurdaken nestelde, of vanaf de andere kant het gekrijs van de kokmeeuwen die het luchtruim boven de gracht doorkruisten, waar ook af en toe het snateren van een stadseend uit opklonk. Of, hoog uit de hemel komend, het schelle roepen van de valk die een paar seizoenen achtereen zijn nest had in de open torenspits van de leegstaande kerk, op het leigedekte dakwerk waarvan je vanuit Asja's zolder het volle zicht had en waarvan het enorme, donkere, holle schip daaronder later tot appartementen zou worden verbouwd. Al die grote schreeuw- en krasvogels echter produceerden voldoende geluid om ook wel op doordeweekse dagen door het verkeersgedruis heen te dringen; de stille zondagochtenden daarentegen boden ruimte aan het kleine en het kleinste op vogelgeluidengebied. Niet alleen hoorde je dan eindelijk ook de merel die een straat verder op 'jouw' merel antwoordde (en nog weer verder weg degene die hem antwoord gaf, en zo maar door, voorbij de groene buitenwijken en voordorpen tot helemaal in de omringende weidegebieden, vanwaar de mestgeuren aandreven die je op zulke ochtenden soms tot midden in de stad rook), uit de stadsachtertuintjes stegen ook de minder ver dragende piep- en kwinkeleerstemmen omhoog van de meer in het verborgene levende kleinere zangers, tot en met de hoge, bijna in het toonloze overgaande trillers van het duimkleine winterkoninkje. En dan was er, althans de eerste tijd, het gesjilp van de mussen. Wat een bijzonder genot was het om op zondagochtenden naast Asja in bed na te soezen, omringd, omvat, omwonden door het monotone, sussende, je ten diepste geruststellende mussengesjilp, en wat kon hij het soms missen, tegenwoordig in zijn boshuis! (Maar net als op zoveel andere plaatsen in die tijd verdween ook in Asja's stad – 'Asja's stad': omdat het de zijne nooit is geworden, ook na bijna tien jaar wonen niet – het zo vertrouwde geluid reeds na enkele jaren uit het geluidsdecor, en de mussen zelf uit het straatbeeld – de geruststelling echter die het sjilpen hem vermocht te geven was al veel eerder gevlogen!)

Nog andere achtergrondgeluiden dan vogelzang werden door het wegvallen van het autoverkeersgedruis op de zondagmorgen duidelijker hoorbaar op Asja's zolder, en daarmee is hier niet in de eerste plaats het gepraat en gelach, geschreeuw en gelal van de groepjes tegen het ochtendkrieken van hun avondje stappen in het uitgaanscentrum per fiets of te voet huiswaarts kerende nachtbrakers bedoeld (de ene zuivere zanger of fluiter daartussen maakte voor degene die luisterend in bed lag alle andere weer enigszins draaglijk, althans voor even). Evenmin betreft het hier het gedaver van de zwaarst bestaande motorfiets, waarvan de onpakbare berijder, 'de motorstreaker', er kennelijk lol in had om er in alle zondagochtendvroegte volgas mee door de slapende straten te donderen, een geluidsspoor achterlatend dat tot diep stadinwaarts te volgen was. Nee, waar het in dit geval over gaat zijn de treingeluiden. Daar had je haar weer, die elementaire ijzer- en staalmuziek, die andere soort *heavy metal*, die sinds zijn vroegste kinderjaren van woonplek tot woonplek met hem mee trok en van wisselende afstand zijn dagen en nachten begeleidde, tot zijn huidige toe! Daar meldde hij zich weer, die machinematige pendant van het mussengesjilp, en nu dit laatste dus hier in zijn boshuis – en al eerder trouwens – is weggevallen, de enig overgeblevene van dit eens zo onafscheidelijke duo! Zou het toen op Asja's zolder de laatste keer zijn geweest dat hij ze samen heeft gehoord? In ieder geval klonk hun samenspel nooit hechter dan op die lome zondagochtenden op het kermisbed naast Asja, vogelstem tegen machinezang, machinezang tegen vogelstem, bij momenten op zo'n manier in elkaar over- en opgaand dat je, op slaperige ogenblikken, de een voor de ander kon houden. Helemaal wanneer er vanaf de luisterpost op Asja's zolder een nieuw geluid aan het toch al rijke treingeluidenrepertoire bleek te zijn toegevoegd, en dat was, naast het al bekende kedang kedang, het razen bruisen fluiten blazen denderen rammelen, het, zoals hij dat voor zichzelf noemde, 'slijpen'. Niet toevallig hoef je bij dit woord maar twee letters van plaats te laten wisselen en je krijgt dat voor mussengekwetter! Dit 'slijpen' werd naar alle waarschijnlijkheid veroorzaakt door de wrijving van het metaal-op-metaal als de binnenkanten van de treinwielen in de wijde bocht die de spoorbaan door de stad beschreef door de middelpuntvliedende kracht telkens weer hard tegen de rails geduwd werden, hetgeen een hoog zingend geluid gaf dat van een afstand – en er zat hemelsbreed tussen de boog van het spoorwegtracé en Asja's zolder zo'n kleine kilometer – met het vredige sjilpen van mussen verward kon worden, zeker in het begin. Dat het later meer en meer werd wat het in werkelijkheid was, namelijk een ver, maar desondanks trommelvliesverscheurend gillen, kwam niet alleen doordat het echte mussengesjilp intussen was opgehouden te klinken, maar ook en vooral doordat het werd gehoord, hij en Asja nog wel in bed naast elkaar liggend, maar niet meer met de eens hand op de anders buik of met de eens been op, over, om dat van de ander – sterker: met zo'n brede strook niemandsgebied tussen hen in dat de lakens daar eeuwig koud zouden zijn gebleven als Asja's hond daar niet van lieverlede zijn vaste plekje van had gemaakt. En in zijn slechtere ogenblikken, die vaker en vaker optraden naarmate de maanden en jaren van het samenleven met Asja zich aaneenregen, wist hij niet wat hinderlijker was, het krijsen van de spoorrails of het gesnuif en gezucht van het dier.

Een van de eerste maatregelen die hij doorvoerde toen hij in zijn zojuist betrokken boshuis de zorg voor de hond kreeg toegeschoven was een mand in het woonvertrek installeren en het dier uit de slaapkamer en al helemaal uit zijn bed weren. Maar bij Asja sliep het hondje elke nacht aan het voeteneind, ook als hij bij haar bleef logeren, en het sliep niet op, maar onder de dekens, dierenvel aan mensenhuid. In het begin, toen de verrukking om weer bij Asja te liggen zo groot was dat hij van louter zaligheid een complete roedel in bed had kunnen verdragen, kwam het niet bij hem op om in de hond een concurrent of rivaal te zien, maar geleidelijk aan, en vooral nadat hij eenmaal bij Asja was ingetrokken, begon hij zich aan het dier te storen, begon het een obstakel voor hem te worden, ook letterlijk, omdat het zich meer dan eens 's nachts vanaf zijn plek aan het voeteneind omhoogwerkte en zich tussen hen in wurmde, alsof het dier haar chaperonneerde – of beschouwde de hond hém inmiddels als rivaal? Mocht dat zo zijn, dan was dat vanuit het dier geredeneerd natuurlijk terecht. Maar op welk een onverwachte, ontwapenende wijze zelfs werd deze rivaliteit uitgedragen! Nooit werd die vijandig, nooit stootte die de rivaal af of werd hij buitengesloten, maar er werd juist steeds geprobeerd, door de liefdesbetuigingen heel zorgvuldig ook over hem uit te strekken (kop op zijn arm leggen, likken, natte snuit in zijn knieholte, oksel of lies duwen), hem erbij te betrekken, hem mee in de kring op te nemen of, in hondengedragstermen, 'bij de roedel te houden'. Stilaan, als het ware kruipend, voltrok zich zo een subtiele, maar voor de toekomst niet minder bepalende verschuiving in de bed-indeling. Voortaan lag, steeds vaker en steeds vroeger, de hond in het midden, tussen hem en Asja in, en wel met haar, Asja's, kennelijke instemming.

Hoe kon dat gebeuren?

Maar het gaat te snel, voorlopig is het zover nog niet, eerst is hier nog de lof te zingen van of althans recht te doen aan die eerste zondagochtenden toen er nog niets tussen hem en zijn hervonden Asja in lag dan alleen hun eigen huid, het hondje hoogstens een vrolijke derde was, en de verre treingeluiden en het sjilpen van de mussen in de dakgoot die met het blauwe of grijze zondagochtendlicht door het dakraam naar binnen kwamen van het kermisbed een hemelbed maakten. Meestal sliep Asja nog wanneer hij al een tijd wakker was; ze lag met haar rug naar hem toe, hij voelde haar warmte en hij rook haar haar, dat ze voor de nacht bijeen had gebonden maar dat hem desondanks nog nooit zo weelderig en zwart had geleken en als een donkere geurige stralenkrans rond haar hoofd en haar schemerig blanke, ietwat benige schouder stroomde. Bijna verlangde hij ernaar één grijze haar te vinden tussen al het zwart en vreesde het tegelijkertijd, want hij zou zich geen raad weten van ontroering. Asja! Hij luisterde naar haar ademhaling, die net niet synchroon liep met de zijne; om de zoveel uitademingen echter begonnen de twee elkaar te naderen, steeds dichter, gingen een of twee teugen gelijk op, en verwijderden zich dan weer van elkaar, totdat ze elkaar opnieuw zochten. Elke keer dat zijn ademhaling precies met de hare samenviel, voelde hij de kabel die hem met haar verbond een nieuwe lus slaan om zijn hart. Ach, Heer in de hemel, waarom kon dit niet duren? Maar Deze, met de duizend monden van de pannen op de daken aan de overkant, zei nee, de condensstrepen aan de ochtendhemel in het dakraam onderlijnden het nog eens, nee schudden ook de grote grijze bomen aan de Singel, en nee stond er in de kapotte ramen van de lege kerk: nee was het en nee bleef het. Blijkbaar moest het zo zijn dat hij binnen de kortste keren uit deze warme donkere hof zou worden verjaagd, hun harten zouden zich koud tegen elkaar keren, hun huid zou elkaar vreemd worden als hadden ze elkaar nooit aangeraakt.

Er bestaat een therapeutische methode die 'familieopstellingen' wordt genoemd. Daarbij is het de bedoeling dat de cliënt als een toneelregisseur een aantal personen, meestal mede-therapisten, die zijn familieleden representeren, in de ruimte van een lokaal of zaal placeert en hen laat interacteren, met het doel op die manier de knel- en pijnpunten in de betrekkingen met zijn familie boven water te krijgen en aanschouwelijk te maken. Asja was wars van alles wat naar therapie en therapeuten zweemde en van familieopstellingen had ze waarschijnlijk nooit gehoord. Met haar 'slaapopstelling' in het zolderbed onder het dakraam had ze daarom zeker niet de intentie eventuele knel- en pijnpunten in welke relatie dan ook bloot te leggen, laat staan weg te nemen; door de hond toe te staan 's nachts tussen hen in te liggen wilde ze misschien alleen maar 'vrij' zijn – voor hem was het echter alsof ze het dier met een bijkomende macht had bekleed, alsof het niet gewoon maar de hond was die ze tussen haar en hem in had gedirigeerd, maar inderdaad alsof deze daarbij nog iemand anders 'representeerde'. Wie die iemand was, viel niet moeilijk te raden: was het vroeger niet op vergelijkbare wijze gegaan toen het kind net was geboren en Asja het steeds vaker 's nachts uit de wieg in het grote bed tilde, niet meer alleen als het honger had of huilde maar ook als het gewoon wakker lag of zelfs rustig sliep, totdat het ten slotte permanent een plaats tussen hen in kreeg? – Werd hiervoor de vraag gesteld hoe hij dat zoveel jaar later met het hondje in bed had kunnen laten gebeuren, in het bovenstaande ligt het antwoord besloten. Waarbij hij zich ervan bewust is dat dit antwoord als antwoord tekortschiet en de vraag enkel verder terug in de tijd neerlegt. Maar misschien is hier wel helemaal geen antwoord mogelijk, omdat de vraag zelf namelijk geen steek houdt: de reden dat hij niet had ingegrepen, nu of destijds, was dat er bij Asja helemaal niets viel in te grijpen, toen niet en nooit niet. Eerder dan met een op de andere betrokken en elke wending mee makende vis in een school vissen of een spreeuw in een spreeuwenzwerm kon je Asja vergelijken met een olietanker varend over de eenzame oceaan of met een komeet die gezelschapsloos door de zwarte ruimte suist. Natuurlijk, het schip kan een aanvaring krijgen of aan de grond lopen, zoals ook het hemellichaam kan botsen of zelfs te pletter kan slaan, maar tot het zover is brengt niets of niemand het uit zijn koers of baan.

Aan aanvaringen en botsingen overigens geen gebrek, juist en vooral in hun eerste tijd samen, toen het kind nog baby was en zij zelf jong. Betekende dat achteraf gezien trouwens niet dat hij en Asja toen in elk geval nog dicht genoeg bij elkaar waren om in elkaars vaarwater te kunnen raken? Dat 'achteraf' is hier als toevoeging wel van belang; op het moment zelf namelijk hadden ze er geen enkel benul van in welke positie ze zich ten opzichte van elkaar bevonden, laat staan dat ze zoiets als een koers volgden. Als hij eraan terugdacht hoe ze in die tijd tegenover elkaar stonden, zag hij het beeld voor zich van twee mensen opgesloten in een te nauwe onderwaterkooi, elkaar in blinde paniek stompend en trappend en naar beneden trekkend om maar als eerste de uitgang te vinden. Het is niet zomaar dat deze fysiek heftige vergelijking zich opdringt, want heftig en fysiek is het die hele periode tussen hem en Asja geweest. Hier moet een plaats ingeruimd worden voor de treurige en betreurenswaardige geschiedenis die hij liever niet zou vertellen, niet eens aan zichzelf: de geschiedenis van de ruzies, de gevechten, de veldslagen die er gedurende hun eerste samenlevingsperiode tussen hem en Asja werden uitgevochten. Zou hij over de macht beschikken om íets in zijn leven ongedaan te maken, dan dit. En was het maar zo dat die grote woorden van daarnet in overdrachtelijke zin werden gebruikt, om met meer afstand over de gebeurtenissen te kunnen spreken. Maar er is geen ontkomen aan: de woorden hebben hier alle overdrachtelijkheid afgelegd, en nog slechts hun letterlijke betekenissen zijn overgebleven. De ruzies waarvan daarnet sprake was moeten in dit geval ondubbelzinnig als slaande ruzies worden begrepen, evenals met de gevechten lijf-aan-lijf-gevechten zijn bedoeld, en onder de veldslagen zijn verwoestende confrontaties te verstaan, waarbij niet zelden bloed vloeide.

Lichamelijk geweld, slaan, geslagen worden, maakt blijkbaar iets los in mensen wat, eenmaal bevrijd, moeilijk meer te beteugelen is. Dat is in het groot zo met geweldsuitbarstingen waarbij meer of minder omvangrijke groepen mensen tegenover elkaar staan, van rellen en opstanden tot totale oorlogen, maar dat geldt evenzeer voor het kleinst mogelijke samenlevingsverband waarbij niet meer dan twee personen zijn betrokken. En als het bij die twee personen ook nog eens gaat om een man en een vrouw, des te moeilijker lijkt het in zo'n geval om de gewelddadigheid te keren. Is eenmaal de eerste klap tussen hen gevallen, dan volgen er, tien tegen één, meer – en bij hem en Asja ging het niet anders. Wie van hen beiden die eerste klap daadwerkelijk gaf, staat hem niet goed meer bij, ook wanneer en naar aanleiding waarvan het gebeurde is hij vergeten, maar hij herinnert zich nog precies hoe ze op elkaar afsprongen en elkaar gretig, ja, bijna wellustig te lijf gingen, alsof ze al heel lang naar dit moment hadden uitgekeken. Even snel was het toen ook weer voorbij – één, twee klappen en ze vluchtten met dezelfde vaart van elkaar weg als ze een paar seconden eerder op elkaar af waren gestormd. En terwijl ze bij zichzelf zwoeren, hij in zijn 'kantoortje' en Asja in de badkamer met de deur op slot en waarschijnlijk net zo bevend en doods- bleek, dat dit nooit meer mocht gebeuren en zichzelf zo de illusie gaven dat de oude grens nog intact was, bleek die grens in wer- kelijkheid voorgoed en onherroepelijk opgeschoven, zodat het volgende handgemeen nog slechts een kwestie van tijd was. Zo begon dan een nu nog steeds triest stemmende reeks, een reeks die tussen woede en spijt, spijt en woede heen en weer sprong. De domme januskop die daarbij hoorde bleef zichzelf door die kortstondige jonge jaren heen overigens niet gelijk, maar ontwik- kelde zekere wrede, om niet te zeggen sadistische trekken. Deze trekken hadden zich echter nooit kunnen vormen als ze niet ook door bewustheid en berekening waren gekneed; ja, hoe onge- rijmd en afstotelijk het ook klinkt: de twee begonnen zich meer en meer thuis te voelen in het gevecht. Sloegen ze er de eerste paar keren nog blindelings en in een roes op los, geleidelijk aan leerden ze net als bij onderwaterzwemmen hun ogen open te houden en om zich heen te kijken. De roes schoof nog wel telkens als een gordijn voor hun bewustzijn, maar sloot het niet meer volledig af, liet daarentegen een spleet, een kier, een ruimte vrij waarin het koel was en waarin het brein min of meer ongehin- derd opereerde. Hij kan wat dit betreft slechts voor zichzelf spre- ken, maar hij zou er zijn hand voor in het vuur durven steken dat het ook voor Asja gold: vanaf dat moment sloegen ze om te raken. Wat eens onbeholpen, ongecoördineerde kloppartijen met de blote vuist waren, werden nu gerichte aanslagen op elkaars lijf en leden, waarbij na verloop van tijd ook wapens niet meer werden geschuwd. Er vloog van alles door de lucht, op zoek naar in eerste instantie het hoofd: kopjes, borden, vazen, speelgoed van het kind, ook een keer het spekstenen Chinese beeldje van de lachende wijze dat hij van Asja's moeder had gekregen en dat nu in zijn boshuis staat – met een stuk van de voet afgebroken, als wrang memento. Later werd ook naar zwaardere projectielen gegrepen zoals een gietijzeren koekenpan, of zijn portable Engelse schrijfmachine. Zij moest een keer een klauwhamer ontwijken, hij een hakmes. De bodem, het dieptepunt werd bereikt toen zij hem op een avond tijdens het zoveelste handgemeen door de keukenruit drukte en hij, na er nog net in geslaagd te zijn zijn evenwicht te bewaren door zich aan het raam met het versplinterde glas in de sponningen vast te grijpen, met een grote, dolkvormige glaspunt in zijn bloedende hand op haar toeliep. Plotseling, haarscherp, vanuit het roesvrije hoekje van zijn bewustzijn, zag hij haar van haat verwrongen gezicht, haar wit weggetrokken lippen, het krukje dat ze voor zich hield om hem af te weren, zag hij zichzelf, zijn bebloede hand, het gat in de ruit, de gapende driehoog-straatdiepte daarachter, en voelde iets in zich gebeuren. Hij liet de glasscherf vallen en liep zonder een woord te zeggen langs haar heen, pakte zijn jas van de kapstok en verliet de woning, om er niet meer in terug te keren.

Daarmee kwam er een einde aan hun eerste samenlevingsperiode – maar nog lang niet aan de gevechten! Die werden gewoon voortgezet, ze veranderden alleen van karakter. In de navolgende maanden en zelfs jaren betrapte hij er zichzelf soms op, als ze weer eens diep waren weggezakt in een of ander schijnconflict over geld of over het kind, dat hij terugverlangde naar de matpartijen van weleer die, hoe afschuwelijk verder ook, tenminste eerlijk waren geweest en snel voorbij. Een korte, heftige ontlading en je had het gehad, terwijl de controverses nu eindeloos voortzeurden en -smeulden en je bovendien steeds bedacht moest zijn op een aanval in de rug. Maar dat hij er zo over dacht kwam misschien ook wel doordat Asja hem op dit wapen veruit de baas was. Veel meer dan de fysieke confrontatie was dit haar natuurlijke strijdmethode, en ze had bovendien een permanente troef in handen in de gedaante van het kind, een troef die ze ook niet aarzelde uit te spelen. Hij van zijn kant kon daar bitter weinig tegenoverstellen, hij beschikte met betrekking tot haar over geen enkel machtsmiddel, en hij begreep niet waarom ze hem keer op keer probeerde te treffen. Konden ze elkaar, nu ze ieder hun eigen weg gingen, niet veel beter met rust laten? Slechts bij momenten zag hij in hoe naïef, erger nog: hoe door en door vals zijn voorstelling van zaken was. Want uiterlijk mocht hij haar dan niets aandoen, zijn hart was een dag en nacht draaiende moordmachine, waarin zij doorlopend geëxecuteerd, geëlektrocuteerd, geguillotineerd werd. Zijn zogenaamde passiviteit ten opzichte van haar had niets vredelievends, noch was die passief; er zat integendeel iets tartends aan, iets ten diepste provocerends, wat zijn uitwerking op haar dan ook niet miste.

Zo ging hun oorlog tegen elkaar, bij een uitwendige vrede, zonder onderbreking verder. Op foto's uit die periode (waar ze steeds alleen of met anderen of ieder afzonderlijk met het kind maar nooit meer samen op staan) is dan allang de onnozelheid van hun gezichten verdwenen die er in hun begintijd nog van afstraalde; het is ook een beetje alsof je er de tronies doorheen ziet schemeren die ze gehad moeten hebben als ze gewapend met een asbak of ovenschaal tegenover elkaar stonden. Ondanks dat ze met hun gedachten bijna de klok rond bij de ander waren (hij was er zeker van dat zij ook constant aan hem dacht), zagen ze elkaar nu nog maar zelden. Ze vermeden het zorgvuldig op plekken te komen waar ze elkaar tegen het lijf zouden kunnen lopen, en zelfs de 'overdracht' van het kind, bij het wisselen van de ouderwacht, probeerden ze zo te regelen dat ze van elkaars aanblik verschoond bleven. Daarvoor in de plaats gaven ze het kind briefjes mee, zodat als de ene ouder het 's middags van school haalde waar het door de andere ouder 's morgens naartoe was gebracht, hij of zij (het begon meestal met hij) in de schooltas tussen overblijfbeker, slaapknuffel, favoriet voorleesboek etc. een epistel kon aantreffen waarin naast praktische zaken de giftigste beschuldigingen, verwijten en aanklachten aan het adres van de ontvanger werden geuit. Deze beschuldigingen et cetera werden bij de eerstvolgende terug-overdracht dan weer gepareerd en tegelijkertijd werden er als lik op stuk een paar nieuwe, even giftig of zo mogelijk nog giftiger, voor de oorspronkelijke afzender aan toegevoegd. Het kind, pendelend tussen de beide ouders, fungeerde op deze wijze ongewild en ongeweten als een soort postiljon, een postiljon niet van de liefde maar van de haat.

Het kind! In het schuurtje bij zijn boshuis ontdekte hij, de vader, het afgelopen voorjaar een nest jonge vogels. Het roodborstjesouderpaar had zich via een kapotte ruit toegang verschaft, een nest gebouwd, eieren gelegd en die ook al uitgebroed, allemaal zonder dat hij er iets van had gemerkt. Toen hij op een morgen de schuur binnenkwam en ze voor het eerst in de gaten kreeg, stonden de jonge vogels al op het punt om uit te vliegen, of liever gezegd, daar waren ze mee bezig. Onvast klapwiekend wipte er juist een het raamgat uit, gevolgd door een andere en weer een andere; de laatste daarentegen was blijkbaar minder doelgericht en fladderde met een snorrend geluid van het fietsstuur boven op een verfbus, van de verfbus op de tuinhark, en van de hark door de halfdonkere schuurruimte naar de tegenoverliggende wand, waar het dier zich met zijn veel te grote poten aan het ruwe hout vastklauwde, hem ondertussen niet uit het oog verliezend. De blik waarmee het diertje, nog bijna staartloos, niet meer dan een ademend pluizenbolletje, hem aankeek toen het daar aan de schuurwand hing, af en toe slaand met zijn nog onvolgroeide vlerkjes om zich in evenwicht te houden, was, eerder dan angstig, *schattend*: het zat in het nauw, raakte desondanks niet in paniek, maar schatte zijn kansen. – Met zo'n zelfde soort blik kijkt het kind op foto's uit de tijd van vlak voor de scheiding de wereld in, of althans op een daarvan. Op die bewuste foto zit het op een houten loopfietsje en houdt het gezicht naar de camera die hij, de vader, bij deze gelegenheid bedient. Het kind moet dan een jaar of drie zijn; vergeleken met de jonge vogel in de schuur is het nog lang niet aan uitvliegen toe, maar het heeft diezelfde schattende, wegende blik in haar ogen als het dier. Er is geen spoor van een glimlach, laat staan van een lach; eerder is er iets van een frons op het gezicht te zien, maar dan zo licht dat het voorhoofd zelfs niet de aanzet van een rimpel vertoont. De frons is veeleer in haar ogen te zoeken, en in haar mond, die ondanks dat de lippen even vaneen zijn iets straks heeft. Je ziet dat dit het gezicht is van een kind, het heeft bolle kinderwangen en een wippend kinderneusje, zoals de jonge vogel zijn donskopje en brede nestelingenbekje had, maar net als bij het vogeljong heeft de uitdrukking op dit gezicht niets kinderlijks: er kijkt je een levend wezen aan, een leeftijdloos, oeroud organisme, in een grote, vijandige buitenwereld vol gevaren geparachuteerd – maar het is er nu eenmaal en het wil er blijven, is daarom steeds op zijn hoede, klaar om aan het eerstvolgende gevaar te ontsnappen.

Is het gewaagd te veronderstellen dat zoals hij voor de vogel in de schuur dit gevaar belichaamde, hij dit ook deed voor het kind, dat immers op het moment dat de foto werd genomen in de camera keek en daarmee ook naar hem, de vader, die de camera vasthield? – Het is niet alleen niet gewaagd, het is zelfs maar al te waarschijnlijk dat dit zo was. De verhouding tussen hem en het kind is vanaf de geboorte problematisch geweest. Nee, niet helemaal meteen vanaf de geboorte, want die vervulde hem zoals de meeste jonge vaders met die plechtige blijdschap die bij een ontzagwekkende gebeurtenis zoals deze hoort: voor het eerst ervaar je dat je meedraait in het rad van leven en dood, je hebt je voortgeplant. Tegelijkertijd voel je een golf van verantwoordelijkheid voor het natte, krijtende wezentje aan die dikke blauwe navelstreng dat je door de vroedvrouw in je handen gelegd krijgt, afgewisseld met een even grote golf van tederheid voor de vrouw die het heeft gebaard.

Die eerste dagen, weken na de geboorte waren inderdaad misschien wel de gelukkigste met Asja. Nee, niet omdat ze zwak was en hulp nodig had, maar omdat ze een en al zachtheid was geworden. Niet alleen was ze zacht voor het kind, ook voor hem was ze dat, zo goed als voor iedereen met wie ze in die dagen te maken had. Zij, die altijd vol ongeduld zat bij de minste onhandigheid van welke kant ook en vooral van de zijne, stapte nu niet alleen met het grootste gemak over het ergste geklungel van de onervaren kraamhulp heen, maar verdroeg zelfs zijn gehannes met een luchtigheid die haar zelf verbaasde. Maar de harmonie die er in die eerste tijd na de komst van het kind tussen hem en Asja heerste werd toch vooral in het leven geroepen (ja, want harmonie is een *levend* iets) doordat hun aandacht voor het eerst niet alleen meer op zichzelf of op elkaar was gericht, maar naar iets buiten henzelf werd geleid dat toch ook weer henzelf was, naar het kind namelijk, *hun* kind. Er ontstond tussen hen een drieklank, een welluidende, waarvan de drie samenstellende delen elkaar in een levend evenwicht hielden. Je zou je hun samenleven ook kunnen voorstellen als drie punten die op dezelfde onderlinge (kleine!) afstand door de ruimte zweefden, met elkaar verbonden en elkaar vasthoudend door de precies even krachtige energiestromen die ze elkaar toezonden en van elkaar ontvingen, en welke drie punten, zou je de denkbeeldige verbindingslijnen daartussen zichtbaar maken, een perfect gelijkzijdige driehoek vormden.

Deze driehoek van harmonie en geluk kon niet duren. De mooie gelijkzijdigheid van de eerste levensweken van het kind ging algauw verloren, omdat degenen die er de hoekpunten van vormden hun betrokkenheid op elkaar niet wisten te handhaven, al dan niet buiten hun schuld. De driehoek zelf bleef voorlopig nog wel bestaan, in wisselende gedaante, met die waarbij punt Asja en punt baby dicht bij elkaar, en het punt dat hemzelf voorstelde op grote afstand van hen tweeën (zodat de driehoek de langgerekte vorm krijgt van een dolkmes – of van de glasscherf waarmee hij later tegenover Asja zou staan vlak voordat de driehoek voorgoed uit elkaar zal vallen) als vaakst voorkomende.

Toen het kind een paar weken oud was en langzaam uit het ogenschijnlijk puur vegetatieve pasgeborenenbestaan ontwaakte, steeds meer een wezen werd dat lust en onlust, voorkeur en afkeer te kennen kon geven, bleek elke dag duidelijker dat het de moeder veel meer was toegedaan dan de vader. Natuurlijk, het was uit de moeder gekomen, was een deel van haar geweest, werd nog altijd met en door haar lichaam gevoed – het was dus niet meer dan logisch dat de band met haar sterker was dan die met hem, die tot dan toe maar weinig meer dan een enkel minuscuul zaadje aan haar bestaan had bijgedragen. Maar zoals het kind op hem, haar vader, reageerde, viel naar zijn gevoel buiten alle aannemelijkheid, en paste ook niet in de ervaring zoals die van andere vaders (want het was immers zijn eerste kind en hij vroeg hier en daar wat rond) tot hem kwam. Gaandeweg, dat wil zeggen vanaf het moment dat de kraamtijd voorbij was en de baby zich tot een redelijk wezen begon te ontwikkelen, groeide bij hem de overtuiging, eerst nog wankel maar allengs vaster wordend, dat het kind hem niet accepteerde, en wel *willens en wetens niet accepteerde.* Hij kon er alle feiten op loslaten die dit idee, deze hersenschim, logenstraften, hij kon tegen zichzelf zeggen dat een zuigeling van nog geen halfjaar nog helemaal niets kon willen en weten: hij hoefde maar een van die blikken op te vangen waarmee het kind af en toe naar hem kon kijken of hij wist diepweg dat wat hij dacht niet ongegrond was. Alleen wanneer hij 's avonds of 's nachts, omdat het, wat niet zelden gebeurde, maar bleef huilen en niet tot bedaren te brengen was, een eind met het kind ging rijden in de auto, leek het haar reserve tegenover hem enigszins te laten varen. Zo in een kalm gangetje voortzoevend over deze of gene snel- of ringweg, van tijd tot tijd in het licht gezet door de koplampen van een tegenligger, het kind in het stoeltje midden op de achterbank zodat hij het in de achteruitkijkspiegel had, op de autoradio een praatstem, zo mogelijk in een vreemde taal (waarbij, ontdekte hij bij toeval, Oost-Europese talen, en daarvan weer het Servo-Kroatisch, bij zijn passagier onmiskenbaar de voorkeur genoten), was het alsof er daar in die donkere autocabine tussen het kind en hem iets van een verstandhouding ontstond. Weg smolt de spanning die er anders altijd tussen hen was, hij kon in het spiegeltje zien dat het kind genoot van het rijden door de nacht, en dat hij, haar chauffeur, in dat genieten was opgenomen. Ze was dan allang stil geworden, maar het duurde nog geruime tijd voordat ze in haar stoeltje in slaap viel. Om er helemaal zeker van te zijn dat ze vast sliep, en tevens om het nu eens probleemloze samenzijn met zijn dochter nog wat te rekken, bleef hij dan altijd nog een halfuur of een uur over de donkere snelwegen verder rijden. Dan pas nam hij de afslag naar huis, waar hij haar, na de auto behoedzaam door de grotendeels verlaten stadsstraten tot zo dicht mogelijk voor de voordeur te hebben geloodst, voorzichtig de trappen op droeg, een schone luier omdeed en in bed legde, meestal zonder dat ze wakker werd. Sloeg ze toch nog haar ogen op, dan begon ze nooit te huilen zoals anders vaak, maar stond er in de blik waarmee ze hem aankeek nog steeds iets van dat vredige autosamenzijn te lezen. En als hij daarop het licht uitknipte en stilletjes in bed schoof naast Asja, die op het moment dat hij de slaapkamer binnenkwam half wakker was geworden maar inmiddels allang weer sliep, was hij ervan overtuigd dat het ook met haar ooit goed zou komen.

De volgende morgen echter leek het alsof er van enige verstandhouding tussen hem en het kind nooit sprake was geweest. De nacht had de afstand tussen hen weer onmetelijk gemaakt, hij was voor haar, had ze kunnen praten, weer gewoon 'hij' of 'de man die hier ook in huis woont' geworden in plaats van 'vader' of op z'n minst 'Peter', zoals zij voor hem van de weeromstuit niet meer 'ze', laat staan 'Marie', maar weer neutraal 'het kind' werd – als het al niet 'het kind van Asja' heette, net zoals het later 'de hond van Asja' of 'de stad van Asja' zou worden. Ook de oude fysieke ongemakkelijkheid tussen hen was weer terug. Deze uitte zich er bijvoorbeeld in dat het kind zich wel door hem liet aanraken, aan- en uitkleden, een schone luier geven en dergelijke, maar daarbij nooit lachte en kraaide zoals wanneer Asja het verschoonde, hoe hij er ook zijn best voor deed. Hij meende zelfs, als hij het een keer kietelde of krieuwelde in een poging het aan het lachen te maken, het kleine lichaampje onder zijn handen licht te voelen verstijven, al zouden dat ook zijn eigen armen geweest kunnen zijn. In het algemeen echter onderging het kind zijn aanrakingen gelaten, alsof het een noodzakelijk kwaad was, maar soms ook leek het op haar hoede, alsof het bang was dat hij het iets zou kunnen aandoen. Leefde het dan, inmiddels een paar jaar oud, nog steeds in een zo hechte symbiose met haar moeder dat het de ruzies aanvoelde die hij intussen steeds heftiger en frequenter met Asja uitvocht, ook al droegen ze er allebei zelfs in het heetst van de strijd zorg voor dat die zich buiten gezichts- en gehoorsafstand van het kind afspeelden?

Het werd er niet beter op toen het kind na verloop van tijd een permanente plaats in het ouderlijke bed kreeg, tussen Asja en hem in. Verre van de genoemde fysieke ongemakkelijkheid af te zwakken, versterkte de opgedrongen intimiteit met het kind die nog, te meer omdat deze – letterlijk ongewenste – intimiteit een barricade opwierp voor de zozeer gewenste intimiteit met Asja. Het resultaat van de nieuwe slaapopstelling was in ieder geval niet een versteviging van de gezinsbanden (voor zover dat al door Asja werd beoogd), maar juist een op-, zo niet een overrekking daarvan. Praktisch kwam het erop neer dat hij steeds meer naar de rand van het bed werd gedrongen – tot hij op zekere nacht, voordat hij er helemaal overheen geduwd zou worden, stil zijn hoofdkussen oppakte, de gezamenlijke slaapkamer verliet en een kampeerbed in zijn 'kantoortje' (in werkelijkheid niet meer dan een afgeschoten stuk overloop) opzette, waar hij vanaf die dag bleef slapen.

Wat een poos duurt het voordat iemand met wie je langere tijd het bed hebt gedeeld uit je systeem verdwenen is! En met Asja was dat misschien wel nooit volledig gelukt, misschien had hij altijd, ook in de jaren dat hij nauwelijks aan haar dacht, met iets van haar rondgelopen, zoals sommige oorlogsveteranen met een onverwijderbare kogel of granaatscherf in hun lichaam rondlopen zonder dat ze daar elke dag aan worden herinnerd. De eerste tijd echter dat hij apart sliep zou hij er wat voor hebben gegeven als Asja, of wat er van Asja in hem achtergebleven was, tot niet meer dan een klein, hard en levenloos ding zoals een kogel of een granaatscherf zou zijn ingekit. Daarentegen hoorde hij haar bijna iedere nacht wanneer hij in zijn oncomfortabele kampeerbed lag te woelen zachtjes de deur van zijn kantoortje openen, op haar tenen door het donkere kamertje op zijn bed toelopen en zich, terwijl haar naar voren vallende lange haren een tent om zijn gezicht maakten, levensgroot en warm over hem heen buigen om zich met hem te verenigen. – Wie kan zeggen of zijn wensvoorstelling nacht na nacht niet zo krachtig werd dat ze uitstraalde naar het voorwerp ervan? en zo wervend dat elke weerstand wegsmolt? In ieder geval ging op een nacht werkelijk de deur van het kantoortje open, stak werkelijk Asja de kamervloer over naar zijn bed, legde zich, behoedzaam, vlinderlicht, zodat het fragiele kampeerbed zelfs niet kraakte, werkelijk over hem heen, en voelde hij werkelijk haar haren over zijn gezicht. Zijn vurigste wens was in vervulling gegaan! Maar of nu de verrassing te groot was, of het geschenk te royaal, of hijzelf te bekrompen om het te ontvangen, feit is dat hij het moment verspeelde, en niet zomaar verspeelde, maar regelrecht verknalde. In plaats van blijdschap welde er oud zeer in hem op, in plaats van haar woordeloos te omhelzen begon hij haar naar het waarom te vragen, waarom nu wel en waarom al die vorige keren niet. En al probeerde Asja hem nog het zwijgen op te leggen door haar lippen op de zijne te drukken, hij wrong zich onder haar mond vandaan, net zoals zijn verongelijktheid zich onder zijn lust en zijn liefde vandaan wrong en van de gelegenheid gebruikmaakte, maar dan wel precies het verkeerde gebruik van precies de verkeerde gelegenheid. Het was niet meer dan vanzelfsprekend dat Asja hem geen antwoord gaf op zijn vragen, althans niet verbaal. Wel werd ze, tenger als ze was, plotseling zo zwaar boven op hem dat de lucht hem uit de longen werd geperst, en terwijl alle veren van de stretcher nu vervaarlijk piepten en krijsten en het frame bijna tot op de grond doorboog, verliet ze het bed en liep de kamer uit.

Al was het dus niets geworden met hun vereniging, het kwam bij die gelegenheid toch tot een conceptie. Zoals hij haar eens zwanger had gemaakt van een kind, zo maakte zij hem die nacht zwanger van de jaloezie. De komende tijd droeg hij die, zoals dat heet, 'onder het hart', en daarmee is ook exact de plek aangeduid waar deze wrange vrucht – ook die een liefdesbaby! – zetelde. Het was beslist niet zijn eerste kennismaking met dit sentiment, dat in feite tegelijk met Asja in zijn leven was gekomen en altijd de onafscheidelijke, maar onzichtbare derde in zijn verhouding met haar was geweest. Eigenlijk existeerde dit gevoel in hem tot dan toe slechts op het niveau van het mogelijke, zoals een kind op het niveau van het mogelijke existeert zodra een man en een vrouw bij elkaar komen. Wat dit mogelijke inhield als het werkelijkheid zou worden, werd hem geopenbaard tijdens de keren dat hij jaloers meende te zijn, bijvoorbeeld helemaal in het begin in de restaurantkeuken waar hij met Asja werkte, toen hij zag hoe ze door de blikken van de koks en de kelners werd bepoteld en belikt. De jaloezie echter die hij nu leerde kennen, vanaf het moment dat hij Asja na hun mislukte samenkomst zijn kantoortje zag verlaten, was van zo'n totaal andere orde, dat vergeleken daarmee de pijn van toen een wissewasje, minder dan een speldenprik was. Voortaan zag hij Asja steeds weer naar die deur lopen, zag haar van hem weglopen, naakt zoals ze was, maar zag haar tegelijkertijd in vooraanzicht, naakt, *op een andere man toelopen*. En elke keer dat hij door dit visioen werd bezocht zwol de bittere vrucht onder zijn hart een beetje verder, des te bitterder door de zekerheid dat het visioen eens werkelijkheid zou worden. Hij ging Asja verliezen, had haar al verloren!

Geen twijfel aan dat de onmogelijkheid om zich bij dit besef neer te leggen bijdroeg aan de onverzoenlijkheid en desperaatheid waarmee de nog volgende ruzies werden ingegaan, tot aan de laatste, met de glasscherf, toe. Als ze niet met hem kon, dan ook niet met een ander! Maar net toen het gezwel van de jaloezie zou openbarsten en hem met huid en haar zou verslinden werd het uit zijn lichaam weggesneden, en wel met diezelfde glasdolk waarmee hij de seconde daarvoor Asja uit zijn leven weg had willen snijden. Op het moment dat hij de glaspunt liet vallen en de deur uit liep werd de jaloezie niet alleen een zeker schijnende overwinning ontnomen, maar werd ze zelf overwonnen. Door niet toe te stoten maar weg te lopen, dat realiseerde hij zich heel goed, *stond hij Asja af*. Niet: deed hij afstand van Asja, maar: stond hij Asja af, omdat dit laatste, hoewel pijnlijker, concreter is. Want daarmee maakt zich een persoon, een derde, van de achtergrond los en treedt naar voren. En die derde, die persoon aan wie hij haar afstond, dat was de man uit het visioen, nog gezichtsloos.

Dat de jaloezie overwonnen was, betekende nog niet dat ze daarmee ook was verdwenen; er was nog een klein scherp stukje in zijn lichaam blijven zitten, als een splinter van diezelfde punt glas. Het dodelijke had ze weliswaar verloren, maar steken deed ze nog altijd. Het bleef op de grens van het verdraaglijke om Asja op de man zonder gezicht toe te zien lopen, hem te zien omhelzen, kussen. Haar met de man in bed te zien liggen, te zien dat zij de man aan zich liet komen. Haar opgewonden te zien raken onder zijn strelingen. Haar naast de man te zien slapen. Haar onder de douche te zien stappen met hem. Te weten dat als de man ergens anders was dan bij haar, zij aan hem dacht, naar hem verlangde – al die dingen konden hem de eerste tijd na hun scheiding nachten uit zijn slaap houden. Maar toen de gezichtsloze man van het visioen zich na enige tijd inderdaad materialiseerde en een gezicht kreeg (zijn zekerheid wat dit betreft bleek dus niet onterecht), waren het veel minder de dingen waar hij van wakker had gelegen, dingen die toegespitst waren op Asja als seksueel wezen, maar juist de niet-fysieke, immateriële zaken die in de werkelijkheid het meest schrijnden. Wat zeer deed wanneer hij Asja en de nieuwe man (die in de loop der tijd een aantal malen van gezicht wisselde) bij gelegenheid trof, was niet zozeer hen samen te zien als wel het plezier te zien dat ze aan elkaars nabijheid beleefden, was niet zozeer de kus zelf die hij hen zag uitwisselen, als wel de tederheid die daarbij in hun ogen stond. Wat zeer deed waren minder hun nachten samen dan hun dagen, hoe ze samen met het kind aan de eettafel zaten of televisie keken, hoe ze 's zondags een boswandeling maakten, hoe de nieuwe man in het weekend voor Asja en het kind kookte, hoe hij het kind van school ophaalde, hoe hij het naar bed bracht, voorlas, een nachtzoen gaf.

Het geluk van anderen lijkt vaak groter, ongestoorder, volmaakter dan dat van jezelf, terwijl het ongeluk van anderen juist kleiner lijkt, en zo was het ook hier. Uit wat hem in de loop der tijd over het reilen en zeilen van het – door hem althans, en niet zonder jaloezie – verondersteld gelukkige gezinnetje ter ore kwam, bleek dat hun eenheid toch niet zo hecht was als hij, de buitengeslotene, had aangenomen. Niet alleen vernam hij – en door zijn onuitsprekelijke opluchting daarover bleef er nauwelijks nog ruimte voor triomfgevoelens – dat het tussen Asja en de nieuwe man (die dus niet heel lang dezelfde bleef) regelmatig tot scènes kwam, maar ook en met name dat er van voorlezen, nachtzoen geven of ook maar naar school brengen van het kind door de nieuwe man in het geheel geen sprake was. Accepteerde het kind hem, de biologische vader, al niet of nauwelijks, de opeenvolgende substituut-vaders deed het dat nog minder. De toenmalig laatste uit de reeks was naar het scheen bovendien behept met een nogal opvliegend karakter en kon het moeilijk verkroppen dat hij geen vat kreeg op het kind. Er deden zich om de haverklap autoriteitsconflicten voor tussen deze twee, maar ook tussen moeder en inmiddels opgroeiende dochter botste het steeds vaker. Een beslissing werd geforceerd toen Asja's nieuwe man een baan in het buitenland kreeg aangeboden; Asja ging met hem mee, het kind wilde per se niet, en besloten werd dat het voortaan bij haar vader zou wonen.

Nu hij zoveel jaar later terugkeek op de tijd dat Marie – want het kind was intussen op een leeftijd gekomen dat het behalve uit haar kinderkleren ook uit de soortnaam zelf was gegroeid – bij hem woonde, herinnerde hij zich daar nog verwonderlijk weinig van. Achteraf is het alsof het meisje het er al van meet af aan op heeft aangelegd om zo min mogelijk herinneringen na te laten, om ook als ze in huis was zo min mogelijk aanwezig te zijn, alles met het doel het verblijf bij haar vader des te gemakkelijker en op elk gewenst moment af te kunnen breken. Marie was dertien toen ze bij hem kwam wonen, en net zestien toen ze wegliep. In die krap drie tussenliggende jaren ging ze naar school zoals andere meisjes, was ze lid van een sportclub, keek ze naar soapseries en popprogramma's op de televisie, ging ze naar muziekles, kleedde ze zich zoals tieners over de hele wereld zich kleedden, kortom, er was van een afstand bekeken niets wat haar onderscheidde van miljoenen van haar leeftijdgenoten. Het enige misschien waarin ze, gezien vanaf diezelfde omineuze afstand, anders was dan de anderen was dat ze nooit, maar dan ook nooit, een vriendinnetje (laat staan vriendje) mee naar huis nam. Later werd dat tegen hem gebruikt, maar op het moment zelf zag hij er geen kwaad in dat ze als ze van school kwam regelrecht naar haar kamer ging om haar huiswerk te maken of naar haar muziek te luisteren, ook al omdat hijzelf dan gewoon door kon werken (hij had inmiddels ook in zijn nieuwe woning weer zijn 'kantoor' ingericht) en niet als gastheer hoefde te fungeren voor een meer of minder veelkoppig troepje meisjesscholieren. Meestal kwam ze uit school trouwens niet meteen naar huis maar bleef ze tot etenstijd – of daar overheen – bij de ene of de andere van haar vriendinnen plakken, en ook dat werd later tegen hem gebruikt, terwijl hij met haar zo vrij mogelijk te laten juist het beste met het meisje voorhad. Dat was althans zijn voorstelling van zaken, maar soms in zijn hart voelde hij twijfel en vroeg hij zich af of hij er zich daarmee niet vanaf maakte. Want was het wel zo dat hij uitsluitend in het belang van het kind handelde, was zijn ogenschijnlijk pedagogisch verantwoorde altruïstische houding niet gewoon verkapte gemakzucht? O zeker, er zat beslist iets bij wat je zo kon noemen, maar daar was niet alles mee gezegd. In zijn meer lucide ogenblikken vermoedde hij dat zijn gemakzucht met betrekking tot zijn dochter op zijn beurt weer een vermomming was, en dat onder die vermomming vrees schuilging, dezelfde vrees die hij al voor haar koesterde toen ze nog een baby was. Nog steeds voelde hij zich door haar blik geschat, gewogen – en te licht bevonden. Veel meer dan haar moeder was zij voor hem de onverbiddelijke instantie; bij Asja kon hij hoogstens haar liefde verliezen, bij zijn kind verloor hij zichzelf.

Maar ook dat is nog niet het hele verhaal van hun kleine samenleving, want behalve onverbiddelijke instantie was het kind ook kind: het verdroeg haar vaders afstandelijkheid niet, onverschillig of die nu door altruïstische motieven werd ingegeven of door angst, en het revolteerde ertegen door met geweld zijn aandacht op te eisen, hem te dwingen zich met haar bezig te houden. Omdat het dit pas achteraf deed, dus toen ze al bij hem weg was, kreeg de revolte van het meisje de schijn van een wraakoefening, of minder nog: die van een advocatentruc, louter te baat genomen om uit de greep van zijn ouderlijke macht te blijven. Maar hij had geen moment in verwarring verkeerd omtrent de werkelijke aard van haar aantijgingen, hoezeer ze ook verzonnen waren. Haar valse beschuldigingen hielden een maar al te ware aanklacht in: nee, hij had zijn dochter niet begluurd terwijl ze onder de douche stond, hij was 's nachts ook niet 'met onzedelijke bedoelingen' aan haar bed verschenen, zoals het in de stukken heette, en hij had haar al helemaal nooit 'intiem betast' – en toch liet hij elke poging na om deze beschuldigingen te weerleggen, niet zozeer omdat hij de zinvolheid daarvan betwijfelde, maar omdat hij zich ten diepste schuldig voelde, zij het niet schuldig aan de genoemde feiten. Bijna zou hij hebben gewenst dát hij zich een keer aan zijn dochter had vergrepen – hij zou tenminste één keer dicht bij haar zijn gekomen.

Het kwam uiteindelijk niet tot een rechtszaak, omdat het meisje haar beschuldigingen tegen hem liet vallen toen duidelijk werd dat hij geen stappen ondernam om haar terug te halen. Inmiddels woonde ze toen al bijna een jaar bij haar muziekleraar, een vluchteling uit het voormalige Joegoslavië en meer dan tweemaal zo oud als zij. Had hij met zijn Slavische taal misschien de herinnering bij haar wakker geroepen aan de geborgenheid van de autocabine toen ze als baby door haar vader werd rondgereden in de nacht? Het zou de enige authentieke herinnering zijn tussen de *invented memories* van haar aanklacht tegen hem. Hij vroeg zich af of ze de feiten waarvan ze hem betichtte behalve om onder zijn ouderlijk gezag uit te komen ook verzonnen had om de afstand tussen haar en hem onoverbrugbaar te maken, althans onoverbrugbaar voor haarzelf. Als deze veronderstelling juist was, dan heeft zij zich met grote hardnekkigheid aan haar opzet gehouden, op misschien één zwak moment na. Sinds zij bij haar Bosnische muziekleraar was ingetrokken had hij zijn dochter niet meer gezien, hoewel ze in dezelfde stad was blijven wonen als hij. Formeel was hij echter nog steeds haar voogd, en in die hoedanigheid had ze hem zolang ze minderjarig was van tijd tot tijd nodig, al was het maar voor een handtekening onder dit of dat officiële papier. In die zin zou hij over een middel hebben beschikt om druk op zijn dochter uit te oefenen hem te blijven zien, en het was inderdaad ook een van Asja's verwijten later dat hij zich nooit van dit drukmiddel had bediend maar het meisje had toegestaan het contact met hem louter schriftelijk te laten verlopen. Het was juist bij een van die gelegenheden dat hij zijn dochter toch nog te zien kreeg, en het zou de laatste keer worden. Blijkbaar was er haast bij, of misschien was ze toch in de buurt en wilde ze een postzegel uitsparen, in ieder geval was ze op een ochtend net bezig een envelop met waarschijnlijk het een of ander ondertekening behoevend paperas door zijn brievenbus te gooien, toen hij op de terugweg van een vroege gang naar de bakker vanaf de andere kant van de straat met het verse brood in zijn hand aan kwam lopen. Zij zag hem niet, liep terug naar haar fiets, die aan de overkant tegen een boom geparkeerd stond, en reed weg in de tegenovergestelde richting, maar niet dan nadat ze nog een snelle blik naar boven, naar de ramen van haar vaders verdieping had geworpen. – Wat hij zichzelf later kwalijk nam was dat het zelfs geen moment bij hem was opgekomen dat zijn dochter niet voor niets zelf die envelop bij hem door de brievenbus gooide, dat ze misschien nog wel een andere reden kon hebben gehad dan dat er haast bij was, bijvoorbeeld dat ze op een ontmoeting had gehoopt, of daar op z'n minst niet op tegen zou zijn geweest. In plaats daarvan legde hij haar schuwe blik naar boven meteen uit als angst en onwil en had hij het gevoel dat hij naar haar wens handelde toen hij haar zomaar liet wegrijden zonder iets te ondernemen. Had hij maar geroepen, op zijn vingers gefloten, of desnoods gesist, zoals ze in Spanje een ober roepen of een taxi aanhouden! Zijn lippen waren echter op elkaar gebleven. En om eerlijk te zijn was dat niet enkel en alleen gebeurd omdat hij daarmee aan de wens van zijn dochter tegemoet dacht te komen. Er waren ook nog andere redenen voor, redenen die op het moment zelf in het gunstigste geval enige geldigheid bezaten, maar waar achteraf bezien het woord futiliteiten nog te groot voor was. Zoiets kinderachtigs als schroom om luid over straat te roepen zat daar bijvoorbeeld bij, met daaraan vastgekoppeld de al iets serieuzere vrees afgewezen te worden of, weer een tikje ernstiger: de beduchtheid door zijn dochter publiekelijk als incestpleger te worden neergezet. Er was echter nog een andere reden waarom hij het naliet naar haar te roepen, vergeleken met wat er hier op het spel stond minstens even onzwaarwegend als de hiervoor genoemde, maar op het moment zelf blijkbaar toch zo dwingend dat hij die boven alle andere liet gaan. Het was de puur egoïstische sensatie die je beleeft wanneer je onverwachts iemand, een bekende, een dierbare, ziet zonder dat hij of zij jou ziet. Zonder twijfel heeft het iets heimelijks, iets stiekems zelfs om je aanwezigheid niet kenbaar te maken, maar dit minpunt wordt meer dan gecompenseerd door wat deze achterbaksheid je oplevert. Want doordat je die persoon ziet zoals je hem of haar nooit te zien krijgt, namelijk *zoals hij of zij is wanneer je er niet bij bent*, glip je een grens over die voor jou als sterveling anders gesloten blijft. Heel even heb je deel aan de onzichtbaarheid waarvan je als kind droomde en die verder alleen aan de goden is voorbehouden. De prijs voor dit aan-godgelijk-worden is echter dat het in het geniep moet gebeuren.

Dat de laatste herinnering aan zijn dochter zo voor altijd is verbonden met achterbaksheid en het gevoel iets nagelaten te hebben, geeft er een nare bijsmaak aan, maar desondanks, of juist daardoor, heeft de gelegenheid zich in zijn geheugen gegrift, dieper en scherper dan het geval zou zijn geweest als hij haar wel had aangeroepen. Deze herinnering kent heel duidelijk twee momenten, of liever gezegd twee duidelijk van elkaar te onderscheiden fasen, waarbij de eerste nog grotendeels wordt bepaald door een zekere malicieusheid, die nooit ver weg is wanneer iemand zich in de mantel van de anonimiteit kan hullen, zoals hij op dat moment verkoos te doen. Toen dus zijn weggelopen dochter na ruim een jaar onverwachts in zijn gezichtsveld opdook, de straat overstekend naar waar haar fiets stond nadat ze iets door zijn brievenbus had gegooid, ging het dan ook ongeveer als volgt: '*Dat is ze dan! Zo ziet ze er dus nu uit, het kind van Asja. Ze wordt groot, de kleine. Maar wat een onelegante kleren heeft ze aan! En dat haar! Wil ze soms met de mode meedoen? Moet je zien hoe ze loopt, alsof ze kaplaarzen aan haar voeten heeft!*' Maar dan volgt een omslag, zijn blik verliest de anonieme boosaardigheid, misschien omdat hij haar schichtig naar boven ziet kijken: '*Nee, wees maar niet bang, ik sta daar heus niet voor het raam – maar je moest eens weten dat ik je toch zie! Och, wat ben je toch eigenlijk nog een kind, ondanks je groene haren!*'

Je hebt het mooie ronde achterhoofd van je moeder, wist je dat? Maar mijn blonde haar, al heb je dat nu geverfd. Kind, doe je schouders omlaag, je houdt ze opgetrokken alsof je een klap verwacht. Zo, nu is het al beter. Zie toch eens hoe mooi recht- op je op de fiets zit. Kind van Asja. Ook mijn kind, je wilt het alleen niet weten. Zal ik toch roepen?' Maar als hij haar al had willen aanroepen, dan was hij daar toch te laat voor geweest, want het volgende moment verdween ze de hoek om, en ver- dween daarmee ook uit zijn leven. Uit het zijne en uit dat van Asja – en voor altijd! Al heeft Asja zich daar nooit bij willen neerleggen en altijd is blijven geloven dat Marie eens terug zou komen. De feiten lijken een dergelijk geloof echter tegen te spre- ken. Kort nadat hij haar die laatste keer had gezien namelijk, en meteen nadat ze voor de wet meerderjarig was geworden, ver- trok Marie met haar gevluchte Bosnische pianist naar diens geboorteland, waar de oorlog net voorbij was. Slechts heel spora- disch, en niet rechtstreeks maar via een vroeger schoolvriendin- netje, bereikte hen in de paar jaren daarna nog een levensteken van hun dochter, waarbij het laatste wat ze van haar hoorden was dat ze daarginds als zangeres met een groepje muzikanten door het land zou toeren, liederen zingend over de gruwelen van de doorstane oorlog en de onvergankelijkheid van haar nieuwe vaderland. – Misschien waren er wel cassettes van haar in om- loop en zong ze nu in haar nieuwe taal op haar beurt slapeloze baby's in auto's in slaap! Had ze zich behalve een nieuw land en een nieuwe taal toen ook een nieuwe naam verschaft? Maar niettegenstaande er uit de schaarse berichten wilskracht en vol- harding sprak (en die juist daarom, omdat dat met Maries ka- rakter wel strookte, authentiek leken), blijft het twijfelachtig of hun dochter in haar nieuwe land en nieuwe taal – en wellicht onder haar nieuwe naam – werkelijk een thuis had gevonden.

Enkele jaren na deze laatste berichten namelijk ontving Asja een met meerdere postzegels beplakt pakket, dat toen ze het opende wat persoonlijke spullen van Marie bleek te bevatten, met daarbij een in gebrekkig Engels gestelde begeleidende brief waarin haar overlijden ten gevolge van een ongeluk werd meegedeeld. Het was volgens de briefschrijver Maries uitdrukkelijke wens geweest in haar nieuwe vaderland begraven te worden, en er was, tussen de vouwen van het briefpapier gestoken, een onscherp polaroidfotootje van haar graf bijgevoegd, een onduidelijke onder bloemen bedolven hoop aarde, met aan het hoofdeind een eenvoudig houten kruis waarop een soort puntdakje zat. Je kon zien dat het hout nieuw was, maar zelfs met een sterke loep viel er geen naam of datum op te ontcijferen, noch waren de gelaatstrekken op het, vermoedelijk geëmailleerde, ovale vrouwenportretje in het midden thuis te brengen.

Asja, die zelf inmiddels een streep had gezet onder haar buitenlandse avontuur (en ook onder de verbintenis met de man met wie ze dat een paar jaar eerder aangegaan was), koesterde meteen argwaan: dat was Marie niet, daar onder die aardhoop en op dat portretje! En waarom had de afzender van de brief zijn adres onvermeld gelaten? Droeg die muziekleraar met wie ze ervandoor was gegaan trouwens niet een andere achternaam dan waarmee de brief was ondertekend? De bevindingen van de ingeschakelde officiële instanties leken voorlopig steun te geven aan Asja's twijfels, want onder de geregistreerde sterfgevallen van buitenlanders in Bosnië-Herzegowina gedurende het laatste jaar bevond zich er niet één dat op Marie zou kunnen slaan. Daar stond tegenover dat Maries naam ook in geen enkel ander register of namenbestand aldaar voorkwam. Maar ook dat zei niet zoveel; ze kon zich immers een nieuwe identiteit hebben aangemeten, wat gemakkelijk genoeg moest zijn geweest in de chaos van een land dat net uit een oorlog was gekomen. Naspeuringen omtrent het muziekgroepje waarmee ze zou hebben opgetreden leverden evenmin iets op; er werd er niet één gevonden waarvan de zangeres ook maar bij benadering aan Maries signalement en achtergrond beantwoordde. Even vruchteloos bleef de zoektocht naar de muziekleraar (die inderdaad een andere naam droeg dan onder de brief stond, en welke laatste evenmin een aanknopingspunt bood). En wat ten slotte de foto van de groeve betrof, die had op elk kerkhof in heel Oost-Europa genomen kunnen zijn.

Anders dan voor Asja, die ervan overtuigd bleef dat het overlijdensbericht vals was en dat ze haar dochter eens terug zou zien, betekende dit bericht voor de vader, en dat te meer als het *niet* op waarheid berustte, de doodverklaring van elke mogelijke gezamenlijke toekomst met hun kind. Ja, Marie was hoe dan ook in haar opzet geslaagd: ze had haar ouders definitief van zich afgeschud. Zo krachtig drong dit gevoel van een actieve daad van zijn dochters kant zich op, dat als hij maar een ogenblik overwoog om naar haar laatst bekende verblijfsland Bosnië af te reizen en haar te gaan zoeken, levend dan wel dood, hij een dergelijk plan onmiddellijk weer liet varen, alsof hij capituleerde voor een wil sterker dan de zijne. Marie zou er niet van gediend zijn! Evenmin als hij trouwens heeft Asja ooit de reis naar die streken ondernomen om een poging te doen haar dochter op te sporen, en misschien wel om dezelfde reden. Het was of dat kleine Balkanstaatje voor hen plotseling tot verboden gebied was verklaard, alsof het IJzeren Gordijn, op dat tijdstip allang wegroestend op de schroothoop van de geschiedenis, zich opeens weer hermetisch rond die voormalige Joegoslavische deelrepubliek had gesloten, sterker nog, alsof het was omgesmolten tot een dichte haag van vlammende zwaarden die bij elke grensovergang van dat land slagklaar stonden om hen onmiddellijk te verjagen zodra hij of Asja zich daar maar zou vertonen.

In feite was dat cordon van vuur niet samengetrokken rond een in de fysieke werkelijkheid bestaand land, maar lag het rondom een gedachtegebied genaamd 'Bosnië' in hun hoofden, dat op zijn beurt weer onderdeel uitmaakte van het uitgebreidere complex 'Marie', niet zo muisdicht afgegrendeld als dit deelgebied, maar toch nog steeds zwaar beveiligd. Zo was het althans bij hem; hoe het bij Asja zat wist hij niet precies, zoals het wat haar betrof bij alles gissen bleef. De hoogst enkele keer dat er in de tijd daarna tussen hen nog over Marie werd gesproken – en zelfs dan ge-beurde dat niet uit eigen behoefte maar omdat de een of andere officiële instantie informatie over hun verdwenen dochter voor hen had of van hen wilde hebben –, liep dat steevast uit op strijd en oorlog. Toen daarom van lieverlede de instanties zwegen aan-gezien zich geen nieuwe ontwikkelingen in de zaak meer voor-deden, werd ook tussen de ouders het onderwerp niet meer aan-geroerd, bij beide ongetwijfeld om een andere reden. Waarom Asja er uit zichzelf niet over begon liet zich lastig raden, maar dat hij er tegenover Asja over zweeg was vooral omdat hij wilde voorkomen dat zij eraan herinnerd werd en hij voor de zoveelste keer de oude lading verwijten over zich heen zou krijgen.

Ze spraken elkaar in de jaren tussen Asja's terugkeer uit het buitenland en de crematie van haar moeder trouwens toch maar zelden, en deden ze dat een keer, bij de opening van een tentoon-stelling of op een feestje bij gemeenschappelijke vrienden, dan waren ze heel vlug uitgepraat, alsof er buiten het verboden on-derwerp 'Marie' geen ander gespreksonderwerp meer voor hen bestond. Ja, soms was het of de geest van hun dode of ten minste verdwenen dochter zodra haar ouders maar met elkaar in gesprek dreigden te raken meteen kwam aanvliegen en zich tussen hen beiden in posteerde om ervoor te zorgen dat als ze dan niet over haar wilden of konden praten, ze het ook niet ergens anders over konden hebben.

Wilden ze dat trouwens wel: het ergens anders over hebben? Want hoe stonden hij en Asja in die tijd eigenlijk tegenover elkaar, waren ze nog iets anders voor elkaar dan alleen de vader en de moeder van Marie? De directe herinneringen aan de lijf-aan-lijfgevechten die ze met elkaar hadden geleverd waren inmiddels toch wel uit hun dagelijkse geheugen verdwenen, zoals een blauwe duim- of teennagel op een gegeven moment uit je vandaan gegroeid is. Maar dat betekende niet dat ze blanco tegenover elkaar stonden. Zelf meenden ze misschien koel, kalm en ontspannen te zijn, maar een oplettende buitenstaander vertelde eens dat wanneer ze bij een van die weinige keren oog in oog kwamen te staan hun hele houding een zichtbare verstrakking onderging, ongeveer alsof de wervels van hun wervelkolom over de gehele ruglengte plotseling vastschoten. Dat zou wat hem betreft ook veroorzaakt kunnen zijn door een soort vacuüm waarin hij terechtkwam wanneer hij zijn vroegere levensgezellin tegen het lijf liep. Zijn hart wilde, oudergewoonte, opspringen zodra hij de vertrouwde gestalte in het oog kreeg, maar als die dan voor hem stond, zonk het in hem weg, en niet omdat hij plotseling de moed verloor. Het was eerder de schok die je krijgt wanneer je voor je uit tussen de menigte op straat een bekende ziet lopen, hem inhaalt en op de schouder tikt, je mond al in een brede grijns, en het gezicht van een volslagen vreemde draait zich naar je toe. De vrouw die hem begroette, met alleen maar een luchtig 'Hallo' of overdreven enthousiast driemaal langs hem heen in de lucht te kussen of op een andere manier trachtend de situatie meester te blijven, was geen volslagen vreemde, het was onmiskenbaar Asja, en toch was ze het tegelijkertijd niet. Iets dergelijks kan een landschap bij je oproepen dat je alleen van zomerbezoeken kent en waar je dan 's winters een keer terugkomt. Hoe zwart en kaal strekken de bossen en akkers zich voor je uit, het is onvoorstelbaar dat het dezelfde zijn die je altijd alleen maar in hun groene weelderigheid hebt gezien. Ja, Asja was voor hem in de paar jaar dat ze uit elkaar waren zoiets als een winters landschap geworden. Niet in de zin dat kaalheid en dorheid op haar van toepassing waren, althans niet zichtbaar. Ze was weliswaar enkele jaren ouder geworden, maar zoals sommige uitverkorenen onder ons nu eenmaal ten deel valt, had de tijd haar eerder jonger en gezonder achtergelaten dan omgekeerd (en het had daarbij geholpen dat ze inmiddels gestopt was met roken). Dat hij bij Asja aan een winterlandschap moest denken kon dus ook aan hemzelf liggen, eerder dan aan haar, want eigenlijk was ze mooier en bloeiender dan ooit. En toch ging er van haar schoonheid iets uit wat hij daar vroeger nooit in had gezien, iets leegs en kouds, iets onbezields, als van een in de zon schitterende sneeuwbank. Naarstig speurde hij haar verschijning af naar onvolkomenheidjes, onregelmatigheidjes, smetjes, die hem vroeger toen ze nog bij elkaar waren altijd zoveel houvast hadden gegeven omdat ze haar schoonheid tegelijk hadden verdiept en draaglijk gemaakt. Maar noch de oude, bekende, noch de nieuw bij haar ontdekte (hij zag bijvoorbeeld nu pas voor het eerst een scheefheid rond haar mond – of was die er pas sinds kort?) brachten dat op dit moment tot stand. Er was telkens een soort tevreden constatering wanneer hij er weer een vond, zelfs vermengd met iets van leedvermaak (want volmaaktheid, en dan nog bij je voormalige levensgezellin, is moeilijk te verdragen), maar de vertedering die zulke onvolkomenheden bij hem opriepen en die voorheen in staat was geweest door het hardste afweerpantser

al die lagen onderhuids weefsel van de ander tegenover of naast hem heen zou kunnen dringen om – ja, wat te vinden, of waar aan te komen? Had hij dat bij Asja dan wel geweten? En had hij bij haar dan iets gevonden, was hij bij haar dan ergens aangekomen? Het antwoord daarop kwam als hij na een avond of middag of soms ook na een nacht afscheid nam van de ander, vriendelijk dan wel radeloos, en alles daartussenin: bij Asja waren die vragen niet eens opgekomen. Maar ook zij, Asja, riep intussen niets meer bij hem wakker; het verlies en de leegte die hij eerst nog voelde wanneer hij aan haar werd herinnerd raakten in de loop van de tijd steeds verder afgevlakt, zoals de in het weekend door kinderen of honden gegraven kuilen op het Zand de daaropvolgende weekdagen langzaam maar zeker dichtwaaien. Wat er overbleef, of wat er voor in de plaats kwam als hij aan de tijd dacht dat hij met haar samen was geweest, was een vaag soort heimwee, zoiets als wat een emigrant moet voelen als hij aan het land denkt dat hij heeft achtergelaten – zonder dat hij er één seconde over peinst om terug te gaan!

De omslag, of althans een begin daarvan, kwam met de begrafenis, of eigenlijk de crematie, van Asja's moeder, die een lang of minder lang maar in elk geval slopend ziekbed voor was geweest en 'de eer aan zichzelf had gehouden' (zo had ze zich uitgedrukt). De crematieplechtigheid vond plaats op een stralende julidag, midden in een hittegolf die al langer dan een week duurde. Dit en ook het zelfverkozen moment van sterven van de overledene zullen er de oorzaak van zijn geweest dat hier iets van de zwaarte leek weggenomen die anders op zulke gelegenheden drukt, en dat de bijeenkomst iets lichts en feestelijks had, wat nog eens extra werd benadrukt doordat niemand van de genodigden in het rouwzwart gekleed ging maar allen luchtige en fleurige zomerkleren droegen. De plek daarentegen zorgde voor een stemmig tegenwicht: vanuit de schemerige aula keek je, in het verlengde van de met bloemen bedekte kist met de dode, en voorbij een paar vanwege de hitte wijd opengezette vleugeldeuren, recht een streng perspectivisch toelopende, diep beschaduwde bomenlaan in, helemaal aan het eind, net voor het verdwijnpunt, zich openend in een met zonlicht overgoten gazon, afgesloten door een donkere rododendronwand. Het gazon moest zeer kort geschoren zijn en lag daar glad als een onaards stralende, zinderende plas groen, net zo onstoffelijk lijkend als de diepe blauwe hemel erboven. De hele plechtigheid lang, althans zolang hij er zijn blik op gevestigd hield en die niet liet afdwalen naar de kist of naar deze en gene spreker of spreekster opzij daarvan, bewoog zich niets op dat stuk grasveld, geen merel stak het over, geen dor blad viel erop neer, geen libelle doorkruiste erboven het luchtruim. Heel stil lag het daar, als niet meer van deze aarde, net zo tot de andere wereld behorend als de flikkerende zwartwitbeelden van de filmpjes die tijdens het samenzijn werden vertoond over de jeugd van de overledene, geschoten door haar vader, de kunsthandelaar, lang voor zijn dochter gestorven. In eenzelfde soort verre stilte als van dat gazon lag de sneeuwhelling waarop Asja's moeder als kind op ski's naar beneden gleed en geluidloos naar de toeschouwers lachte en zwaaide, lag de lange met linnen, kristal en zilver gedekte tafel waaraan ze aan het familiekerstdiner zat, lag ook het perron waarop ze als jong meisje afscheid nam en met haar koffers in de klaarstaande trein stapte die haar naar een Zwitserse kostschool zou brengen. Dampend en smokend zette de kolossale zwarte locomotief vooraan zich daarop in beweging, en terwijl Asja's moeder wuivend uit het raampje hing, liet de trein de stationsoverkapping achter zich en verdween, grote rookwolken uitbrakend, maar nog steeds in dezelfde geluidloosheid, in de nacht.

De enige broer van Asja's moeder praatte de filmpjes aan elkaar en vertelde anekdotes over de overledene, waarbij na elke twee zinnen wel een van zijn nog levende en op de begrafenis aanwezige stokoude zusters verontwaardigd nee schudde of hoorbaar tegen degene naast haar siste: 'Zo was het niet!'

Asja sprak zelf ook op de begrafenis. In feite had zij als oudste dochter de leiding over het gebeuren; de dienstdoende begrafenisceremoniemeester overlegde telkens met haar of wachtte op haar instemmende knikje als een volgende spreker aangekondigd moest worden of een volgend muziekstuk moest klinken. Hij had Asja nog nooit in een dergelijke rol meegemaakt. Dat was de tweede schok die hij die morgen te verwerken kreeg, want daarvoor al, bij de aankomst van de kist bij de aula, had hij Asja het eerste moment niet herkend toen ze uit de volgwagen stapte, zo kort had zij haar haar laten scheren. Onverhoeds toonden zich, ja, openbaarden zich in alle pracht en breekbaarheid de rondingen van haar schedel aan hem, en zijn adem had hem niet abrupter in de keel kunnen stokken dan wanneer ze spiernaakt uit de auto zou zijn gestapt. Het was inderdaad alsof ze iets had afgedaan of had uitgetrokken, alsof ze een vermomming had afgelegd waarin ze de laatste jaren gehuld was geweest. Had hij deze Asja voor zich in de menigte ontwaard en op de schouder getikt, dan had zich niet meer een volslagen onbekend gezicht naar hem toegedraaid en ook niet een lang bekend, maar iets daartussenin, onbekend-bekend, of bekend-onbekend. Zo zag hij haar dan op een goed moment achter de lessenaar met de microfoon (die ze meteen afdekte), de lijnen van haar gezicht als verjongd door haar gemillimeterde haar, dat als een donker fluwelen kapje om haar schedel sloot. – Of was het haar verdriet dat haar gezicht jonger maakte dan ooit?

Asja, meende hij altijd van haar begrepen te hebben, had nooit echt goed met haar moeder kunnen opschieten, of tenminste, ze was er altijd van overtuigd geweest dat haar moeders voorkeur eerder bij haar jongere zuster Olga lag dan bij haar. Helemaal onwaarschijnlijk was dat trouwens niet; het zou immers een natuurlijke reactie van de moeder zijn geweest om na het vroege overlijden van haar man, de vader van de kinderen, extra beschermend te zijn voor haar jongste. Even aannemelijk was het vervolgens dat Olga er op haar beurt weer beducht voor was haar positie als oogappel van haar moeder aan haar oudere zuster te verliezen, en deze voortdurende wedijver om de genegenheid of de gunst van hun moeder zou heel goed de eerste oorzaak van de slepende oorlog tussen de zusters kunnen zijn geweest. Want deze oorlog was na al die jaren inderdaad nog altijd niet voorbij en woedde tot op die dag en zelfs tot op dat uur, als het ware over de kist met de dode heen, voort. Asja's jongere zuster Olga bleek namelijk helemaal niet op de afscheidsplechtigheid van haar moeder aanwezig te zijn; ze was weggebleven, zoveel begreep hij ervan, omdat ze zich niet kon verenigen met een zinnetje in de rouwadvertentie dat Asja er, volgens haar zonder overleg, had 'doorgedrukt'. Er was hem niets bijzonders opgevallen aan de tekst van het overlijdensbericht, en dat de onmin hierover tussen de zusters zo hoog was gelopen dat een van hen niet op hun moeders uitvaart was verschenen, lag waarschijnlijk minder aan die paar al dan niet verkeerd gekozen woorden dan aan hun traditie van ruzie en strijd. Niettemin, toen door een favoriet nichtje van Olga – zoals ook Marie indertijd een favoriet nichtje van Olga was geweest – een boodschap van de afwezige werd voorgelezen waarin, niet eens voor de goede verstaander maar openlijk en voor ieder die oren had, de strijd met haar zuster werd voortgezet, voelde zelfs hij, de betrekkelijke buitenstaander, zich even binnengezogen worden in het conflict, en een paar tellen lang drong zich voor het emblematische beeld van het in serene afgezonderdheid liggende groene gazon aan het eind van de bomenlaan een visioen van twee grote doggen, met de nekharen overeind tegenover elkaar staand boven de versplinterde doodkist, grommend en grauwend en met druipende muilen om het lijk vechtend dat half uit de kist hing, de flarden van het witte doodshemd met bloed en kwijl besmeurd.

Nee, het was niet voor te stellen dat er ooit nog een Mozartnocturne of een McGarrigle-song uit hun twee kelen zou klinken zoals hij daar vroeger wel uit had gehoord, zo diamantzuiver gezongen dat het pijn deed, niet aan de oren maar aan de ziel. Blijkbaar kwamen er toen toch periodes van vrede voor tussen de zusters – alhoewel? Was het niet denkbaar dat hun zo door de ziel snijdende samenzang niet zozeer een vredesuiting was geweest maar een voortzetting van de oorlog met andere middelen? Hij herinnerde zich de gelegenheid nog goed: het was in de flatwoning van de familie, helemaal in de begintijd, nog voordat er iets tussen hem en Asja was. Toen hij op een donkere winterdag langskwam, waren de zusters met kwasten, rollers en emmers in de weer om hun voormalige gedeelde kinderkamer te witten, die nu de slaapkamer van Olga alleen zou worden; Asja was in de stad gaan studeren en kwam nog zo weinig naar huis dat ze toekon met de logeerkamer. Terwijl hij werd opengedaan door de moeder (het moest in de vakantie of tijdens een weekend zijn geweest, want ook zij was thuis) en hij uit de kille winterkou naar binnen stapte, kwamen de stemmen van de twee zusters hem door de gang tegemoet als de gloed van een warmend kolenvuur. Hij wist toen nog niets van de vete tussen hen en vatte de harmonie tussen de stemmen op als harmonie ook tussen de personen. Toch moet hij al wel een vermoeden hebben gehad, want hij herinnert zich nog heel scherp zijn bevangenheid toen hij even later in de kamer met de twee wittende zusters stond, en die bevangenheid werd ditmaal niet zozeer teweeggebracht door zijn verlegenheid voor Asja, hoewel hij toen nauwelijks nog naar haar durfde te kijken, maar vond veeleer haar oorsprong in de even elektriserende als adembenemende samenzang van de zusters, die meer was dan alleen maar welluidend en die als een soort onzichtbaar maar gevaarlijk onder stroom staand lichaam tussen de muren van de leeggeruimde kamer heen en weer kaatste.

Asja's reactie tijdens de crematieplechtigheid op de door het nichtje voorgelezen hernieuwde oorlogsverklaring van de afwezige Olga aan haar zuster was zo totaal anders dan voorzien dat hij, de halve buitenstaander, aanvankelijk meende het niet goed gehoord te hebben. Terwijl hij Asja naar voren zag lopen om op haar beurt een paar woorden te spreken voor de verzamelde familie en bekenden verwachtte hij niet anders dan dat ze de handschoen zou opnemen en terug zou slaan, harder en meedogenlozer dan Olga ooit voor mogelijk had kunnen houden, net als in het verleden met de knuffels, de bloemen in de tuin en bij honderd andere gelegenheden. Maar dit keer ging het dus anders. Niet alleen overtroefde ze haar zuster niet, ze liet Olga's aanval zelfs geheel onbeantwoord. Of ze beantwoordde die wel, maar op volkomen onverwachte wijze. Op het moment namelijk dat Asja aan de lessenaar stond, haar kortgeschoren hoofd ophief van het geheugensteunbriefje dat ze had opengevouwen en nog een keer diep ademhaalde om met haar toespraakje voor de aanwezigen te beginnen, voltrok zich een even abrupte als ongehoorde verandering aan haar. Had het door haar nieuwe haarsnit al geleken of haar trekken iets jongs en breekbaars hadden gekregen, nu werd haar gezicht plotseling overstroomd door een zachtheid die hij er nog geen enkele maal, zolang hij met haar had samengeleefd, op had gezien, niet als ze 's nachts naast hem sliep, noch tijdens de momenten na de meest intense extase, noch zelfs in de dagen na de geboorte van het kind. En wat ze toen zei, of liever wat er uit haar mond kwam, was al even ongehoord, het stond beslist niet op het blaadje papier dat ze voor zich op het lessenaarblad had liggen, was op geen enkele manier en op geen enkel moment voorbedacht, maar welde op ergens uit regionen ver buiten de controle van de rede. Waarschijnlijk wilde ze dat het ook ongehoord bleef en legde ze daarom vlug haar hand over de microfoon; ook zonder versterking echter klonk, weliswaar verstikt, maar duidelijk genoeg door het kleine zaaltje: '*O, ik mis mijn zusje zo!*'

Het volgende ogenblik had ze de beheersing over zichzelf weer terug, zo leek het tenminste, want ze begon op kalme toon te vertellen over het leven van haar moeder met het gezin, over de vroege dood van haar man, waardoor zij kinderen zonder vader opgroeiden, over hun moeders veelvuldige afwezigheid thuis vanwege haar leraarsbaan en de grote vrijheid die dat voor haar zus en haar meebracht, over de zomervakanties met hun drieën in Frankrijk, telkens naar een ander departement, zo veel mogelijk op nummervolgorde (ze waren tot departement 19 gekomen, de Corrèze), natuurlijk ook over haar moeders kleine heerlijkheid, het Sallandse boshuisje, waar ze de weekends en de kleine vakanties doorbrachten en waar haar moeder na haar pensionering zo goed als permanent verbleef, schoffelend en wiedend in de tuin, of hout sprokkelend voor de grote potkachel daar, met hoofddoek om of strohoed op of allebei tegelijk, als het even kon met een filtersigaret tussen haar lippen, er hoogstens tussen vandaan gehaald om plaats te maken voor een klinkende krachtterm. Ten slotte volgde dan het relaas van haar moeders ziekworden, haar aftakeling en, toen ze de controle over haar geest en over haar lot dreigde te verliezen, haar zelfverkozen sterven (maar niet dan na het roken van een laatste sigaret en met een laatste krachtterm op haar lippen – het wijndrinken had ze allang moeten opgeven). Dit alles vertelde Asja beheerst, bijna droog; ze sprak intussen weer door de microfoon, wat haar nog nuchterder deed klinken. Niets in de toon waarop ze sprak verraadde nog haar emotie van het begin, die haar blijkbaar als een grondzee had overspoeld. Dat werd niet anders toen ze over die andere dierbare afwezige kwam te spreken, haar moeders enige kleinkind, dat geen afscheid van haar oma had kunnen nemen. Het duurde een paar seconden voordat iedereen, hijzelf incluis, begreep dat Asja het over haar eigen – en dus ook over zijn – dochter had, juist doordat ze met zo'n vlakke stem sprak. Toen het tot hem doordrong en hij zijn ogen, die onwillekeurig toch weer naar de kist en voorbij de kist naar het verre stille grasveld aan het eind van de bomenlaan waren weggedwaald, terug op de spreekster richtte, was de trek van grote zachtheid uit Asja's gezicht geweken, het stond nu bijna uitdrukkingsloos, geheel in overeenstemming met de klank van haar stem. Spiegelden de vlakke toon en haar effen gelaatsuitdrukking waarmee ze bijna zakelijk over haar kind sprak werkelijk de gesteldheid van haar innerlijk af, duidden die erop dat ze zich ten langen leste bij haar dochters dood, of op z'n minst haar nooit-meer-terugkomen, had neergelegd? En nam ze zo, door haar moeders kleinkind hier ter sprake te brengen en Marie op deze wijze in de gelegenheid te stellen afscheid van haar oma te nemen, op haar beurt afscheid van Marie? Hij wilde het geloven en geloofde het toen ook.

Overigens kwam Asja in haar afscheidswoord geen enkele maal terug op haar zuster, behalve indirect, als ze van 'ons' of 'wij' sprak wanneer ze het over de kinderen in het gezin had. En al helemaal kwam ze niet terug op haar verzuchting, of eerder haar hartenkreet, aan het begin, alsof ze wilde doen geloven dat die nooit over haar lippen was gekomen. Misschien schaamde ze zich over haar gevoelsopwelling en wenste ze daar door haar neutrale houding afstand van te nemen. Of mogelijk was die uitroep haar ook gewoon ontsnapt, om zo te zeggen langs haar bewustzijn, en dus ook langs haar herinnering heen naar buiten geglipt, als gevolg van de spanning te moeten spreken in het openbaar. Dat ze daarbij de microfoon had afgedekt hoefde niet meteen tegen het onbewuste van haar gedrag te pleiten, het kon in net zo'n onbedachte reflex zijn gebeurd. Feit is dat Asja niet alleen tijdens de crematieplechtigheid na dat ene moment geen enkele keer op de aan- of afwezigheid van haar zuster was teruggekomen, ook later had hij haar nooit meer over Olga horen spreken of zelfs maar haar naam horen noemen. Het was of ze door haar zwijgen niet alleen haar eigen harten- of smartenkreet wilde inslikken, maar ook het onderwerp daarvan wilde verzwelgen, haar zusters bestaan zelf wilde annihileren. In ieder geval werd de oorlog tussen de twee wat Asja betreft met onmiddellijke ingang gestaakt: ze stopte er eenvoudig mee om nog langer partij te zijn. Er ontstond zelfs niet het minste gekibbel over de erfenis, omdat ze Olga bij voorbaat in alles haar zin gaf. Het was alsof haar zuster voor haar was opgehouden een mens van vlees en bloed te zijn en in plaats daarvan een instantie was geworden, zoiets als de Belastingdienst: je betaalt de aanslagen die ze je sturen en verder praat je er niet over.

De zo verrassend aan Asja's mond ontsnapte genegenheids?verklaring aan haar zuster was echter niet het voornaamste wat hem van de cremaatie van hun moeder op die hete julidag was bijgebleven. Eerder waren dat twee andere dingen, in de eerste plaats die trek van zachtheid die er een paar seconden lang op Asja's gezicht had gelegen vlak voor ze haar toespraak begon, en het andere was dat zonovergoten gazon aan het eind van de bomenlaan. Beide gingen in zijn hoofd een verbinding aan, niet in de zin dat ze met elkaar versmolten of zelfs maar samenvielen, ze bleven integendeel op zichzelf, los van elkaar. Tezamen echter riepen ze iets op, iets wat voelbaar maar niet benoembaar was, zoals het je kan overkomen dat je midden op straat stil blijft staan, door een geur die je ruikt of door een geluid dat je hoort of door iets wat je ziet, het doet je ergens aan denken en je zou niet kunnen zeggen aan wat, maar je weet dat het belangrijk voor je is.

Meer dan haar kortgeschoren hoofd waren het die twee dingen: die plas grasgroen en de metamorfose die zich aan haar gezicht voltrok toen ze aan de lessenaar stond en die uitroep slaakte, die de verandering in Asja's beeld bij hem bewerkstelligden – al was het denkbaar dat juist haar korte haar daar de weg voor had vrijgemaakt. Hij had haar gelaatsuitdrukking aanvankelijk met 'zacht' omschreven, maar dat woord voldeed bij nader inzien niet, dat wil zeggen, niet als je daarbij aan 'lief' dacht. Lief in de gebruikelijke zin was Asja niet, en ze kon die eigenschap ook niet veinzen. Wat hij met zacht had aangeduid ging eerder in de richting van wat je kinderlijk zou kunnen noemen, of onschuldig, of argeloos – in elk geval een staat van zijn die zich aan gene zijde bevond van of voorafging aan alle berekening en/of behaagzucht. Vanuit dit oogpunt bezien hadden Asja's gezichtsuitdrukking en het serene stuk grasveld inderdaad iets gemeenschappelijk: in Asja leek iets onbewusts, of zelfs voorbewusts naar boven te zijn gekomen, en net zo was er van dat groen zinderende gazon iets on-werelds of voor-wereldlijks uitgegaan, als van een gloeiende gaswolk in de ruimte. Alle twee waren het zoiets als boodschappen uit een andere dimensie, wel opgevangen maar onontcijferbaar, omdat de sleutel daarvoor ontbrak. Echter, iets hoeft nog niet te ontcijferen te zijn om toch een reactie teweeg te brengen, zoals een steen de hamer niet hoeft te doorgronden die hem vergruizelt. En inderdaad, vergeleek je het beeld dat hij van Asja had met zo'n steen, dan kon je zeggen dat het op die crematiedag in hem vergruizeld was, zonder dat hij begreep hoe of waarom. Maar nog ondoorgrondelijker was het dat het steengruis zich splinter voor splinter weer aaneen-voegde en tot een nieuw, gaaf geheel uitgroeide, tot iets wat vol en glanzend in hem wachtte, voller en glanzender naarmate de tijd verstreek, totdat de dag kwam dat het levend opensprong.

Wat een bijzonder feest is het om verliefd te zijn op je eigen vrouw! Nee, het is niet zozeer een 'feest der herkenning', zoals je zou kunnen veronderstellen, maar veeleer een feest der ver-nieuwing; niet zozeer een verdergaan bij waar je gebleven was, veeleer een compleet nieuw begin; niet zozeer een hernieuwd de-schouders-eronder-zetten, veeleer een gewichtloos herrijzen uit de as. Tenminste, dat hield hij zichzelf voor, en zo was het ook wel, zeker de eerste tijd. – Waarom en waar ging het dan toch weer mis? Of was het niet 'weer' misgegaan, maar ging het gewoon mis, zonder 'weer', als voor het eerst? Was hun tweede samenlevingspoging tot mislukken gedoemd louter en alleen om-dat de eerste op de klippen was gelopen? Waren ze niet vanuit een heel andere vertrekhaven aan een heel andere reis begonnen, lagen de klippen van toen niet ver achter hen? Je zou denken van wel, maar de werkelijkheid is weerbarstiger en minder toegeef-lijk, en ze heeft daar in dit geval ook wel enige reden toe. Ga je namelijk in die zeevaartbeeldspraak mee en zie je hun samenleven als een schip op een reis (liever dan het onnozele 'huwelijks-bootje', dat Asja sowieso te krap zou zijn geweest), dan mocht het misschien zo zijn dat dat tweede schip mooi opgekalefaterd was of zelfs nieuw gebouwd, en dat er zee werd gekozen vanuit een andere haven, het feit bleef bestaan dat er onder dezelfde bemanning werd gevaren. Op z'n zachtst gezegd was deze twee-koppige bemanning tijdens hun eerste reis niet erg stormvast gebleken, en al hadden beide leden sindsdien mogelijk iets ge-wonnen aan stuurmanskunst, enige twijfel aan hun zeeman-schap zou op z'n minst gerechtvaardigd zijn geweest. Maar als hij zulke bedenkingen al toeliet, dan werden ze met dezelfde vaart weer weggewuifd – want wie maalt er om een beetje twij-fel als je het vooruitzicht hebt weer avond aan avond bij je maat in het vooronder te liggen!

Inderdaad had die stadszolder waar ze hun blauwe nachten zouden vieren met zijn houten betimmering en naar elkaar toelo-pende dakspanten wel iets weg van een omgekeerd scheepsruim, of van een kajuit. Maar nog het meest leek die toch, uitkijkend over de omliggende daken en met de langzaam verschuivende sterrenhemel in het grote schuine dakraam boven hen, op de brug van een zeekasteel, varend door de nacht.

Ten tijde van de crematieplechtigheid echter was er niets wat erop wees dat ze daar nog eens samen zouden liggen, überhaupt dat ze nog eens samen zouden liggen. Het behoorde niet eens tot het rijk van de denkbaarheden, of liever gezegd, het behoorde er *niet meer* toe. Want het maakte in die Asja-loze jaren wel dege-lijk deel uit van zijn arsenaal aan meer of minder vaak terugke-rende gedachten en beelden om zich haar en hem samen voor te stellen, ook ontkleed, en zich overgevend aan wilde omhelzin-gen. Een van de neveneffecten nu die de verandering van Asja's beeld sinds de crematie van haar moeder voor hem had was dat zulk soort voorstellingen hem onmogelijk waren geworden. Het was alsof hij sinds die dag geen toegang meer had tot dergelijke fantasieën. En niet alleen kon hij zichzelf met Asja niet meer in intieme situaties indenken, ook als hij voor haar een willekeurige andere tegenspeelster in de plaats dacht bleven de beelden eigenaardig krachteloos, alsof alles wat daarin lust zou kunnen opwekken net zoals bij de blotevrouwenbladen van vroeger afgeplakt of weggeretoucheerd was. Wat men met 'geslachtsdrift' aanduidt: hij was het kwijtgeraakt, het was uit hem verdampt, uit zijn systeem gewist. Plotseling leek de een of andere verbinding tussen zijn hersens en zijn onderlijf verbroken of althans niet meer te functioneren, zoals hij vermoedde dat het zou zijn als hij oud was geworden. Of was het omgekeerd en beleefde hij juist een terugval in de tijd toen zo'n verbinding nog niet bestond? 'Kwijtgeraakt', 'verbroken verbinding', 'niet meer functioneren', 'terugval': allemaal woorden en begrippen met een negatieve strekking, en het lag voor de hand om wat er met hem gebeurde ook in die sfeer te zoeken, als een kleiner worden, een minder of beperkter worden. – Niets was verder bezijden de waarheid! In plaats van een beperking deed zich juist een geweldige verruiming voor, in plaats van een minder of kleiner worden voltrok zich juist een enorme expansie. Je zou zelfs kunnen stellen dat, eerder dan van zijn geslachtelijkheid beroofd te zijn, hij één en al geslacht werd, de gevoeligheid van dit lokale orgaan overgenomen door het hele lichaam. Iets soortgelijks vond ook bij zijn beeld van Asja plaats. Was ze de laatste jaren voor hem bij wijze van spreken gereduceerd tot hooguit nog een paar lichaamsdelen, opeens had ze in hem weer haar gehele en volledige gestalte teruggekregen. En hij moest het bekennen: deze gestalte deed hem wat, ze was hem aangenaam. Ja, hij schepte behagen in deze gestalte, zoals dat in oudere taal heet. Meer nog, er was begeerte in hem naar deze gestalte. Maar zijn begeerte was niet meer zoals voorheen geconcentreerd op die paar veelbetekenende lichaamsdelen met de donkere driehoek als brandpunt, hij begeerde haar integendeel helemaal, van haar haarpunten tot haar voetzolen, en geen plekje aan haar lichaam was daarbij belangrijker dan het andere, er was geen brandpunt meer, of alles aan haar was omgekeerd brandpunt geworden.

Als hiervoor werd beweerd dat het een feest was verliefd te zijn op je eigen vrouw, een bijzonder feest ook nog, dan waren dat niet zomaar een paar mooie woorden, louter gekozen om de zaak wat meer kleur te geven. Nooit waren twee woorden méér waar – maar ook nooit verkeerden twee woorden, althans de dingen waar ze voor stonden, zo onherroepelijk in hun tegendeel. Onherroepelijk – maar ook onvermijdelijk? Had hij zijn zogenoemde on- of voor-geslachtelijke (of na-?) wijze van begeren langer moeten volhouden? Had zij hem zoals een prinses in de sprookjes aan een beproeving onderworpen toen ze meteen de eerste nacht samen, na hun tripje naar het Sallandse weekendhuis, het bedanktelefoontje en zijn liefdesdronken autorit naar haar toe, tegen hem zei dat ze graag wilde dat hij bleef slapen, ook in één bed, alleen niet 'dicht bij haar mocht komen' (zo drukte ze zich uit), en was hij voor die proef gezakt toen zijn begeerte zich na verloop van tijd langzaam maar zeker, onbedwingbaar, uit die miljard vezels van haar lichaam vandaan terugcentreerde op dat ene plekje tussen haar benen en om zo te zeggen weer recht op en neer geslachtelijk werd? Hoe het afloopt met falende pretendenten is bekend uit diezelfde sprookjes, en zo bekeken had hij nog redelijk lang aan zijn lot weten te ontkomen. Nog het meest wrange van alles echter, achteraf, was dat hij al die tijd dat zijn zaligheid duurde, al die keren dus dat hij naast haar lag en zich met haar verenigde zonder zich metterdaad met haar te verenigen, zijn geluk niet werkelijk herkende maar dit aanzag voor iets anders, voor iets wat nog net geen geluk was, zoiets als een voorstadium daarvan. Het echte geluk, de echte zaligheid, die lagen nog in het verschiet, en die zouden er pas zijn op het moment dat hij en Asja eindelijk, met haar woorden, 'dicht bij elkaar kwamen'.

Zo stonden de nachten dat hij met haar op die stadszolder sliep, misschien niet direct vanaf nacht één maar toch wel vanaf nacht twee of drie, ondanks alles in een bepaald perspectief. Daar had ook mee te maken dat de situatie hem aan heel vroeger herinnerde, aan de weken dat ze elkaar pas kenden en samen in die restaurantspoelkeuken werkten en ze net zo naast elkaar lagen zonder elkaar aan te raken – op die ene beruchte keer na. Maar bij alle gelijkenis: wat een verschil met toen! Hoe ongelooflijk onhandig en bleu had hij zich destijds gevoeld en hoe ervaren en zeker van zijn zaak nu. Hij zou het ditmaal beter doen, hij zou de gids zijn en hen beiden met tact en geduld daarnaartoe brengen waar de volkomen zaligheid op hen wachtte, zonder dat een zwarte wolk de gelukshemel zou komen verduisteren zoals destijds, toen ze zei dat ze nu zeker wist dat ze niet van hem hield. De weg naar deze eindbestemming zou zich vanzelf wijzen, al gaande. Het lag daarbij niet voor de hand Asja bekend te maken met die eindbestemming of haar zelfs maar het vermoeden te geven dat ze een weg aan het begaan was, al was het alleen maar doordat hij vreesde daarmee de betovering te verbreken. Bovendien boezemde hun staat van dienst als het op praten aankwam weinig vertrouwen in; bij hen waren gesprekken vroeg of laat in verwijten en bitterheid geëindigd, en dat wilde hij ditmaal koste wat het kost voorkomen. Al die dingen samen maakten dat hij in de waan kon verkeren dat hij elke nacht dat hij bij haar lag het einddoel een stapje dichter naderde, terwijl in werkelijkheid dit einddoel, of liever gezegd datgene wat achter dat zelfverklaarde einddoel lag en erdoor aan het oog werd onttrokken, met dezelfde vaart uit het zicht verdween. Je kon ook zeggen: elke nacht dat hij dichter bij haar kwam, raakte ze verder van hem verwijderd, elke nacht dat hij haar meer won, verloor hij haar meer. En toen het er dan toch van kwam dat hij haar eindelijk bezat (want, zoals het gezegde luidt, 'hoe zou het water weerstand kunnen bieden aan de wind?'), verspeelde hij haar voorgoed. Wat voor hem het gehoopte beginpunt was (van een – al dan niet lang en gelukkig – leven met haar), bleek voor haar een eindpunt te zijn (van haar hoop op een leven met hem – al dan niet lang en gelukkig).

Niet dat het moment zelf, het grote moment, tegenviel of ook maar een streepje beneden de verwachting bleef! Nooit speelden ze het spel van de liefde met meer overgave en tegelijk belangelozer dan die nacht, nooit versmolten twee lichamen completer met elkaar, zodat het ene vaak niet wist waar het eigen ophield en dat van de ander begon. Was hij het of was zij het die op een zeker ogenblik een paar keer fluisterde dat het sneeuwde? En het was zo: grote witte vlokken dwarrelden rondom hen neer, in steeds dichtere zwermen, tot ze alle vaste grond onder zich verloren en ze zich met en in elkaar verstrengeld in de vlokkenzwermen voelden vallen, steeds sneller, niet omlaag, maar hoger en hoger.

Toen ze weer op aarde terugkeerden was de magie uitgewerkt. Hij ervoer zijn eigen lichaam weer scherp afgegrensd van het hare en bespeurde bij zichzelf geen enkele begeerte meer naar haar. Opeens wist hij niet meer wat hij bij deze vrouw naast zich te zoeken had. Zo lang en zo vurig had hij naar deze vereniging verlangd dat hij alles op de vlucht had gezet en geen aandacht had gehad voor de landing. Natuurlijk kende hij het gevoel van neerslachtigheid dat soms kan optreden na de extase, maar dit was anders, dit ging verder. Het was alsof zijn blik onverhoeds buiten het kader van een idyllisch mooie landschapsfoto verdwaald was geraakt en daar al het weggelatene: de hoogspanningsmasten, de reclameborden, de kantoortorens, de verkeerslichten, het zwerfvuil enzovoorts, had waargenomen, en onmogelijk om nog terug te keren naar de oorspronkelijke uitsnede. Hij kon en wilde het niet geloven, probeerde in de navolgende tijd te ontkennen wat hij gezien had. Soms lukte hem dat ook bijna, en dan leek Asja weer even de stralende gestalte aan te nemen die zij voorheen voor hem bezat; vroeg of laat echter kwamen de hoogspanningsmasten, reclameborden et cetera weer door het beeld heen schemeren en lieten zich niet meer wegdenken.

En zij? Hoe ervoer zij de harde landing na die bruidsvlucht naar de sneeuwwolken? Het vreemde was: zij leek van een landing de eerste tijd helemaal niets te merken, laat staan van een harde; de schokken die door haar lichaam gingen werden door genot veroorzaakt in plaats van door een crash. Als ze die eerste keren 's morgens wakker werd draaide ze zich naar hem toe, nam zijn hoofd in haar handen en kuste hem op zijn mond, zijn wenkbrauw, zijn oor. Maar het duurde niet lang of ook zij daalde van haar sneeuwwolk neer, niet abrupt zoals hij, maar heel geleidelijk, misschien wel zwaarder gemaakt en naar de grond getrokken door zijn ongeloof, waarvan ze als het ware bij iedere zaadlozing een paar druppels meekreeg. Wat hij ervan merkte was dat ze letterlijk haar handen van hem aftrok. Ze raakte hem geleidelijk aan steeds minder, steeds vluchtiger aan, zijn hoofd kuste ze allang niet meer. Tegelijkertijd sloot ze zich voor hem af, elke dag een beetje verder. Ook dit tevens letterlijk te nemen: zij liet hem zeldener en zeldener tot zich toe.

Inmiddels waren ze al gaan samenwonen, of hadden daartoe

besloten. Zelfs als dit besluit zou zijn genomen terwijl er van enig ongeloof geen sprake was moest het al als gewaagd worden aangemerkt, gezien hun verleden. Nu echter was het ronduit lichtzinnig te noemen, een tot mislukken gedoemde onderneming, die alleen maar werd doorgezet omdat er nu eenmaal aan was begonnen. Zo was het toch? – Zo was het, en toch ook weer niet, of niet helemaal. Er bleven zoals gezegd in die tijd van neergang momenten waarop de daling afvlakte en de weg zelfs weer leek te kunnen gaan stijgen, momenten waarop zijn voeten vaste grond voelden, de basis van zijn leven met haar. Hij hoefde maar te denken aan de keer dat hij haar in een drukke voetgangersstraat voor zich uit in de menigte zag lopen en hij haar zonder dat ze het merkte volgde, haar zich zag bewegen, haar ene been voor het andere zetten, haar ene arm meezwaaien, haar hoofd draaien van links naar rechts en weer terug, volledig autonoom, geheel zonder hem, ze had zelfs nog nooit van hem gehoord, en hoe die gedachte onverdraaglijk voor hem was. Of aan de keren dat zij 's avonds was uitgegaan en hij niet eerder de slaap kon vatten dan nadat hij haar de sleutel in het voordeurslot had horen steken, hoe laat ook; of aan de keren dat hij al in bed lag en zij op de badkamer nog toilet maakte voor de nacht of wasgoed in de wasmachine stopte of opvouwde, waarbij regelmatig, telkens wanneer ze een voet verzette of alleen maar haar gewicht van haar ene been naar haar andere verplaatste, het gedempte kraken hoorbaar werd van een losliggende vloerplank daar, en elke keer dat het tot hem doordrong was het hem alsof ze een geheime tekst in morse naar hem toe zond die zei: Ik kom!

Maar kwam ze dan eindelijk en stapte ze in bed, dan zakte zijn verlangen even snel als het was opgekomen, alsof het niet tegen de confrontatie met de werkelijkheid was opgewassen. Dat zou ook niet zo vreemd zijn, want de werkelijkheid van toen, daar behoorde onder andere toe dat Asja steevast zo ver mogelijk van hem af ging liggen, met het hondje tussen hen in als extra barrière. Zo ver mogelijk betekende in dit geval ook werkelijk ver, want Asja, die genoeg had gekregen van het op de grond slapen, had inmiddels een groot nieuw bed aangeschaft, riant genoeg om elkaar 's nachts niet meer te hoeven aanraken, niet eens per ongeluk. Hij stond erbij toen ze het in de beddenzaak uitzocht en was het ermee eens toen ze haar keus op het breedste liet vallen. Het nieuwe bed bracht zelfs weer wat hoop voor de toekomst, ook al wist hij, omdat het er niet in paste, dat ze daarmee de zolder zouden moeten verlaten, de zolder van hun bruidsvlucht, waar ze zo vlak bij de sterren lagen. Want op het tijdstip dat het bed werd gekocht hadden ze die eigenlijk al verlaten ook al sliepen ze er nog, hun bruidsvlucht was op een incidentele keer na niet echt van de grond gekomen, boven hun hoofden waren de sterren intussen koud fonkelende lichtpunten geworden, waar je maar liever niet te dichtbij wilde zijn.

Het kopen van het bed en het veranderen van slaapvertrek stond niet op zichzelf; het maakte deel uit van een onophoudelijke verhuizing binnenshuis, die Asja misschien al voor zijn tijd in gang had gezet (bij het vertrek van haar vorige levensgezel?), maar die, had hij de indruk, enige tijd nadat hij bij haar was ingetrokken naar een hogere versnelling was geschakeld. De woning maakte de interne verhuizingen ook mogelijk, hij was voor een stadshuis niet alleen ruim, zijn drie woonlagen waren ook nog eens door naar verhouding brede trappen met elkaar verbonden, zodat het weinig moeite kostte en nauwelijks hulp van buiten vergde om ook de omvangrijkste meubelstukken van de ene verdieping naar de andere te verplaatsen. Als er een film van die jaren bestond en je draaide die versneld af, dan zou daarop een steeds frenetieker bewegende, door alle kamers van het huis wervelende rondedans van tafels, stoelen, banken en kasten te zien zijn. Door alle kamers behalve één, in het begin althans.

Het was misschien een fout van hem om ook in deze woning, Asja's woning tenslotte, een 'kantoor' in te richten, zoals hij in alle huizen die hij tot dan toe had bewoond had gedaan. Haar herinnerde dat vermoedelijk te veel aan vroeger, aan hun eerste samenlevingsperiode, en ze had er alleen mee ingestemd omdat die herinnering blijkbaar niet tijdig genoeg bij haar bovengekomen was. Van meet af aan echter vormde de kantoorkamer, eenmaal in gebruik, voor Asja een steen des aanstoots. Wat haar stoorde was niet zozeer dat zij voortaan een kamer minder tot haar beschikking had voor haar meubelcarrousel, dat mocht je tenminste aannemen, want ook toen hij hem nog niet had betrokken lag hij al buiten het circuit en stond er op een strijkplank en wasmand na niets in. Evenmin lag het voor de hand dat het zijn spullen daarin waren die haar het meest hinderden, want hoewel ze de overige vertrekken van de woning al vrij snel na zijn komst van het door hem meegebrachte huisraad begon te zuiveren (een kruk, een paar kommen, keukengereedschap belandden na verloop van tijd alle in de bergkast, een favoriete fauteuil die hij – na overleg – beneden in de woonkamer had neergezet, vond hij op een dag door een andere vervangen, de zijne bleek naar de zolder verhuisd, waar ze toen al niet meer sliepen), liet ze die op de kantoorkamer ongemoeid, noemde ze zelfs nooit. Ook van de werkgeluiden die ervandaan kwamen kon ze onmogelijk veel last hebben; was het vroeger nog het aanhoudende, mitrailleurachtige geratel van de schrijfmachine geweest dat eruit opklonk, inmiddels was laatstgenoemde door de nagenoeg geluidloze computer opgevolgd en drong er hoogstens nog af en toe een kuchje en het rollen van de bureaustoelwieltjes over de linoleumvloer tot beneden door.

Als het dus niet de ruimte was die ze moest missen, als het niet zijn spullen waren die haar in de weg stonden of de geluiden die hij produceerde, wat was het dan dat haar dwarszat aan die kantoorkamer? Later zei ze dat ze zijn komst in huis aanvankelijk als een verlichting had ervaren, letterlijk als een lichter worden, alsof er een last van haar schouders was weggenomen. Maar die toestand van betrekkelijke gewichtloosheid had niet lang geduurd, in plaats van de last van het alleenwonen begon ze hoe langer hoe meer de druk te voelen van zijn aanwezigheid in huis. Niet per se in *haar* huis, maar gewoon in huis. En het was juist zijn stille, onbeweeglijke aanwezigheid boven haar hoofd die zo drukkend was, bekende ze, het leek of ze die door het plafond heen kon voelen, op sommige momenten zo sterk dat het haar de adem benam, zodat ze een raam of een deur moest openzetten of zelfs het huis moest verlaten. Op andere momenten vervulde het haar weer van woede, 'die vent die daar maar zit, met dat ding tussen zijn benen', en ze zwoer bij zichzelf dat ze nooit meer onder een man zou liggen.

Asja vertelde hem dit, of liever gezegd voegde hem dit – en nog veel meer – toe tijdens de laatste(?) uitbarsting, toen hij al naar het boshuis was verhuisd en het restant van zijn spullen bij haar kwam ophalen, en die ermee eindigde dat ze beloofde hem kapot te maken. Van dit alles had hij niets geweten, of althans, hij had alle gedachten en vermoedens daaromtrent van zich afgezet zodra hij zijn kantoorvertrek betrad en achter zijn tafel ging zitten. Hetzelfde deed hij toen Asja vanaf een zeker ogenblik de deuren in haar woning begon weg te halen. Hij zag dit als weer een nieuwe fase in haar meubelverplaatsingen door het huis en dacht er verder niet over na. Toen als eerste de deur tussen de woonkamer en de keuken verdween, had hij al wel zo'n vaag vermoeden dat het niet bij deze ene zou blijven, maar het was eenvoudigweg nooit bij hem opgekomen dat het wel eens zijn deur, de deur van zijn kantoorkamer, zou kunnen zijn waar het haar uiteindelijk om begonnen was. Wist ze het zelf? Na die van de woonkamer volgden kort na elkaar de deuren tussen de etages onderling. Het maakte het ruimer, ze kon er vrijer door ademhalen, verklaarde ze; zijn argument dat het huis één groot tochtgat werd, telde voor haar niet. Toen vervolgens de deur van de badkamer uit zijn scharnieren werd gelicht om bij het grofvuil te worden gezet en ze hem vroeg wat hij ervan dacht als ze ook die van zijn kantoortje zou weghalen wist hij wat hem te doen stond: hij ging de strijd niet met haar aan en richtte elders zijn werkplek in, eerst op een adres in de stad, later in zijn boshuis.

'De stad', dat was Asja's stad, zoals het huis waarin hij woonde ook Asja's huis was. Voor het eerst had hij nu een eigen adres in dit postcodegebied, los van haar. Elke ochtend ging hij 'naar zijn werk', zoals honderdduizenden andere mannen en vrouwen, en elke avond kwam hij weer van zijn werk thuis, eveneens zoals honderdduizenden anderen. In de tussentijd werd hij geacht zich maatschappelijk nuttig te maken of zich op z'n minst te wijden aan zijn eigen welvaartsgroei, maar vaak genoeg zat hij alleen maar duimen te draaien, niet wetend waar te beginnen. Het deel van de stad waar Asja's huis in lag had hij toen hij er pas woonde min of meer grondig verkend wanneer hij het hondje uitliet, en dan vooral de groene randen daarvan, waar de kleine rivier de stad binnenkwam. Nu zat hij met zijn kantoortje pal in het centrum, in zijn raam rees de toren van de oudste stadskerk op, zo dichtbij, dat hij de wijzers van de klok alleen kon zien als hij vlak voor het venster ging staan en recht naar boven keek. Dit deel van de stad kende hij nog niet goed; vanaf een zeker moment, toen hij het beu was om naar de kerktoren te staren als het met het werk op zijn kantoortje niet wilde vlotten, begon hij het te doorkruisen, in steeds wijder wordende concentrische cirkels, waarbij hij zich ten doel stelde geen straatje over te slaan. Hoe hij zichzelf ook voorhield dat zijn oordeel voorbarig was en dat Asja hier toch niet voor niets was gaan wonen, steeds weer moest hij vaststellen dat deze stad hem op de een of andere manier vreemd bleef. Had hij net zoals blijkbaar voor vrouwen ook voor zijn woonsteden slechts ruimte voor één? Dit stadscentrum bezat voldoende kronkelstraten, stegen en achterafpleintjes om te dwalen en zelfs te verdwalen, de bebouwing was ook oud en gevarieerd genoeg om iets van een historie te laten spreken, dwars door de stad liep ook nog eens een bij tijden zelfs druk bevaren waterader, en toch, de stegen en straatjes in zijn oude stad leken ouder en kronkeliger, de huizen en gebouwen daar getuigden van een levendiger verleden, de rivier die daar door de stad stroomde was drukker bevaren en bovenal breder, breed genoeg in ieder geval om de stad een hemel te geven. Ja, dat was het wat hij aan Asja's stad nog het meest miste: plekken vanwaar je de stad kon zien liggen, vanwaar de stad een skyline kreeg, een groot open plein, een brug over een wijd water, een brede avenue of boulevard. Geregeld zocht hij daarom, om iets van een stadsgevoel te krijgen, een in de Franse tijd aangelegde uitvalsweg op, die vlak buiten het centrum begon en vandaar in een rechte lijn naar het zuiden liep, waar hij zich kilometers verder in wazigheid verloor. Deze weg wandelde hij net zo ver op dat hij voldoende afstand tot het stadshart had verkregen, keerde dan om en liep terug centrumwaarts, terwijl hij het stadsgezicht op zich liet inwerken. Bij een van die gelegenheden, op een vroege voorjaarsdag, keerde hij niet om maar bleef doorlopen, naar het zuiden, naar die wazige, opeens lokkende verte, waar de steeds spaarzamer wordende bebouwing in neveligheid oploste en waar het wijde, naar ozon geurende buiten begon, wit zinderend van het jonge zonlicht. Het was op dat moment dat hij, toen hij ten slotte toch was omgekeerd en terugliep, besloot uit deze stad, deze ongeliefde stad, te vertrekken.

ZIJN BESLUIT OM Asja's stad te verlaten hield bij lange na niet in dat hij ook al besloten had bij Asja zelf weg te gaan. Het vinden van het huisje in het bos leek niet alleen te concretiseren wat het witte zonlicht hem op die nevelige morgen had voorgespiegeld, namelijk een nieuw leven voor hemzelf, maar opende ook nieuwe perspectieven voor een leven met haar. Het was wel zeker dat de herinnering aan De Bosrank, als de plek waar hij Asja gevonden en ook weer hervonden had, daar een rol in speelde, maar zo hij al enige hoop op een nieuwe start mocht hebben gekoesterd, dan had zij die onmiddellijk de kop in gedrukt door zijn werkhuis met een kampbarak te vergelijken en er na de eerste keer nooit meer een voet te zetten.

Maar hoopte hij ook werkelijk op een wederopleving in hun verbintenis? Als hij hun samenleven van dat moment zou moeten karakteriseren dan zou dat met het ene woord 'opgelatenheid' zijn. Ze voelden zich opgelaten met elkaar. Zo interpreteerde hij althans Asja's constante geïrriteerdheid naar hem, en zijn eigen reageren daarop. Wanneer ze bij elkaar waren duurde het niet lang of er ontstond wrijving, vaak om een futiliteit. Meestal ging het om praktische huishoudelijke zaken, afwassen of opruimen, of het vervangen van een gloeilamp. Alleen in de tijd vlak na de geboorte van het kind had hij Asja geduldig, toegevend, inschikkelijk meegemaakt; gewoonlijk echter verloor ze snel haar geduld, vooral met hem, die ze, als ze hem weer eens met het een of ander zag klungelen, meteen 'de onhandigste man van het westelijk halfrond' noemde. Hem sprongen dan steevast diverse faal-momenten in zijn herinnering terug uit de begintijd met haar, bijvoorbeeld tijdens de allereerste bednacht, toen zijn grasgroene vingers haar bh-sluiting niet openkregen, of de keer op een feestje toen hij er niet in slaagde haar oorbel uit haar haren te bevrijden waarin die pijnlijk verstrikt was geraakt, en ze het aan iemand anders moest vragen. Van de weeromstuit werd hij alleen nog maar onhandiger, en hij zorgde er van lieverlede voor de taken en klusjes in huis zo veel mogelijk buiten haar gezichtskring uit te voeren. Alleen al doordat hij daar onder haar misprijzende blikken vandaan zou zijn stelde hij zich het een en ander voor van zijn nieuw gevonden boshuis.

Soms meende hij bij Asja niet gewoon irritatie, maar zelfs regelrechte vijandigheid te bespeuren. Dan schrok hij van de gelijkenis die ze op zo'n moment vertoonde met haar zuster Olga, bij wie hij dezelfde onverzoenlijkheid in haar ogen had gezien, de keer toen ze op zijn verjaardag door Asja van De Bosrank werd weggejaagd. Ondanks alles kwam het tot zijn opluchting echter nooit meer tot fysieke gewelddadigheden tussen hen zoals die in hun eerste samenlevingsperiode geregeld plaatsvonden. Eén keer stonden ze op die manier nog tegenover elkaar, het gebeurde in de kantoorkamer, dat wil zeggen Asja stond en hij zat, maar de zware lampvoet die ze had opgetild liet ze niet op zijn achterhoofd neerkomen maar op zijn werktafel voor hem, de diepe moet in het tafelblad was nog altijd te zien.

Het kon niemand ontgaan, ook hunzelf niet: ze dreven uit elkaar, en er was niets wat dat proces nog kon stoppen. Of toch? In het bos waar zijn huisje in lag was een gedeelte waar de hoge dennen verder uit elkaar stonden dan elders, maar wel vaak twee aan twee, zo opvallend, dat hij dit stuk bos 'Het Parenbos' was gaan noemen. Keek je bij zo'n 'paar' langs hun lange rechte stammen naar boven, dan kon je zien dat hun kronen waar ze aan elkaar grensden elkaars tegenvorm hadden aangenomen, of niet zelden zo in elkaar sloten dat er nauwelijks nog te zien was welke kroon waar begon, of soms zelfs dat ze zich in elkaar verstrengeld hadden en één dicht dak vormden. Tussen alle andere in stond één 'paar' dat daarop een uitzondering vormde, en hij had het niet kunnen laten dit tweetal naar hem en Asja te vernoemen. Ook bij 'Asja en Peter' liepen de stammen vanaf de voet kaarsrecht naast elkaar omhoog, alleen begonnen ze bij deze twee al ruim vóór de eerste takken van hun kronen van elkaar weg te buigen, eerst geleidelijk, dan sterker en sterker, totdat ze uiteindelijk zo ver en krom van elkaar vandaan stonden, en hun beider kronen zo ver uit het middelpunt, dat de wetten van wind- en zwaartekracht hier aan alle kanten leken te worden geschonden en je niet kon geloven dat de twee bomen niet allang topzwaar voorover waren gevallen. Het wachten was nog slechts op de storm die ze het laatste zetje zou geven.

Wat de oorsprong van zijn boshuis betreft bleek het in werkelijkheid toch anders te zitten dan hij aanvankelijk had aangenomen. Degene die de houten keet daar had laten neerzetten was geen wandelaar geweest die op een boomstronk was gaan zitten om even uit te blazen en toen getroffen werd door de vrede en geborgenheid die er van deze plaats uitging. Hij was zelfs bij lange na niet de eerste gebruiker van de plek geweest; bij navragen en -zoeken bleek dat deze al sinds mensenheugenis tot rustplaats en onderkomen had gediend, zij het niet voor mensen maar voor dieren, met name voor schapen, die hier van oudsher de arme gronden begraasden. Deze schapenschuur lag aan de route waarlangs de kudde van het dorp komend werd gedreven om de weidegronden te bereiken en vice versa, de zogeheten 'schapendrift', zoals ook nog steeds de officiële naam luidde van het pad dat tot op de huidige dag, eerst onbestraat, vervolgens onder wisselende soorten plaveisel en daarmee gelijke tred houdende naamsveranderingen, linea recta naar het ooit uit niet meer dan een handvol boerenhoeven en een kerkje bestaande dorpscentrum voerde. Om te voorkomen dat de dieren de akkers in de omgeving van de nederzetting kaalvraten werd het pad aan weerskanten dicht beplant met eikenhakhout, de gaten daarin opgevuld met takkenbossen. Omdat dit blijkbaar niet overal afdoende was werden op sommige gedeelten ook nog greppels gegraven; van de uitgeschepte aarde werd aan de buitenzijde een wal opgeworpen die men eveneens liet begroeien. Op dezelfde wijze werd ook het terrein rondom de schapenschuur omgreppeld en omwald, zodat er op die plek een soort kraal ontstond. Het waren de resten van zo'n wal waardoor hij zich op het moment dat hij zich met zijn armen omhoog een weg door de braamranken baande om bij het houten gebouwtje te komen, even opgetild voelde worden, en daarbij de sensatie had een drempel over te gaan, letterlijk, maar ook in overdrachtelijke zin.

Deze schaapskooi, in de loop der tijden meerdere malen verzakt en weer opgebouwd, raakte voorgoed in verval toen de schaapskuddes net als overal elders uit het landschap verdwenen. Maar iets van het schuilplaatsgevoel dat de plek honderden jaren lang heeft opgeroepen moest daar achtergebleven zijn, was daar neergeslagen, was met de urine en de mest van de schapen in de grond zelf getrokken, en was ook overgegaan op de keet die naderhand voor de schuur in de plaats was gezet. Want niet alleen eenzame wandelaars zoals hij, mensen dus die de liefde moe waren of er op z'n minst even aan probeerden te ontkomen werden blijkbaar door de plek aangetrokken, dat werden ook de liefdeszoekenden uit de omgeving, de wachtenden en de smachtenden, getuige de tien- en tientallen met pijlen doorboorde harten en de bijbehorende paren voornamen en initialen die binnen en buiten in het hout van de wanden van het gebouwtje waren gekrast of gesneden. Een liefdesnest! Was dat misschien de diepere reden waarom het bouwsel hem van meet af aan had betoverd, ondanks alles? Meer nog dan de ligging of de hem blijkbaar vriendelijk gezinde plaatsgeest? – Alles wat hij wist was dat de harten en de pijlen hem de eerste keer helemaal niet waren opgevallen, overdekt met stof en spinrag als ze waren, en dat het in de allereerste plaats het blote feit was dat het gebouwtje leegstond waardoor hij op het idee kwam om er zijn werkplek van te maken. Maar wie kan zeggen hoe je precies tot je beslissingen komt?

Het bleek onverwacht gemakkelijk om de keet te verwerven; ook dit hield hij voor een bevestiging dat er tussen de plek en hem iets bestond, altijd al had bestaan, en dat ze alleen bij elkaar gebracht moesten worden. Toen hij er niet lang na zijn eerste bezoek naar terugging om te zien of hij het in zijn hoofd niet mooier had gemaakt dan het in werkelijkheid was en of het wel in overeenstemming was te brengen met zijn plannen, liep hij daar vlakbij een vrouw van een jaar of veertig tegen het lijf, in ruiterkostuum en op rijlaarzen, die hem meteen kon vertellen van wie het leegstaande gebouwtje was, wie erover ging en waar hij de desbetreffende kon vinden. De kleine steek van argwaan die hij voelde toen hij de vrouw daar zag (alsof hij al eigendomsrechten op de plek kon laten gelden en kon vragen: Wat doet u hier!) ebde weg toen ze hem vertelde dat ze pech had met haar paard en bij het huisje naar een stuk touw of ijzerdraad had gezocht om een riem van de stijgbeugel provisorisch te repareren. Het paard stond even verderop aangebonden bij een boom, en toen hij de onfortuinlijke rijdster galant terug in het zadel hielp rook hij plotseling, opstijgend uit het gras, de penetrante geur van paardenurine. Overigens was het houten gebouwtje nooit bewoond of zelfs maar in gebruik geweest, vertelde de vrouw, die het hier kende. Het stond er nog maar net toen de eigenaar ervan, een boer uit de omgeving, overleed, en zijn erfgenamen hadden er volgens haar nooit naar omgekeken. Dit laatste bleek niet geheel te kloppen; de waarheid was veeleer dat er onder de erven ruzie was uitgebroken, een ruzie die tot op die dag niet was bijgelegd. Daardoor kwam het dat er nooit iets met het gebouw-tje was gebeurd, en het was dan ook onwaarschijnlijk, verkon-digde de notaris in het dorp bij wie hij uiteindelijk terechtkwam, dat hij het kon kopen. Of er een mogelijkheid bestond voor een huurovereenkomst, desnoods een tijdelijke, daarover moest hij eerst de familie raadplegen, hij zou nog van hem horen.

Toen hij nog autoreed – hij zou het niet veel later opnieuw gaan doen – kwam hij van tijd tot tijd in gelukkige aanraking met het fenomeen van de 'groene golf' en het aan euforie gren-zende gevoel dat het oproept als de stoplichten de een na de ander voor je op groen springen: zo moet inderdaad de plank-surfer het ervaren als hij door de oceaangolf wordt opgetild en meegedragen, en zo zou je ook zijn eigen gemoedsstemming kun-nen omschrijven toen hij al een paar dagen na zijn onderhoud met de notaris door deze werd opgebeld met de mededeling, eerst dat hij het gebouwtje kon huren, en een paar uur later dat de familie bij nader inzien toch tot verkoop wilde overgaan, en of hij nog steeds belangstelling had, ook als de grond niet werd meeverkocht. Dat had hij; over de prijs werden ze het daarop snel eens, de formaliteiten waren vervolgens in een zucht afgehan-deld, en aan het rijden hoog op de golfkam kwam niet eerder een einde dan op het ogenblik dat hij, achteraf bezien niet heel zacht, werd neergezet in het gras voor de kapotte deur van zijn pasverworven bezitting, met de sleutels in zijn hand.

Het was begin mei, ook de laatste bomen in het bos liepen uit. Uit alle toppen en kruinen leek vogelgefluit te komen, de eerste vliegen zoemden, af en toe fladderde een vlinder voorbij. Het had 's morgens nog geregend en een geur van tegelijk groei en verrotting drong vanuit de bosgrond zijn neusgaten binnen, hem eraan herinnerend wat hij was, waar hij vandaan kwam en waar hij naartoe ging. Hij had de deur en de ramen van de keet opengezet, ook die waar geen glas meer in zat; met zijn vinger begon hij hier en daar stof, bladresten, spinrag, verdroogde insecten en alles wat zich in de loop der jaren verder nog tussen raam en kozijn had verzameld weg te vegen, om maar iets te doen, hoe futiel ook. In het harde, onbarmhartige voorjaarslicht was goed te zien wat er allemaal nog aan het gebouwtje moest gebeuren om het enigszins voor gebruik geschikt te maken, en terwijl hij eromheen liep om de gebreken een voor een vast te stellen, maakte zijn blijdschap en trots om voor het eerst van zijn leven huizenbezitter te zijn, al was dat huis niet meer dan een bouwkeet, gaandeweg plaats voor twijfel. Had hij er goed aan gedaan hierheen te komen? Zou de bezitting geen blok aan zijn been worden? Was hij wel opgewassen tegen dit avontuur waar hij zich zo halsoverkop in had gestort? En waar zou het hem brengen? Inderdaad, de groene golf was aan het einde van zijn voorwaartse beweging gekomen, op de weg die voor hem lag stonden zo ver hij kon kijken alle lichten op rood.

Hij vergiste zich echter als hij dacht dat het vooral zijn toekomst hier was die hem schrik aanjoeg. Niet zozeer zijn komen hiernaartoe bracht hem aan het twijfelen als wel het weggaan dat het inluidde, het weggaan niet alleen uit Asja's stad, waar deze stap het begin van vormde, maar bovenal het weggaan bij Asja

Niet alleen hij, maar ook Asja was sinds ze les was gaan geven meestal de hele dag van huis, en dat gold wat hem betrof ook voor de weekenden. Nu dan inderdaad de deur van zijn voormalige kantoorkamer was weggehaald (waar Asja meteen nadat hij zijn werkadres naar de stad had verplaatst toe was overgegaan, alsof ze hem duidelijk wilde maken wie er eigendomsrechten op de kamer kon laten gelden en wie niet), voelde hij zich in haar huis meer dan ooit een logé. Toch zat hij nog vaak op die verbeurd verklaarde kamer, deurloos of niet; zijn boeken en zijn muziek, voor zover al niet naar zijn boshuis overgebracht, stonden er nog steeds, maar letterlijk in een hoek gedrongen door de tafels, kasten en stoelen van Asja's meubelcarrousel, die zich ook door dit vertrek was gaan bewegen. Wanneer hij de avond thuisbleef trok hij zich daar meestal direct na het eten in terug, ook al om te ontkomen aan de ellenlange telefoongesprekken die Asja 's avonds met deze of gene collega of leerling voerde, of anders wel aan de soaps en misdaadseries op de televisie, waarvan ze een groot liefhebster was. Omdat ze bovendien al een tijdje niet meer bij elkaar sliepen zagen ze elkaar zodoende dikwijls alleen nog tijdens het avondeten. Dit laatste, gezamenlijk het avondeten gebruiken, was een gewoonte die ze toen het kind nog klein was hadden ingevoerd en waar ze zolang ze bij elkaar waren gebleven altijd aan hadden vastgehouden. Toen ze opnieuw gingen samenwonen hadden ze deze gewoonte als vanzelfsprekend weer opgepakt, ook al was de grond daarvan, het kind een paar vaste momenten van een gezinsleven te bieden, er inmiddels onder weggevallen. Zo ontstond er in Asja's huis een ritueel dat al bij voorbaat uitgehold was, en aangezien geen van beiden de moed of de tegenwoordigheid van geest bezat om er alsnog een einde aan te maken, was deze stek van lieverlede uitgegroeid tot een plant van een omvang die het elke dag moeilijker maakte hem nog buiten de deur te zetten.

Tegenover elkaar aan tafel, na ieder zijn eigen dag buitenshuis, met ieder ook zijn eigen bord eten voor zich (Asja was inmiddels een streng vegetarisch dieet gaan volgen, hij daarentegen hield koppig vast aan zijn stukje vlees), verliepen hun avondmaaltijden meestal snel en onder geforceerd gebabbel. Wanneer ze onverhoopt langer aan tafel zaten dan de tijd die ervoor nodig was om de wederwaardigheden van de dag te vertellen, sprong óf de een, óf de ander in dat geval onmiddellijk over op het vaste repertoire van lief en leed van gedeelde vrienden en kennissen, en dreigde die stof uitgeput te raken, dan werd er vlug overgeschakeld op berichten in de krant of via een ander kanaal tot hen gekomen wereldnieuws – alles liever dan dat ze een stilte lieten vallen. Ze hadden iets weg van tekenfilmfiguurtjes, twee mensjes rennend om de reuzensneeuwbal vooruit te blijven die onderweg almaar aangroeiend en almaar sneller achter hen aan de berghelling af komt wentelen. Maar ze konden zo hard niet rennen of de sneeuwbal haalde hen een keer in. Wat hun dan wachtte was inderdaad zoiets als een witte dood die, zoals voorstelbaar, vooral *stil* is: niet alleen werden ze opgeslokt door de stilte die er was gevallen in het gesprek dat ze juist voerden, maar bovendien voelden ze zich omsloten worden door nog een andere, diepere stilte, de verstikkende stilte die opkomt wanneer het gesprek onder dat eerste, het gesprek zonder woorden dat er tussen twee mensen wordt gevoerd die elkaar vertrouwd zijn en dat verdergaat ook als het woordelijke gesprek even stokt, is opgedroogd. In hun geval kwam daar nog iets bij. Men zegt bij een hapering in de conversatie wel: 'Er gaat een dominee voorbij.' In een andere taal dan de onze wordt niet gesproken van een dominee, maar is het een engel die voorbijgaat, en dat laatste benadert dichter wat er hier gebeurde. In de sneeuwstilte rees een gedaante op, in het wit zoals het voor een engel hoorde. Maar haar – want deze engel was een *zij* – kleren konden niet minimaler, waren bovendien gescheurd en er kleefden aarde en dorre bladeren aan. In plaats van vleugels had ze een paar stokmagere armen vol littekens en blauwe plekken. Zwaaiend met een kanten slipje stapte ze de lichtkring binnen van een lantaarn ergens in een nachtelijk Belgrado's of ander Oost-Europees stadspark en grijnsde met tandeloze mond de voorbijganger aan: '*Fücke? Fücke?*' – Zag Asja haar ook? Ja, Asja zag haar ook, hij was er zeker van, hij merkte het aan de radeloosheid in haar ooghoeken. De grijnzende engel in minirok was hun beiden allang niet goedgezind meer zoals destijds het kleine cupidootje in de treincoupé het nog was, toen hij en Asja elkaar opnieuw vonden. Ditmaal zweefde ze niet zegenend boven hen maar drong zich tussen hen in en kwam haar rechten opeisen. Waren de gezamenlijke maaltijden van oorsprong soms niet voor haar bedoeld geweest? Maar de beide ouders zwegen, keken langs de engel heen in de verte, totdat een van de twee zijn stoel naar achteren schoof en vroeg: 'Kan ik afruimen?'

Hun dagen samen waren geteld, dat was duidelijk, en het wachten was nog slechts, zoals bij de twee bomen in het 'Parenbos', op het laatste zetje. Maar die bomen, hoewel het menselijkerwijs gesproken niet kon, stonden en staan nog altijd, ondanks de diverse stormen die er alleen al sinds hij in zijn boshuis was komen wonen overheen zijn geraasd, de laatste nog niet zo lang geleden, een zomerstorm die bij veel loofbomen behalve armdikke takken ook massa's jonge bladeren had afgerukt, waardoor het bos even een voortijdige, groene herfst beleefde. 'Asja en Peter' echter hadden ook die op het oog weer ongeschonden overleefd, de twee dennen waren met hun kronen hoogstens nog een paar centimeter verder uit elkaar gaan staan. Daarentegen hielden hun menselijke voorbeelden het minder lang vol. Om te beginnen moest het instituut van de gezamenlijke maaltijden er-aan geloven, ze waren een te groot corvee geworden. Niet eens Asja was de eerste die met de gewoonte brak, maar hijzelf, een handje geholpen door de prachtige zomer die op de aankoop van zijn boshuis volgde, plus een op een zo'n mooie zomerse avond op het nippertje gemiste trein. Nadat hij het voor zijn neus weg-rijdende lokaaltje zijn verwensing achterna had geroepen, liep hij naar de telefooncel voor het station om Asja te bellen dat hij iets later zou komen, bedacht zich onderweg, en vroeg haar in plaats daarvan of ze het erg zou vinden als hij die avond in zijn boshuis bleef. Anders dan boos te worden of op z'n minst gepikeerd te zijn, waar hij bang voor was geweest, had ze alleen maar geant-woord: 'Ook slapen?', en hij had durven zweren dat haar stem zelfs hoopvol klonk. Zijn 'Zou kunnen' was vervolgens meer als lik op stuk bedoeld dan dat hij werkelijk van plan was geweest behalve de avond ook de nacht in het bos door te brengen. Maar nu hij die als het ware in de schoot geworpen kreeg, liet hij zich de gelegenheid niet ontgaan! Het vooruitzicht van de eerste nacht in zijn eigen huis wond hem op als een rendez-vous met een nieuwe geliefde, en de vergelijking klopte zelfs in zoverre dat hij zich tegenover Asja ondanks alles schuldig voelde, alsof hij op het punt stond haar ontrouw te worden. – Kwam het daardoor dat toen hij haar niet veel later daadwerkelijk ontrouw werd zijn schuldgevoel lang zo groot niet was, omdat hij het al eens had meegemaakt?

Na die eerste nacht in zijn boshuis, die inderdaad alles in zich had wat er voor een *lasting affair* nodig was – met als verras-sendste onder de vele verrassingen de hernieuwde kennismaking met de treinen-heavy metal, ditmaal niet meer in samenspel met het levendige mussengesjilp zoals in het begin op Asja's zolder maar met het weemoediger en de nachtelijke bosstilte tegelijk wijder en dieper makende uilengekras – na die eerste nacht dus volgden er vanzelf meer. Op haar beurt was ook Asja niet altijd meer thuis als hij 's avonds wél naar de stad terugreisde, en zo werden de gezamenlijke avondmaaltijden langzaam maar zeker een ding van het verleden.

Als ze het bed niet deelden en nu ook de maaltijden niet meer samen gebruikten, wat bleef er dan over? Wat hield hen nog bij elkaar behalve het huis dat ze bewoonden, en ook dat laatste wat hem betrof maar half? Om nog een keer terug te keren naar het eerder gebruikte beeld van het schip waarvan zij de bemanning waren, wier zeemanschap al aan het begin van hun reis niet boven elke twijfel was verheven: nu was het zo ver gekomen dat deze tweekoppige bemanning het schip dan wel niet verlaten had, maar toch geen hand meer uitstak om het op welke koers ook te houden en het zo prijsgaf aan de wind en de zeestromingen, waardoor het vroeg of laat op de klippen of op een zandbank moest lopen.

Zo'n zandbank of klip liet inderdaad niet lang op zich wachten, en het was er spijtig genoeg een van de banaalste soort. Afgezien van die ene keer van Asja en, onuitgenodigd maar niet per se onwelkom, van diverse vliegende, kruipende of trippelende medeschepselen, was het eerste bezoek dat hij in zijn nieuwe onderkomen ontving letterlijk onverwacht en het bleef ook niet zonder gevolgen. In feite was het onduidelijk wie er hier bezocht en wie er ontving, er deed zich een soort vreemde verdubbeling voor, zoiets als in de droom die hij de eerste nacht die hij hier doorbracht had gehad, en waarin hij droomde dat hij sliep, maar zichzelf tegelijkertijd, als van bovenaf, zag liggen slapen. Alleen ging het in dit geval om twee verschillende personen in plaats van een en dezelfde. De bezoeker, of eigenlijk de bezoekster, gedroeg zich tijdens het bezoek tegelijk als de ontvanger, terwijl de ontvanger zich het hele bezoek lang op z'n minst voor een deel de bezoeker bleef voelen. Degene namelijk die op een middag in diezelfde eerste zomer in zijn deuropening stond – het was nog steeds warm weer, hij had behalve alle ramen ook de deur open staan – was dezelfde paardrijdster die hij indertijd, toen hij naar de plek was teruggegaan om die nog eens in ogenschouw te nemen, uit het op dat moment nog leegstaande huisje had zien komen, waar ze iets gezocht had om haar kapotte stijgbeugel of zadelriem of wat het ook was provisorisch mee te repareren. Uit wat ze hem bij die gelegenheid over het huisje wist te vertellen was duidelijk geworden dat ze de plek al langer kende, misschien al van kind af; het zou zelfs kunnen dat haar naam of haar initialen tussen de tientallen andere op de wanden van de keet stonden, naast een doorboord hart in het hout gekrast door een smachtende of trotse aanbidder.

Al was het aan de ene kant misschien niet zo vreemd dat de paardrijdster plompverloren binnen kwam vallen, aan de andere kant hoefde dat nog niet te betekenen dat hij, drempelgevoelig als weinig anderen, daarmee ingenomen was. Wat weerhield hem ervan om haar dat onmiddellijk duidelijk te maken? Toen het moment daarvoor voorbij was gegaan, voelde hij zich eerder overdonderd dan gepikeerd en, om eerlijk te zijn, ook wel een beetje gevleid. Want het was een mooie vrouw, niet zozeer van Asja's soort schoonheid, die brunet en pezig was, maar eerder blond en vol, en blakend van gezondheid. Terwijl ze de thee dronken en over het huisje praatten, het werk dat hij eraan had gehad om het op te knappen enzovoorts, wist hij met steeds groter zekerheid met welk doel ze gekomen was, en hij liet zich ook niet misleiden toen ze even plotseling als ze was gekomen ook weer afscheid nam. Die komt terug, ze heeft nu alleen maar kwartier gemaakt, wist hij terwijl hij haar op haar paard zag klimmen (ditmaal hielp hij haar niet in het zadel) en wegdraven, kleine stofwolkjes opjagend op het kurkdroge pad. Ondanks zichzelf dacht hij in de dagen daarna veel aan de paardrijdster; hij betrapte zich erop dat hij 's middags de klok in de gaten hield en dat de spanning bij hem opliep als het uur naderde waarop zij die keer was binnengevallen, dat vervolgens tot zijn opluchting maar ook, hij moest het toegeven, teleurstelling voorbijging zonder dat er iets gebeurde. Tegelijkertijd had hij het onaangename gevoel dat hij daar in zijn huisje zat als een prooi of als een gevangene, en hij moest denken aan Asja's hatelijke kwalificatie van zijn onderkomen, waarbij hij zich realiseerde dat haar oordeel er niet vleiender op zou worden als ze zag dat hij daar een vrouw ontving die met haar laarzen en rijbroek inderdaad iets weghad van een kampbewaakster. Ja, wat moest hij eigenlijk met deze vrouw? Ze was niet eens zijn type, in een affaire met haar zag hij helemaal niets, waarom zette hij haar niet uit zijn hoofd.

De avond voor de dag dat de paardrijdster weer kwam – ditmaal niet onverwacht, want dat ze zou komen stond vast, evenals vaststond wat er zou volgen – had er een weersomslag plaatsgevonden, de prachtige zomer beleefde een tijdelijke inzinking. Het had in de nacht stevig geonweerd, en het regende nog steeds toen hij 's morgens van het station naar zijn werkhuis wandelde. Bij aankomst maakte hij voor het eerst vuur in de grote kachel om de plotselinge kilte te verdrijven en zijn natte kleren te laten drogen. Met het donkere weer buiten en de flakkerende gloed binnen beleefde hij een voorproef van de komende seizoenen, waarin het huis van een plaats van koelte in een plaats van warmte veranderd zou zijn. Midden in deze voortijdige huiselijkheid kwam de paardrijdster binnen, ditmaal, omdat ze voor een dichte deur stond, niet zonder kloppen en roepen, en ook zij nat van de regen. Zette het uittrekken van de doorweekte bovenkleding iets in gang wat anders niet gebeurd zou zijn? Nauwelijks; het zorgde er hoogstens voor dat wat er moest gebeuren sneller gebeurde. En dit gebeurde inderdaad zo snel dat hij zich later niet eens meer voor de geest kon halen hoe het stap voor stap in zijn werk was gegaan. Voor hij het wist lag hij naakt op de bank verstrengeld met een ander naakt lichaam waarvan hij niets kende behalve de geur die het bij zich droeg, dezelfde die hij had geroken toen hij de paardrijdster na hun kennismaking in het zadel had geholpen. Het was het eerste van haar dat opviel. Was hem gevraagd die geur te omschrijven, dan had hij dat nauwelijks gekund. Indertijd bij die eerste keer had hij gemeend dat het haar paard was dat die geur bepaalde, maar zonder haar rijdier in de buurt en ook zonder haar kleren rook hij nog steeds paardendeken, tuigleer en zadelvet. Tegelijk drong zich iets scherpers op, alsof ze een huis vol katten had. Onder dit alles, om zo te zeggen op de bodem van de schaal, iets zwaars en donkers, als de geur van geraniums. Al die tijd dat ze hun horizontale dans uitvoerden, niet erg synchroon, twee niet op elkaar ingespeelde partners, bleef hij haar geur ruiken. Soms was die zo overweldigend dat hij het idee had dat de vrouw er helemaal in oploste, dat er niets anders was dan haar geur, dat hij geen menselijk wezen maar iets afgeleids omhelsde, een product. Ook wist hij al die tijd niet of haar geur hem nu aantrok of afstootte, het was of hij voor een huis heen en weer liep en niet kon besluiten of hij naar binnen zou gaan of buiten zou blijven. Dat het uiteindelijk buiten werd, had behalve met zijn reukzin ook te maken met andere dan strikt zintuiglijke gewaarwordingen; het hinderde hem bijvoorbeeld dat de paardrijdster zo moeiteloos in de rol van minnares gleed, net zoals het hem onaangenaam trof dat ze zich zo vanzelfsprekend en zonder slag of stoot door hem liet bestijgen. En dat bijvoorbeeld niet omdat een overwinning zoeter smaakt naarmate de tegenstand groter is geweest, maar omdat hij zich door deze vrouw niet gezien voelde, ook letterlijk. 'Ho ho, dat gaat zomaar niet!' had hij haar toe willen roepen, 'weet je wel wie je voor je hebt?!' Maar zij lag daar maar met haar ogen dicht en maakte babygeluidjes. Nee, tussen hem en deze vrouw gaapte een te brede kloof, en de manier waarop ze op het laatst luidkeels haar climax bereikte maakte die kloof alleen maar onoverbrugbaarder. Maar wat had hij dan gedacht? Dat ze met het uitgooien van haar kleren ook meteen in iemand anders zou veranderen, in de vrouw met wie en door wie alles goed zou worden? Of had hij soms op een soort *unio mystica* gehoopt, en dan niet zozeer een mystieke vereniging met God, met wie hij weinig kon aanvangen, maar meer een vereniging in de vorm van een onderdompeling in de levensbron? – Geen van beide vond plaats, er vond welbeschouwd helemaal niets plaats. De paardrijdster raapte haar kleren bij elkaar (waarbij het hem nu pas opviel dat ze niet haar ruiteroutfit droeg maar een trainingspak en gympen, alsof ze in het bos gejogd had, als alibi misschien?), verdween de badkamer in en kwam er aangekleed en gekamd weer uit, zwaaide naar hem, die nog op de bank lag, en stapte zonder verder iets te zeggen de deur uit naar buiten, waar het nog steeds regende. Ze hadden sinds haar komst nauwelijks een woord met elkaar gewisseld.

Hij bleef nog even liggen, niet omdat hij zo uitgeput was, maar omdat hij niet wist wat hij anders moest doen. Naast zich en aan zich en op zich rook hij nog steeds haar geur. De behoefte kwam in hem boven om zichzelf en alles wat de vrouw verder had aangeraakt en waar ze op had gelegen grondig te reinigen, en hij herinnerde zich hoe anders dat was geweest nadat hij de eerste keer met Asja had geslapen, lang geleden, en dat hij het toen juist zo lang mogelijk had proberen uit te stellen zich te wassen. Asja. Een golf van spijt overspoelde hem. Niet vanwege het feit dat hij haar ontrouw was geweest, dat betekende niets, maar vanwege het feit dat hij het met haar had laten verlopen. Ja, laten *verlopen*, zoals je een nog geldig kaartje laat verlopen: je weet dat de limietdatum nadert, maar je verzuimt in actie te komen. Er welde plotseling een heftig verlangen in hem op naar haar, zo heet als het verlangen van een man naar een vrouw maar zijn kan, en ook zo levendig, dat hij haar naast zich, tegen zich aan kon voelen. Hij voelde hoe ze het laatste restje aanwezigheid van die andere vrouw die hij daarnet had omhelsd, de paardrijdster, uit zijn bed verdrong, nee, niet verdrong: wegvaagde, voelde haar vervolgens over zich komen en hem helemaal omvatten, boven, onder, opzij. Er was geen ontkomen aan, overal voelde hij haar pezige en tegelijk oneindig zachte lichaam, het was alsof ze hem in een onverwrikbare maar tegelijk grenzeloos zoete houdgreep nam, waarvan hij wilde dat hij eeuwig zou duren. Jij bent van mij, hoorde hij haar fluisteren, van niemand anders dan van mij. Ja, fluisterde hij terug, ja, ja, ja. Zo was het, zo moest het zijn, voor nu en altijd. Niet alleen zijn oren maar zijn hele lichaam spitste hij om het kleine klikje op te vangen dat haar zou ontsnappen als ze haar hoogtepunt had, enkel dat kleine klikgeluidje achter in haar keel, dat hij zo goed kende en dat dieper zijn gehoorgang binnendrong dan welke oerschreeuw van welke paardrijdster ook.

Toen hij tegen de avond naar haar was teruggegaan, vroeger dan gewoonlijk, en nog helemaal vervuld van haar, van hun toekomst samen ('Nee, het was nog niet te laat!'), trof hij haar niet thuis. Tegen zijn gewoonte in had hij in plaats van de trage provinciale wegen de snelweg genomen – het kleine treinstation was inmiddels opgeheven, hij reisde nu met de auto op en neer – en belandde vervolgens prompt in een file, die hij nu juist had willen vermijden. Wat hij anders nooit deed, en wat hij van andere automobilisten altijd zo verafschuwde, deed hij ditmaal, uit brandend ongeduld, wel: de rij verlaten en over de vluchtstrook rijden zo ver naar voren als hij kon en zich tussen de stapvoets rijdende voorste auto's wringen. Zou er iemand van zijn medeweggebruikers bezwaar hebben gemaakt en zijn uitgestapt om verhaal te halen, en al was het de potigste vrachtwagenchauffeur, hij zou hem tegen de grond hebben geslagen.

Na het pandemonium van de autoweg en de storm in zijn eigen hoofd kon de stilte binnen in Asja's huis niet doodser zijn. Weliswaar stond het hondje piepend en niezend van blijdschap boven aan de trap en klonk er zachte radiomuziek uit de woonkamer, maar deze geluiden waren bij lange na niet in staat de leegte op te vullen die menselijke afwezigheid schept. Net zoals hij ervan overtuigd was dat als hij een huis binnenging hij het onmiddellijk zou weten als daar een dode zou liggen, zo wist hij ook meteen toen hij de voordeur opendeed dat Asja niet thuis was. De bevestiging kreeg hij boven; op de keukentafel lag een briefje:

Eet vanav. niet mee. Zou je hond willen uitl.? A

Het was niet ongewoon dat hij bij thuiskomst een dergelijke mededeling vond; sinds ze het gebruik om samen het avondmaal te nuttigen, waar ze zo lang en zo krampachtig aan vast hadden gehouden, hadden opgegeven, bleef hij ook na die eerste keer 's avonds vaak tot laat in zijn boshuis, en het was langzamerhand zo geworden dat ze vaker niet dan wel met elkaar aten. Voelde hij zich niet zelden opgelucht als hij haar niet thuis aantrof, ditmaal echter kwam het als een bittere teleurstelling dat ze er niet was. Hij probeerde zich over deze domper heen te zetten, deed zijn best zijn ongeduld de baas te blijven, hield zichzelf voor: over een uur, dan is ze er zeker – maar naarmate het later werd en het telkens weer verder opgeschoven tijdstip waarop ze thuis moest komen voorbijging zonder dat er een levensteken van haar kwam, voelde hij de spanning langzaam maar zeker bij zichzelf weg-ebben. Wat hij haar had willen zeggen verloor zijn glans en werd vormeloos, aangevreten door de worm van de twijfel, en er bleef slechts een gestamel en gehakkel, vol ontwijkingen en slagen om de arm.

In een poging om zijn oorspronkelijke stemming weer terug te vinden ging hij naar boven, naar haar slaapkamer, die eens ook hun slaapkamer was geweest. Hij deed het licht niet aan, bleef in de deuropening staan, maakte zich leeg, om wat hij zag en gewaarwerd ongehinderd bij zich naar binnen te laten en daardoor misschien het vuur weer op te rakelen dat daar nog maar een paar uur geleden zo laaiend brandde. In het gelige stadsschemerlicht dat door de ramen viel verhief zich massief Asja's brede, bijna de gehele kamer beslaande bed, het gestreep-te donsdek in een knoedel op het donkere onderlaken liggend, als een wild geplooide aardlagenformatie. Over een stoel kle-dingstukken, truitjes, een broek met de riem nog door de lusjes, een bh, op de vloer daaronder omgestulpte sokken, schoenen, een lukraak uitgegooide, wittig schemerende slip. Daarboven een ochtendjas aan een haak, over de openstaande linnenkast-deur een lange sjaal van een glanzende stof, die naar hij wist goudgroen was als een keverschild maar nu geen kleur meer liet zien, zoals alles in de kamer zich kleurloos, alleen maar als gra-daties van licht en donker aan hem vertoonde. Lag het daaraan dat alles levenloos bleef, dat hij, de beschouwer, met geen moge-lijkheid ook maar enige beweging in al die kledingstukken en dat beddengoed wist te krijgen en er niet in slaagde ze samen te laten komen met hun gebruikster, al staarde hij er nog zo intens naar? Noch kreeg hij het ineengeknoedelde dekbed zo ver dat het zich terug over haar slapende lichaam welfde, noch een binnenstebuiten gekeerd truitje dat het zich over haar hoofd liet trekken, noch ook maar een van de rondslingerende schoenen dat hij zich aan haar voet schoof. Hij zou er wat voor geven als het zien van haar slordig over een stoelrug gesmeten kledingstukken hem op dit moment net zo van trots zou vervullen als het dat lang geleden had gedaan, toen hij tijdens die eerste week samen in De Bosrank met haar sliep. Alles wat de aanblik echter nu, een half leven later, in hem los wilde maken was een zekere treurigheid, en zelfs mismoedigheid, alsof het overbekende probeerde zijn versleten geheimen aan hem op te dringen. Hij pakte het slipje op dat daar voor de stoel op de grond lag en rook eraan, in een laatste poging om zijn verflauwde gevoelens te reanimeren. Een vage geur van urine onderscheidde hij, daarnaast iets zurigs, melkachtigs, op zichzelf niet onaangenaam, in de verste verte niet herinnerend bijvoorbeeld aan de zware, bijna lamslaande lijflucht van de vrouw met wie hij die ochtend samen was geweest in zijn boshuis. Maar anderzijds ook niets in hem naar boven brengend van de geur omwille waarvan hij vroeger dagenlang de douche had gemeden. Wat hij nu rook zou hij neutraal willen noemen, sekseneutraal, zoals de geur die kinderen hebben. Er kwam een beeld bij hem boven van Asja die de was uitzocht om in de wasmachine te stoppen en daarbij een onderbroekje van de kleine Marie naar haar neus bracht en eraan rook, om – ja, om wat eigenlijk te inspecteren? Hij had het haar in die tijd meerdere malen zien doen en altijd aangenomen dat het daarbij ging om een gedraguiting van het moederdier dat wilde nagaan of haar jong gezond was. Nu hij zelf met een slip in zijn handen stond was hij daar opeens niet meer zo zeker van. Zou het niet zo kunnen zijn dat Asja dat had gedaan om te verifiëren hoe het met haar toekomstige rivale was gesteld? Want was dat soms ook niet een verborgen bijbedoeling van hemzelf geweest toen hij Asja's slip van de grond oppakte, om behalve te proberen het vuur in zijn binnenste weer aan te blazen ook uit te vinden, heel terloops, in één moeite door, hoe het tegenwoordig met Asja's intieme leven zat? Stak het hem ondertussen niet meer dan hij wilde toegeven dat Asja nog steeds niet thuis was, had hij zich ervan willen vergewissen of er een rivaal in het spel was?

Terug beneden was het hem onmogelijk om weer met het wachten verder te gaan waar hij het had onderbroken. Hij pakte met zijn ene hand de riem en met zijn andere het al van blijdschap piepende hondje en liep met het dier onder zijn arm de trap af naar beneden om het uit te laten, zoals Asja in haar briefje had gevraagd. De aanraking van zijn handpalm met de schaars behaarde, bijna kale hondenbuik was hem zoals altijd onaangenaam. Niet zonder weerzin voelde hij op de naakte, vettig aandoende huid van het teefje een paar van haar verdroogde, leerachtige spenen. Op een ander moment zou deze onprettige gewaarwording even snel weer worden vergeten als ze was opgekomen, nu echter bleef ze hangen en zorgde ervoor dat het hondje weer eens 'Asja's hond' werd, met de bijbehorende irritatie, die zich niet beperkte tot het hondje alleen maar zich ook tot zijn bazin uitstrekte. – Had het iets uitgemaakt als hij in een mildere stemming was geweest, als hij met een iets minder door wrevel gekleurde blik de wereld in had gekeken toen hij haar onverwachts zag? Plotseling ontwaarde hij haar namelijk, terwijl hij met het hondje door de donkere stadsstraten drentelde, in een verlichte woonkamer twee- of driehoog – hij was meteen zo gegrepen dat hij de omgeving nog maar vagelijk waarnam – van een appartementengebouw waar hij op toeliep en dat daar niet lang geleden op een voorheen nog braakliggend stuk binnenstadgrond was opgetrokken. Hij herkende haar onmiddellijk, ze was weliswaar ouder geworden en had een andere kleur haar, maar ze was het onmiskenbaar, en zichzelf herkende hij ook, want de man die daar half van haar afgewend bij het raam stond, dat was hij. Ook hij was oud geworden, met een knokig gezicht en grote oren, en diepe groeven van zijn neusvleugels omlaag naar zijn kin, maar dat was niet het schokkende. Wat schokte was zijn houding, hoe hij daar stond, star, één en al verzet, maar in zijn verzet tegelijk provocerend. Zij had iets dieper de kamer in gestaan, met haar gezicht naar hem toe en driftig met haar armen gebarend, maar ging nu prompt op de provocatie in en liep naar hem toe, posteerde zich voor hem, haar bovenlichaam naar voren, haar nek gespannen, haar gezicht met de kin vooruit dicht bij het zijne. Hij draaide zich af, wetend dat ze zou volgen en nog dichter bij hem zou komen, misschien wel zijn sfeer zou binnendringen. Zij pakte hem bij zijn arm, wilde hem dwingen haar aan te kijken. Daar had hij op gewacht, hij sloeg met zijn ene hand haar hand weg, haalde met zijn andere uit voor een harde, vernietigende klap...

Teruglopend naar huis zorgde het talmende en treuzelende, elke boom en paal uitgebreid besnuffelende hondje ervoor dat het toekomstvisioen weer van zijn scherpste kantjes werd ontdaan. Misschien was het huiselijke drama waar hij ongewild getuige van was geweest ook helemaal niet zo geëindigd als hij had aangenomen dat het zou eindigen, misschien had de man zijn arm weer laten zakken en was de kamer uitgelopen, met al dan niet slaande deur, of was zelfs voor de vrouw op de knieën gezonken

– hij, de getuige, had de ontknoping in elk geval niet afgewacht, omdat hij vond dat hij genoeg had gezien. Of was hij al voor het einde weggegaan juist omdat hij de afloop niet wilde weten en ruimte wilde laten, al was het maar een kiertje, een streepje? En waarvoor anders ruimte dan voor hoop, hoop tegen beter weten in. Hoop waarop? Bijvoorbeeld dat de echte Asja inmiddels was thuisgekomen en in de keuken op hem wachtte, en dat het dit keer wel goed zou aflopen. Ze zouden na de begroeting aan de keukentafel tegenover elkaar zitten, ieder met een glas voor zich, ze zouden ergens over beginnen te kibbelen zoals gewoonlijk, maar op een gegeven moment zou hij daar een einde aan maken en haar vervolgens zijn slippertje met de paardrijdster opbiechten en hoe dat zijn ogen had geopend. Hij zou haar om vergeving vragen en haar verklaren dat zij zijn enige ware was, voor altijd. Zij zou hem eerst vreemd aankijken, daarop vertrok ze haar gezicht, ze beet zich op de lippen, ze kon het niet meer houden en proestte het uit, de tranen rolden haar over de wangen. Hij wist op zijn beurt even niet hoe hij het had, maar moest toen wel meedoen of hij wilde of niet, en terwijl ze elkaar over de tafel heen bij de schouders pakten en hun hoofden tegen elkaar leg-den, lachten ze niet alleen de spanning van het moment, maar ook de jaren van ongenoegen, onverschilligheid, laatdunkend-heid, liefdeloosheid, wantrouwen, argwaan, kleinheid, lauw-heid, ongeduld, ongeloof, luiheid, lompheid, grofheid, botheid, wrevel, wraakzucht, wrok, wreedheid, meedogenloosheid en alles wat ze in al die jaren nog meer tegen elkaar in het strijdperk hadden gebracht in één keer weg uit hun ziel.

Zoiets had hij gewild dat er zou gebeuren, maar er gebeurde ten slotte niets van dat al. Asja was ondertussen niet thuisgeko-men, ze hadden niet tegenover elkaar aan de keukentafel gezeten, ze hadden geen glas ingeschonken, ze hadden nergens over gekibbeld, ze hadden ook niets weggelachen. Hij had nog een tijdje gewacht, maar het lege huis was hem op het laatst zo leeg geweest dat hij het onmogelijk had gevonden om er nog langer te blijven, en hij was, midden in de nacht, teruggereden naar zijn boshuis, na op zijn beurt een briefje te hebben achtergelaten:

Slaap in bosh. Hond uitgel. – P

Uiteindelijk kreeg Asja het relaas van zijn affaire met de paard-rijdster toch nog te horen, zij het niet meer ingebed in een lief-des- of op z'n minst verknochtheidsverklaring zoals dat in zijn bedoeling had gelegen, maar omgekeerd als onderdeel van het verwijderingsproces tussen hem en haar, waarvan dit het – voor-lopige? – sluitstuk werd. Intussen zag hij de paardrijdster nog regelmatig, ondanks zijn aversie tegen haar lichaamsgeur en haar luidruchtige klaarkomen. Zijn verlangen naar Asja was er in de loop van zijn omgang met de andere vrouw niet sterker op geworden (was hij werkelijk zo hypocriet om in het excuus te geloven dat het surrogaat het verlangen naar het echte in stand zou houden?); in feite nam hij elke keer dat hij de paardrijdster bij zich in bed liet meer afstand van haar. Hij bleef inmiddels steeds vaker de nacht over in zijn boshuis, en als hij nog een enkele keer in de stad bleef slapen, dan was dat omdat hij 's avonds gedronken had, of de volgende ochtend ergens vroeg een afspraak had, bij de tandarts bijvoorbeeld. Het had iets wonderlijks hoe snel Asja's huis hem vreemd was geworden. Nu was hij al nooit helemaal het gevoel kwijtgeraakt dat hij daar maar een logé was (en zodra hij dat toch dreigde te doen hielp Asja hem er wel aan herinneren dat hij bij haar was ingetrokken, en niet andersom), maar sinds ze als laatste ook de deur van zijn voormalige werkkamer had verwijderd, leek daarmee tegelijk het laatste van hemzelf uit het huis verdwenen, alsof er zich iets van zijn substantie tijdens zijn aanwezigheid als een fijn stof op de meubels en wanden daar had gehecht en nu door de ontstane trek het deurgat was uitgezogen. De keren dat hij nog in Asja's huis sliep deed hij dat niet in die kamer, ook niet meer in Asja's slaapkamer, maar op de zolder, dezelfde zolder waar ze onder de sterrenhemels en in de blauwe dageraden hadden gelegen en waar ze hun tweede bruiloft hadden gevierd. Maar het verschil met toen kon niet groter zijn. Wel sliep hij net als toen op een kermisbed, maar zonder Asja, en het bed was smal en hard en lag ingeklemd tussen de lukraak op elkaar gestapelde meubelstukken, die even niet meededen aan Asja's doorgaande meubelcarrousel. Ook sterrenhemels en blauwe dageraden kwamen nog voor, maar de sterren schitterden kouder en verder dan ooit, en het blauw van de dageraden leek eerder onheil te voorspellen dan iets anders, helemaal als het begeleid werd door het snerpende gekrijs van de aankomende en vertrekkende treinen, dat bij lange na niet meer aan vredig mussengesjilp herinnerde, maar dat klonk alsof er in de verte een reusachtig mes werd geslepen.

De bijl die de al tamelijk dun geworden band tussen hen kapte, viel ten slotte toch nog onverwacht, juist toen het leek of ze een van hun betere momenten samen hadden. Het gebeurde aan dezelfde keukentafel waaraan ze hun zwartste ogenblikken met elkaar hadden beleefd. Ze hadden er, inmiddels bij grote uitzondering, samen de maaltijd gebruikt en bleven nu, bij nog grotere uitzondering, even nazitten, nu eens niet op de hielen gezeten door de stiltelawine, maar ontspannen over de dingen van de dag pratend. Asja was op een lang niet meer meegemaakte manier inschikkelijk, geduldig, meegaand, ver verwijderd van de tot de tanden gewapende oorlogsgodin die hij anders vaak tegenover zich voelde. Ook hij kon toen zijn wapenrusting afleggen, en terwijl ze, nog steeds behoedzaam, verder praatten, was het alsof het tafelblad tussen hen in een open ruimte was geworden waarover ze, ieder als hoofdman van een legermacht die in stelling bleef wachten, langzaam, ongewapend, op elkaar toeliepen om elkaar precies in het midden te treffen en daar een vredeskus uit te wisselen. – Wie van de twee hield het mes onder de kleren verborgen? Was zij het, toen ze op een gegeven moment aan hem vroeg of hij op de dagen dat zij moest lesgeven het hondje zo af en toe naar zijn boshuis zou willen meenemen? Haar verzoek was logisch genoeg: het dier miste gezelschap overdag, de radio-muziek was geen volwaardig vervangingsmiddel, de buren klaagden dat het soms uren achtereen jankte. Hij had ja geantwoord, niet omdat hij in zijn boshuis om gezelschap verlegen zat, al helemaal niet om hondengezelschap, maar omdat hij geen nee tegen Asja kon zeggen, niet terwijl hij weerloos was. Op haar beurt had zij zich misschien in de rug aangevallen gevoeld toen hij het moment aangreep – 'aangreep' was eigenlijk al een te agressief woord; hij vond het zelf meer een 'met het moment meegaan' wat hij deed – om haar dan eindelijk zijn affaire met de paardrijdster op te biechten. Hoe naïef kun je zijn! Als hij had gehoopt op een verzoeningsscène zoals die zich eerder in zijn verbeelding aan tafel had afgespeeld, met lachen en huilen en hoofden tegen elkaar leggen, dan had hij zich niet grandiozer kunnen misrekenen. Zelfs geen millimeter toenadering bracht zijn mededeling tot stand, integendeel. Asja werd eerst bleek, toen nog bleker. 'Verdwijn!' zei ze. 'Mijn huis uit!' En toen hij niet snel genoeg naar haar zin van tafel opstond pakte ze haar glas en gooide hem de wijn in het gezicht. 'Eruit! Rot op naar je paardenkut!' Maar hij was nog niet halverwege de trap af naar de voordeur of ze riep hem terug: 'Peter, wacht! Zou je het hondje kunnen meenemen, ik moet morgen lesgeven.'

Zo was uiteindelijk het hondje bij hem beland. Misschien had hij ook daarom met zijn komst ingestemd, zelfs in de nieuwe situatie die er was ontstaan en ondanks zijn tegenzin, omdat hij het als een onderpand of zelfs als een kleine gijzelaar zag waarmee hij greep op, of in ieder geval verbinding met haar, Asja, zou houden. Was dat van haar kant omgekeerd ook de bedoeling geweest? Wilde ze dat het hondje als een vooruitgeschoven post, als haar ogen en oren zou fungeren, die haar op de hoogte moesten houden van wat er in het boshuis omging? Of op z'n minst als een sta-, of liever lig-in-de-weg, een functie die het dier tenslotte altijd al had bekleed en die in plaats van hem op afstand te houden van haar, Asja, hem nu op afstand moest houden van de paardrijdster?

Voor dat laatste, afstand te scheppen tussen hem en de paardrijdster, was het hondje trouwens niet eens nodig. Kort nadat hij zich permanent in zijn boshuis had gevestigd kwam er een eind aan de affaire met haar, misschien wel om die reden. Te ver stonden ze van elkaar af en te benauwd kreeg hij het bij de gedachte dat hij voortaan altijd *thuis* voor haar zou zijn, wanneer het maar in haar hoofd zou opkomen om hem op te zoeken. Bleef de hond: het moet gezegd dat hij en de kleine terriër tot aan de dag dat hij de vrouw op het perron zag en het dier in de bunkerkamer opgesloten raakte een tamelijk voorbeeldig baas-en-hondleven met elkaar leidden, ondanks hun toch onvrijwillige – en op sommige momenten ook ongewenste, althans van hem uit, wat het dier ervan vond wist hij niet – samenzijn. Het teefje was er snel genoeg aan gewend geraakt om alleen te slapen, en nog maar heel zelden krabbelde het 's nachts aan de slaapkamerdeur of, als hij die open had laten staan, wat meer en meer voorkwam, sprong het op het bed, waar hij het dan maar liet. Voor het overige vergleden de dagen en weldra ook de maanden en jaren

met de hond in betrekkelijke gelijkmatigheid, waar zowel hij als
– voor zover hij daarover kon oordelen – het dier wel bij voeren.

Gelijkmatig, inderdaad, maar dat wilde niet zeggen monotoon,
en al helemaal niet saai. Veel minder saai en monotoon in ieder
geval dan het leven met Asja in de stad was geweest, vond hij nu,
op en neer en heen en weer als dat zich bewoog tussen niet meer
dan twee, en dan ook nog eens dicht bij elkaar gelegen polen,
namelijk aanvaarding en afwijzing, en op het laatst nog slechts
draaide om maar één pool, afwijzing. Wel was dit leven gepaard
gegaan met hoge golven van emotie, maar hij was geneigd de
belangrijkheid daarvan achteraf geringer te achten dan toen hij
er nog de speelbal van was. Wat hem toen gevoelsorkanen hadden geleken, waren goedbeschouwd misschien niet meer dan
stormen in een glas water geweest. Hij had zichzelf trouwens
nooit als een groot aanhanger gezien van de heersende gevoels-
cultus, het *ik voel dus ik ben* zou hij niet vlug tot zijn adagium
kiezen, des te minder nu hij niet meer met Asja samenleefde. Na
jaren rondgedreven te hebben in een eeuwig kolkende en schui-
mende zee was hij ten slotte op een verre kust geworpen. Hij
kwam bij, de zon scheen, de zee had zich teruggetrokken, in zijn
oren niet meer het gebulder van de golven maar het fijne geluid
dat de zandkorrels maakten die onder hem wegrolden terwijl hij
zijn hoofd optilde, ergens dichtbij zoemde een vlieg, verder weg
klonk de kreet van een vogel, van nog verder weg kwam het
geraas van een trein, de wereld was stil en wijd geworden.

Zo ervoer hij zijn komst naar het boshuis, als een redding.
Nog eenmaal moest hij uit de stilte terug in het tumult en het op
en neer van de golven toen hij zijn spullen bij haar ging ophalen,
waarop zij hem in de vliegende storm haar dreigementen achterna schreeuwde. Haar woorden bleven hem nog lang in de oren

klinken, verloren echter steeds meer aan kracht, totdat ze ten slotte uit het dagelijkse bewustzijn wegvielen. Enkel het hondje hield de herinnering aan zijn leven op zee nog levend, en ook dat op het laatst nog alleen als het weer eens 'de hond van Asja' werd.

In die jaren van serene rust ging hij verder met zich te kwijten van de opdracht die hij zichzelf op zijn laatste stadsadres had gegeven, maar in plaats van elke straat en steeg was het nu elk bospad dat hij zich tot taak stelde te belopen, in steeds wijdere kringen, met zijn boshuis als middelpunt. Het waren er verbazend veel. Je had niet alleen het netwerk van de om zo te zeggen officieel aangelegde fiets-, wandel- en ruiterpaden met in hun bochten en op hun knooppunten dubbele en soms driedubbele inofficiële vertakkingen, maar er bestond ook het dichtere net van de clandestien gegroeide verbindingen daartussen, de sluiproutes, uitgesleten door wandelschoenen, paardenhoeven en/of mountainbikebanden, en ten slotte kreeg je het nog fijnmaziger raster van wildpaadjes, in breedte afnemend van reeën-, dassen- en vossenpaden via konijnen-, bunzing- en wezel- tot aan de haast niet meer zichtbare mierensporen. (Overigens ontdekte hij dat de dieren druk gebruikmaakten van door mensenhand aangelegde wegen door het bos; zo stonden er na elke regennacht weer verse reeënprenten in de weke bodem naast de fiets- en wandelpaden, waar je ook de vossenuitwerpselen vond; vogels gebruikten ze als start- en landingsbanen, en er was zelfs een uil die hij op stille schemeruren bij voorkeur de het bosgebied doorsnijdende provinciale weg zag benutten, een schaduw geluidloos wiekend laag boven de dubbele witte streep.) Al die paden en paadjes probeerde hij te bewandelen of op z'n minst, wat de allersmalste betrof, met zijn ogen na te gaan, in alle seizoenen, bij elk weertype, als een, vrij naar Thoreau, 'opziener van de bospaden, inspecteur van de zandduinen'. Meestal vergezeld door

de terriër, die hier in de bosomgeving de raseigenschappen terug-
kreeg waarvan je als je haar bij Asja op schoot en in bed had
gezien niet zou hebben vermoed dat ze die bezat.

De paardrijdster kwam hij op zijn tochten geen enkele keer
tegen, mogelijk meed zij dit gedeelte van het bos, of misschien
ook reed ze geen paard meer. Hij zou haar gezicht vermoedelijk
niet eens herkennen als hij haar nu op een andere plaats tegenkwam, in de dorpssupermarkt bijvoorbeeld (haar geur daarentegen onmiddellijk en feilloos). Mensen zag hij trouwens helemaal
weinig in deze na-Asjase jaren. Buiten de contacten die hij in
verband met zijn werk onderhield eigenlijk nauwelijks meer iemand, behalve, heel af en toe, Olga, Asja's doodgezwegen zuster.
Zij had via een beroepsgenoot van hem van hun scheiding gehoord en had hem opgebeld, waaruit een afspraak was voortge-
vloeid. Hun weerzien was – na hoeveel jaren? vijftien? twintig? –
van een behoedzame hartelijkheid. Het eerste wat hem aan haar
opviel toen ze in het naburige dorp uit de trein stapte en ze elkaar
begroetten was dat ze zwaar was geworden, dikker en tegelijk
forser, alsof ook haar botten in omvang en gewicht waren toege-
nomen. Alleen haar sierlijke meisjesoren had ze behouden. Ze
deed nu in niets meer aan Asja denken en vertoonde veel sterker
dan vroeger gelijkenis met haar vader zoals hij zich die van de
foto op de schoorsteenmantel in de flatwoning van de familie
herinnerde, en die zich met zijn blondheid en gestalte in haar
breed gemaakt leek te hebben. Naast haar voortlopend naar de
auto waarmee hij haar van het station had afgehaald werd hij
zich opeens scherp bewust van zijn eigen lichaam, hoofd, romp,
zijn slingerende ledematen, het bungelende 'ding tussen zijn benen', zoals haar zuster zou zeggen. Hij kon zich niet voorstellen
dat dit lichaam eens naast het hare had gelegen, nog minder dat
het dit ooit in de toekomst zou doen.

Ook Olga was intussen gescheiden en leefde net zoals hij alleen. 'Vind je het een probleem dat je nooit kinderen hebt gekregen?' vroeg hij op een gegeven moment. 'Niet als ik aan jullie Marie denk,' antwoordde ze, en omdat hij niet wist of ze dat als constatering bedoelde of als een sneer naar haar zuster – of naar hem –, ging hij er niet verder op door. De toon was echter gezet, en die toon bleef bij elk bezoek van of aan haar terugkomen. Het was de toon van de verongelijktheid, die krachtiger klonk dan hij vroeger ooit had geklonken en die haar grondtoon was geworden. Daarbij kwam geen enkele keer de naam van haar zuster over haar lippen, precies zoals Asja haar bestaan doodzweeg deed zij het met dat van Asja, maar hoe geforceerd was het bij haar, en hoe soeverein was Asja daarin geweest! Hij begon de vete tussen de zusters nu met andere ogen te zien. Had hij de twee elkaar bestrijdende kampen altijd als min of meer gelijkwaardig beschouwd, met elk ongeveer een even groot aandeel in de vijandelijkheden, sinds zijn hervatte omgang met Olga echter begreep hij dat de vete maar van één kant bestond en werd uitgevochten, van de kant van Olga, en dat Asja de reagerende partij was, die zich al dan niet verwaardigde op de provocatie in te gaan, met al dan niet vernietigend resultaat. Nooit had bijvoorbeeld de bekentenis die Asja tijdens de crematiebijeenkomst ontsnapte, toen ze zei dat ze haar zuster miste, uit Olga's mond kunnen komen, ze had nog liever haar tong afgebeten. Of eigenlijk: de woorden waren niet eens bij haar opgekomen.

Olga's fascinatie met het kleine, zoals dat destijds bijvoorbeeld tot uitdrukking was gekomen in haar tuintje op De Bosrank, moest in de loop der jaren tot zuinigheid en zelfs vrekkigheid zijn vervormd en vergroeid. Dat meende hij tenminste af te kunnen leiden uit haar tot op de draad versleten gympen die ze aan haar voeten had, en uit de kleren die ze droeg, die van de onbevalligste en goedkoopste soort waren. Zijn vermoedens werden bevestigd toen hij een keer bij haar op tegenbezoek was. Haar hele huis ademde schraalheid, schraperigheid, krenterigheid, van het teiltje dat in de gootsteen onder de kraan stond om geen water te vermorsen tot aan de minimale wattage van de spaarzame lampen in de verschillende vertrekken, met als hoogte- of dieptepunt daarvan het pitje in het raamloze kleinste, waar je gezicht in de spiegel boven het fonteintje als een schimmige bruine vlek met holle oogkassen vanuit het bijna-donker naar je terugstaarde. Voor haarzelf diende haar zuinigheid ongetwijfeld een hoger doel, het op zich nobele streven de wereldconsumptie niet nog verder op te schroeven, alleen was bij haar de besparingswoede naar binnen geslagen en vrat haar ziel aan.

Zo zijn hernieuwde omgang met Olga hem al iets bracht, dan was dat het ongemakkelijke inzicht dat hijzelf ondanks het afkeurende oordeel dat hij over sommige kanten van haar persoonlijkheid had in de grond van de zaak toch tot Olga's kamp behoorde, en niet tot dat van haar zuster. Net als Olga was hij in relatie tot Asja altijd degene geweest die hoog kon springen of laag kon springen, maar effect hebben deed het niet, niet wezenlijk althans. En reageerde Asja dan, kwam ze een keer in actie, en dat gebeurde altijd pas op het moment dat het háár beliefde, dan had niemand meer iets in te brengen, zoals Olga vanaf haar vroegste jeugd had ondervonden, en zoals ook hij dat maar al te vaak had ervaren.

Al werd haar naam tussen hen tweeën dan geen enkele maal genoemd, Asja stuurde als Grote Afwezige al hun ontmoetingen, ook wanneer ze helemaal niet aan haar dachten. Zij was het die bepaalde welke vorm hun omgang kon aannemen, hoe ver ze daarin konden gaan, hoe intiem ze met elkaar konden worden, eigenlijk precies zoals het vroeger ook was geweest. Het wachten was slechts op het moment dat Asja het net als vroeger genoeg vond en ingreep, zoals destijds op zijn verjaardag in het bos, toen ze plotseling op zijn feestje verscheen en alle overige gasten, ook Olga uiteindelijk, de aftocht deed blazen, omdat ze hem voor zichzelf alleen wilde hebben. – Was dan nu dat moment gekomen, met het verschijnen van de vrouw op het perron, van wie hij steeds meer was gaan geloven dat *zij* het was, eindelijk?

Bij de reeks ongewoonheden en incidenten van de afgelopen weken: de tassen in de bunker, de voetstappen in het bedauwde gras, de door de tuin verspreide boodschappen, de op zijn kop gezette plant, het parfum dat hij op de meest onverwachte plaatsen rook, had zich onlangs een nieuw gevoegd. Welbeschouwd hoorde het eigenlijk niet in deze reeks thuis, want dat Asja ook hier de hand in had, zoals hij vermoedde dat dit bij die andere gebeurtenissen het geval was, met andere woorden dat haar macht zich ook over de Spoorwegen zou uitstrekken, dat wilde er zelfs bij hem niet in. Waarom hij het dan toch tot die groep rekende, had in de eerste plaats te maken met het ten diepste verontrustende karakter van dit voorval, wat het met de genoemde andere deelde. En al kon hij het dan onmogelijk rechtstreeks met haar in verband brengen, ook hierboven zweefde zoiets als de geest van Asja.

Het begon ermee dat hij midden in de nacht wakker werd door het belgetingel van de spoorwegovergang. Dat de spoorbomen 's nachts dichtgingen was op zichzelf niets bijzonders; hij woonde weliswaar aan een van de kleinere west-oostlijnen, maar ook daarover reden 's nachts geregeld goederentreinen, en dat zou deze nacht niet anders zijn. Het is het wonderlijke aan je slaapgedrag dat je blijkbaar door alles heen kunt snurken, zolang er in dit alles maar een vertrouwde regelmaat zit; zodra zich echter een afwijking voordoet van het gewone, hoe gering ook, schiet je wakker. En het hoeft niet eens geluid te zijn, het ontbreken daarvan kan net zo goed: in sommige warme landen zet men een kooitje met een krekel naast het bed, de krekel sjirpt de hele nacht, maar stopt hij met sjirpen, dan ontwaakt de slaper: onraad! – In dit geval was het wel degelijk geluid dat hem wakker maakte, echter niet het bellen zelf deed hem ontwaken, maar dat het zo lang aanhield. Er was ook nog iets anders geweest, het sijpelde langzaam zijn wakende bewustzijn binnen terwijl hij in het donker lag, maakte dat donker tegelijk wijd en galmend. Door het gebel heen klonken andere geluiden, een luid sissen, een klinkend bonken van metaal op metaal, schallend door het bos, steeds uit dezelfde richting, vanaf de overkant van de straatweg waar het opgeheven station lag. Daar moest iets gebeurd zijn buiten in het donker. Was er een trein ontspoord? Maar daarvoor volgden de geluiden toch te regelmatig op elkaar. Het klonk niet als een ongeluk, het klonk eigenlijk ook niet als een trein, eerder alsof er iemand op een aambeeld sloeg, een reuzensmid, die in een reuzensmidse aan het hameren was en van tijd tot tijd het gloeiende staal in het water doopte. Daar vlakbij lag immers de vlakte van het Lange Zand, de smid was de kurassen aan het smeden voor de twee legers van ijzeren giganten die daar volgens de overlevering op maanverlichte nachten zoals deze al duizend jaar tegen elkaar opmarcheerden voor de laatste beslissende slag. En na een tijd hoorde hij de legers zich ook in beweging zetten, het waren reusachtige, roestige tanks geworden die, langzaam optrekkend, knarsend en piepend, met zwenkende kanonlopen, over de schemerige vlakte op elkaar af ratelden, steeds sneller, het zand spoot in fonteinen op onder hun rupsbanden, die glommen in het maanlicht. Tegelijkertijd verhief zich een gehuil, zo woest, dat het wel zo moest zijn dat nu de stormaanval was in-

gezet. Hij hield in zijn bed de adem in, wachtend op de verschrik-
kelijke klap die komen moest wanneer de twee legers op elkaar
zouden botsen, maar er kwam niets, het gehuil ging over in een
zich verwijderend geraas, en het getingel van de spoorwegovergang werd weer hoorbaar. Het bellen hield nog een paar seconden aan en stopte dan, terwijl de goederentrein, want aan het
gedender te horen moest het dat zijn, vaart makend, langzaam
uit het gehoor verdween. Maar hoewel alles weer tot het herken-
bare werd teruggebracht bleef bij degene die in het donker had
liggen luisteren een rest van beklemming. Want waarom was die
trein midden in de nacht gestopt, bovendien op een station dat
al jaren was opgeheven? Ook het droombeeld van de nachtelijke
tankslag droeg er niet toe bij om hem gerust te stellen, al nam
het iets van zijn beklemming weg toen hij bedacht dat het in de
sage helemaal niet om tanks ging maar om ridders in harnassen
en maliënkolders, en dat bovendien de plaats waar de veldslag
in kwestie naar het heette elk jaar weer opnieuw werd uitgevochten niet het Lange Zand was, maar de dorpseng een paar kilometer verderop.

Kon hij het fantoom van de twee tegen elkaar optrekkende
legers nog herleiden tot een uitbloei van zijn geprikkelde verbeelding, de gebeurtenis die eraan ten grondslag lag, het in het holst
van de nacht stoppen, stilstaan en weer wegrijden van een goederentrein op of nabij het al jaren opgeheven station, moest toch
als een onloochenbaar feit worden beschouwd. En stilletjes, als
het ware via een sluiproute in de hersenen, vond deze gebeurtenis
aansluiting bij dat andere voorval dat op ditzelfde station had
plaatsgevonden en waar het allemaal mee was begonnen, de oorzaak van al zijn onrust van de laatste weken, namelijk de vrouw
met de tassen die hij op het perron had zien staan wachten en
die zoveel op Asja had geleken. Niet alleen sloot het ene voorval

op het andere aan, op het moment dat dit gebeurde ontstond er ogenblikkelijk kortsluiting. De gedachte die in de erop volgende blauwe flits werd geboren was even ongerijmd als moeilijk te verjagen: *was de trein waar de vrouw op het perron op wachtte eindelijk aangekomen en had hij haar meegenomen?* Hoe absurd deze gedachte ook klonk, het gevoel van opluchting dat ermee gepaard ging was er niet minder om. Hij voelde zich als een schooljongen die 's morgens met lood in de schoenen naar school gaat omdat hij die dag een belangrijk proefwerk heeft waar hij te weinig voor heeft gedaan en dan wanneer hij op school aankomt te horen krijgt dat de leraar ziek is. Op het nippertje ontsnapt!

HET LIEP INMIDDELS tegen oktober. De laatste weken van de meteorologische zomer waren koel en wisselvallig geweest; er was sinds de dag in augustus dat hij op dat stapelterreintje in het bos op een boomstomp in de zon had gezeten en de hond van Asja de hagedis had doodgebeten bijna geen dag voorbijgegaan zonder regen, en van in de zon zitten was nauwelijks meer iets gekomen. Hij had zich al neergelegd bij een buitengewoon vroegtijdig, nog voor zijn officiële datum invallende herfst toen er een dag aanbrak waarvan het stralende begin nu eens niet binnen de kortste keren in wolken en buien werd gesmoord maar door de ochtend, middag en avond heen een even stralende voortzetting kreeg, en ook de dag daarop, en die daar weer op, zonder dat het eind voorlopig in zicht was. Het leek of alles, mensen, dieren, bomen, maar ook verkeersborden, hekken en huizen, in het frisse licht van de zon iets rechterop ging staan, het neerdrukkende grauwe en grijze van de afgelopen weken was op slag vergeten. Zijn wens dat het nog één keer zomer mocht worden ging daarmee toch nog in vervulling, halverwege althans, want voor een echte zomer was het seizoen inmiddels al te ver voortgeschreden, stond de zon te laag aan de hemel en waren de dagen te kort geworden. Desondanks richtte het leven, dat al bezig was zich binnenshuis terug te trekken, zich plotseling weer voluit naar buiten toe. Dat was niet alleen overdag zo, het gold ook en vooral voor de avonden, omdat ze tot heel laat wonderbaarlijk zoel bleven en bovendien nog eens werden opgeluisterd door een naar vol wassende maan, die al kort na de schemering groot en oranje boven de horizon verscheen.

Het grote schouwspel van de opkomende maan was echter vanuit zijn boshuis niet goed te volgen, en daarom trok hij, sinds Asja's afreis zich weer helemaal 'inspecteur van de zandduinen, opziener van de bospaden' voelend, nu al een paar avonden achtereen tegen het verwachte tijdstip van opkomst naar de vlakte van het Lange Zand, waar hij zich als een Japanse maanspotter met kleedje en picknicktas installeerde om dit natuurgebeuren, hier onbelemmerd door geboomte, voor zich te laten ontrollen.

Zo kwam hij er na een paar keer toe, aangezien het tijdstip van maansopgang elke dag immers enkele tientallen minuten naar achteren verschuift (terwijl zijn trek in eten zich steeds omstreeks hetzelfde uur aankondigde), eerst thuis zijn maag te vullen en in plaats van de picknicktas zijn slaapzak naar het Lange Zand mee te nemen. De hond had hij ditmaal thuisgelaten, niet omdat het dier zich bij het maankijken verveelde – het ging vaak net zo stil en aandachtig in het schouwspel op als zijn baas – maar omdat deze met de gedachte speelde de nacht op het Zand te blijven slapen en het gezelschap van de hond daarbij storend zou zijn.

De maan kwam die avond nog groter en nog dieper oranje op dan de voorgaande avonden. De beschouwer had zich genesteld op hetzelfde plekje als steeds, tegen de stam van een dikke kromme dennenboom, die zijn kroon als een sterrendoorlaatbaar scherm boven hem uitspreidde en die met een paar andere dennen samen een klein zwart eilandje vormde in de schemerige zandzee. Ook nu weer was het verbazingwekkend hoe snel de maan, die hoog aan de hemel toch onbeweeglijk stil lijkt te staan, boven de verre oostelijke bosrand uit steeg. Een voor een kwam het zicht vrij op de donkere vlekken op zijn oppervlak, tot al heel vlug ook de onderste geheel zichtbaar was. Op het moment dat de onderrand van de schijf boven de verre bosrand in het blikveld moest schuiven leek zich in de opwaartse gang van het hemellichaam een vertraging voor te doen, een afremming, alsof de aarde de maan nog even vast wilde houden. Het volgende ogenblik was hij los, als met een sprongetje, en hij stond ook meteen een handbreed boven de boomhorizon, maar zowel van boven als van onderen merkwaardig afgeplat, als een net loskomende grote zeepbel, die door de lanceerschok even wordt samengedrukt. Het was moeilijk te bevatten dat wat daar in de lucht hing een ontilbaar zware klomp van starre rots en steen was, en niet werkelijk een zeepbel of iets van een vergelijkbaar ijle materie. Zoals het anderzijds ook veel gemakkelijker was om in het vlekkenpatroon op het maanoppervlak een paar ogen, een neus en een mond te zien dan om je er bergruggen, kraters en blinde stofvlaktes bij voor te moeten stellen. Er was deze avond misschien sprake van bijzondere atmosferische omstandigheden; hoe hoger de maan namelijk klom, des te levendiger werd inderdaad de suggestie van een gezicht, een groot, schijnend, langzaam van oranje naar geelwit verblekend gezicht. En dit gezicht keek nu eens niet half langs hem heen zoals het maangezicht gewoonlijk doet, maar staarde hem recht in de ogen. Verre van op hem neer te zien als een goedertieren moeder, met een glimlach om de mondhoeken, waarmee de maan vaak wordt afgebeeld, blikte het hem veeleer strak aan, gesloten, uitdrukkingsloos. De beschouwer was ondertussen in zijn slaapzak gekropen, voorbarig, want na een tijdje begon het onophoudelijke en naarmate hij hoger klom steeds fellere op hem neer schijnen van de maan hem te hinderen. Hij kreeg daar op zijn matje onder de lichtdoorlatende dennenboom het gevoel dat de rollen langzamerhand omgedraaid waren: niet hij was naar de maan aan het kijken, de maan keek in plaats daarvan naar hém, en hij voelde zich ongemakkelijk worden onder die niet-aflatende blik. Hij begon een vermoeden te krijgen van wat een konijn ondergaat wanneer het in de lichtbundels van een paar autokoplampen wordt gevangen, of wat een arrestant meemaakt tijds een derdegraadsverhoor, zonder een mogelijkheid om aan de verblindende schijnwerper te ontkomen.

Er kwam een herinnering bij hem boven van lang geleden, toen hij tijdens een vakantie in een Oost-Europees land ook eens op die manier een plekje had gezocht onder de blote hemel en midden in de nacht plotseling hardhandig wakker werd geschud. Hij wilde al naar zijn mes grijpen toen de wildvreemde man, die over hem gebogen stond, in plaats van hem te beroven, hem omstandig begon te bezweren, met woorden en gebaren, de paniek in zijn ogen, om ergens anders te gaan liggen, onder de bomen of nog beter in de schuur bij zijn huis, want niets was gevaarlijker dan zo onbeschermd in het directe maanlicht te slapen. Hij was de man gevolgd en had zich door hem een andere slaapplaats laten aanwijzen, eerder om hem niet voor het hoofd te stoten dan dat hij hem geloofde, en nog steeds op zijn hoede voor een valstrik. Nu, zoveel jaar na dato, in zijn slaapzak op de maanverlichte zandverstuiving, bekroop hem alsnog de twijfel of de bezorgdheid van de Hongaarse landman destijds mogelijk toch niet ergens op gebaseerd was, en er kwamen hem beelden voor de geest van maanzieken die misschien op ditzelfde moment in de krankzinnigengestichten voor de ramen van hun cellen stonden en brullend aan de tralies rukten.

Hij moest blijkbaar toch in slaap zijn gevallen, want toen hij weer opkeek stond de maan hoog en heel klein aan de hemel. Er was ook een kring omheen gekomen, die het licht temperde en alle contouren zacht maakte. Het Lange Zand strekte zich stil voor hem uit, de zandduinen als vloeibaar geworden in het gesluierde licht, naar de randen toe vervagend en zich daar oplossend in het inktblauw van het bos.

Hij stond op, hij wist dat hij die nacht niet meer zou kunnen slapen, niet op deze plek. Zijn eigen bed lokte, maar naar huis gaan was uitgesloten, hij was vergeten waarom. Hij rolde zijn slaapzak op, hing hem aan de riem over zijn schouder en begon te lopen. Hoewel het ver in de nacht moest zijn was het niet vochtig, zijn voeten zakten diep weg in het droge mulle zand, dat zelfs nog warm aanvoelde onder zijn voetzolen, alsof het van onderaf werd verwarmd. Zo merkte hij dat hij geen schoenen aan had, hij moest ze op zijn slaapplek onder de boom hebben laten staan.

Al was hij zich toen hij begon te lopen niet bewust geweest van een doel, zijn benen droegen hem linea recta naar de hekken van het militaire terrein waarachter de bunker lag, in het Beto-verde Land, de bunker waar de hond van Asja vast had gezeten en waar hij na die ene keer niet meer was geweest. Zonder te hoeven zoeken stond hij meteen recht voor de plaats waar het poortje in het gaas was geknipt; de onderkant ervan zat nog net zo met takjes in de grond vastgezet als toen hij het de eerste keer nadat hij het hondje had bevrijd bij het verlaten van het terrein achter zich dichtgemaakt had.

Het Betoverde Land lag er in het stille maanlicht nog stiller bij dan overdag. Groepjes roerloze dennen stonden verspreid tussen de heide als uitgeknipte zwarte silhouetten, de hoog opgeschoten heidestruiken zelf als een miniatuurwoud. Verderop lag er een wittige deken over de bosbodem: geen grondmist maar een veld bosgras op halmen zo dun dat ze onzichtbaar waren en de dichte menigte verbleekte aren enkele decimeters boven de grond leek te zweven. De lucht rook kruidig, alsof bij elke stap die hij zette een vleug foelie en nootmuskaat onder zijn voeten opwolkte.

Terwijl hij eerder in het Betoverde Land nooit ook maar een spoor van dierlijk leven had gezien, merkte hij nu opeens dat het om hem heen letterlijk krioelde van het gedierte. Waar hij ook keek bewoog het, bij elke stap moest hij uitkijken dat hij niet op een tor of kever of mier of wants of wat er allemaal nog meer rondliep trapte, en hij bedacht met afschuw dat hij er zeker al vele onder zijn blote voeten had geplet. Het leek of de hele kruipende insectenwereld op de been was, overal zag hij in het omfloerste licht van de maan glanzende rugschilden, krabbelende poten, tastende voelsprieten, sommige diertjes lagen op hun rug en wriemelden met hun pootjes in de lucht. Toen hij zich op een gegeven moment omdraaide omdat hij achter zich iets meende te horen, rezen de haren hem te berge: al die torren en kevers en wat al niet kwamen achter hem aan! Al die antennes, tasters, tangen, snuiten wezen naar hem! Over het lichte zand van een door het afstromende regenwater uitgespoelde geul, die als een natuurlijk pad door de heide meanderde, bewoog zich een zacht knisterende stroom van groot en klein kruipsel, alles door elkaar, in zijn richting!

De schrik duurde echter maar een seconde: de insecten hadden het niet op hem gemunt, ze gingen alleen maar dezelfde kant op als hij. Waarheen? Ook naar de bunker? En waarom? Terwijl hij naar een antwoord zocht op die vragen hoorde hij van enige afstand een doffe knal, begeleid door iets van glasgerinkel, maar voordat hij zich daar mee bezig kon houden werd zijn aandacht getrokken door een donkere, vorm, opdoemend op een met gras en kruid begroeid eilandje in een bocht van de droge regengeul, gedrongen, meer hoog dan breed, vogelachtig, maar groter dan hij ooit een vogel in deze omgeving had gezien. Dichterbij gekomen, met de insectenkaravaan meelopend, zag hij dat het een reusachtige uil was, met grote oranje maanogen en een sneeuwwitte, als een koningsmantel gevlekte borst. Het dier troonde midden op het pad, zijn brede uilenkop met oorpluimen naar hem toegekeerd, zijn dik bevederde poten iets uit elkaar stevig op de grond. Wilde de vogel hem de doorgang beletten? Al snel echter bleek dat de uil er helemaal niet voor hem zat. De insecten namelijk, het geulpad volgend, lieten zich door het obstakel van de reuzenvogel niet van hun koers brengen, en omdat ze niet langs hem konden, klommen ze met tientallen tegelijk langs zijn poten omhoog, waar de uil ze aan één stuk door, met zulke snelle kop- en snavelbewegingen dat ze nauwelijks met het blote oog te volgen waren, van de veren pikte en verslond.

De grote vogel had hem, de nog grotere mens, allang opgemerkt, maar ook toen hij de plek zo dicht was genaderd dat hij de uil zou kunnen aanraken vloog het dier niet op – het was de mens die uitweek. Als teken van verstandhouding – zo vatte hij het tenminste op – sloot de uil even zijn oranje ogen en opende ze weer – een langzame knipoog. In het voorbijgaan, terwijl de uil doodgemoedereerd doorging met zijn verdelgingswerk, raakte hij met zijn mouw de donkergevlekte vleugelveren van de reuzenoehoe, een ritselende aanraking, die alle haartjes op zijn lichaam overeind deed springen, alsof hij onder stroom werd gezet.

Twee, drie stappen verder, en er was nergens meer een insect te bekennen, en toen hij achteromkeek was ook de grote uil verdwenen. De nacht werd wijd, alsof de horizon rondom plotseling was teruggeweken. Daar, in die onzichtbare verte, werd het geluid van een trein hoorbaar, snel naderbijkomend. Het moest de lokale stoptrein zijn, dezelfde waarmee hij toen hij nog in Asja's stad woonde zo vaak op en neer was gereisd voordat het plaatselijke station werd opgeheven. Hier buiten in de stilte van de nacht klonk het aanzwellende gebruis bijzonder luid, en zo zuiver en onvervormd dat het leek of hij het rechtstreeks uit de ruimte opving. Hij kon de lichten van de locomotief al aan zien komen snellen, stroboscopisch flikkerend door het geboomte heen. Het treingebruis, eerst nog eenvormig, begon naarmate het in sterkte toenam in honderd verschillende soorten geraas uiteen te vallen, waaronder zich een zwaar en kloppend gedaver schoof dat uit de aarde zelf leek te komen. Boven alles uit een hoge tweezang, twee metalen sirenenstemmen, microtonen om elkaar heen zwevend, het zingen van de rails voor de trein uit, helder alsof hij vlak naast, nee over de spoorbaan liep. Het volgende ogenblik was de trein er, het geraas werd oorverdovend, hij kon de rijwind voelen, toen smoorde het geluid plotseling, alsof hij een kap over zijn hoofd geduwd kreeg.

Hij kon zich niet herinneren hoe hij er was gekomen, maar opeens stond hij voor de bunker. Een paar meter voor de ingang brandde een smeulend vuurtje, de rook prikte in zijn ogen. Wat hij onderweg voor de geur van nootmuskaat en foelie had gehouden was in werkelijkheid dus een brandlucht geweest. Hij was niet alleen; iemand, een man met een nootbruin gezicht onder een bontmuts en een dikke jas aan, zat op de grond en bewoog een stuk karton op en neer om de vlammen aan te wakkeren. Er zaten nog twee andere gedaanten om het vuur, ook zij met mutsen op en in dikke winterjassen gehuld. De ene van hen had zelfs twee jassen over elkaar aan, terwijl de nacht toch niet koud was, eerder zwoel. De maan scheen nog steeds, maar was alweer aan het zakken. Hij stond als een contourloze witte vlek aan de hemel, halverwege boven de boomtoppen, zijn zwakke licht verstrooid door een brijige wolkenlaag, zonder tekening.

'Aha, daar hebben we hem eindelijk,' zei de man met het bruine gezicht. 'Maar waar is de hond?' De man sprak met een niet direct thuis te brengen, maar toch vertrouwd aandoend accent, zoals ook zijn verschijning hem dadelijk bekend voorkwam. Waar had hij hem eerder gezien? Van de twee anderen kon hij in het donker weinig onderscheiden; ze leken zich afzijdig te houden, degene met de twee jassen aan zat zelfs met zijn gezicht voortdurend afgewend, alsof hij er niets mee te maken wilde hebben, er niet eens wilde zijn.

'We wachten hier al een paar avonden op je, maar je vindt ons zeker geen aangenaam gezelschap. Lastig, hoor, dat je het hondje niet bij je hebt. Er zijn toch duidelijke afspraken over gemaakt, dacht ik.'

Asja komt eindelijk haar hond terughalen! was het eerste wat er door hem heen ging. *Zij heeft die drie mannen gestuurd.*

De man met het bruine gezicht wachtte zijn antwoord niet af en vervolgde: 'Er zit niets anders op dan dat we hem bij je thuis gaan ophalen. Gelukkig weten we de weg, zoals je hebt gemerkt. Misschien dat je ons nu alvast je huissleutel kan geven, straks vergeten we dat misschien nog.'

Hij wilde antwoorden dat hij de huissleutel niet bij zich had, maar op de een of andere manier kreeg hij het niet over zijn lippen; plotseling was hij bang dat hij zou verraden dat hij hem zoals altijd wanneer hij van huis ging op de balk onder de dakpannen van het schuurtje had gelegd.

'Nou, als je hem niet geeft, moeten we hem nemen,' zei de man na een afwachtende stilte, en het volgende ogenblik zaten ze met z'n drieën boven op hem, twee hielden hem in een houdgreep terwijl de derde, degene met de twee jassen aan, zijn zakken doorzocht. Het ging zo snel in zijn werk dat hij zich nauwelijks realiseerde wat er gebeurde, alleen dat de man met het bruine gezicht hem tijdens de korte worsteling een paar keer in het gezicht ademde en dat zijn adem zwaar naar de alcohol en de tabak rook, hoewel hij hem had zien roken noch drinken. Er was nog iets geweest wat hem een schok had gegeven, en dat was niet zozeer de opmerking van de man dat ze de weg wisten naar zijn huis, en ook niet het ongehoorde feit dat degene die hem fouilleerde hem bij het woelen in zijn broekzakken een keer, welbewust en met opzet, hard in zijn geslacht kneep – wat hem de echte schok bezorgde was dat hij tijdens de fouilleeractie opeens het parfum in zijn neusgaten meende te hebben dat hij de laatste weken vaker had geroken, te beginnen met de keer dat hij de vrouw op het perron had zien staan wachten en het hondje uit de bunker had bevrijd, dezelfde bunker waarvoor hij nu door drie onbekenden tegen de grond werd gedrukt. Lag de conclusie niet voor de hand dat zich onder de drie zijn onzichtbare belager van de laatste tijd moest bevinden, de plantomgooier, de nachtbeller, de voetstappenmaker en ga zo maar door, in zichtbare gedaante?!

Toen het de mannen duidelijk werd dat hij de waarheid had gesproken en de sleutel niet bij hem te vinden was, werd het zoeken gestaakt, overigens pas nadat degene die hem eerder had gefouilleerd nogmaals al zijn zakken had nagevoeld, waarbij deze niet vergat om opnieuw krachtig in zijn geslacht te grijpen, zodat hij van pijn met zijn gezicht in het zand sloeg. Terwijl hij de zandkorrels met zijn tong van zijn lippen likte en probeerde uit te spugen, hoorde hij de man met het bruine gezicht lachend zeggen: 'Je moet maar zo denken: zand schuurt de maag! Ja, het kan gebeuren dat we af en toe een beetje hardhandig met je omspringen. Jij bent wel de laatste om je af te vragen waarom.'

Hoewel hij het ondanks het accent heel goed verstond en ook het verholen dreigement in zijn woorden hem niet ontging, drong het toch niet helemaal tot hem door wat de man zei. Het was alsof de woorden uit de verte kwamen en deel uitmaakten van een zijverhaal, terwijl de hoofdgeschiedenis zich veel dichterbij afspeelde, onder zijn ogen of zelfs nog dichterbij, op de huid, misschien wel daaronder. Hij was geïntrigeerd en in verwarring door het parfum, waarvan hij de geur nog steeds in zijn neus had en dat hij toch duidelijk als een vrouwenparfum zou aanmerken. Of droegen mannen het ook? Tot op het moment dat hij het had geroken was hij er als vanzelfsprekend van uitgegaan dat degene die die geur bij zich had, de figuur met de twee jassen aan, degene die hem gefouilleerd had en die nu naast hem op de grond knielde, een man was. Diens gezicht had hij nog steeds niet gezien; niet alleen hield hij het voortdurend afgewend, het werd bovendien behalve door zijn muts bijna geheel bedekt door een geblokte bedoeïenensjaal, die alleen de ogen vrijliet.

'Overigens,' richtte de man met het bruine gezicht zich weer tot hem, 'dat je vanavond met lege handen bij ons aan komt zetten, niet alleen zonder hond maar ook zonder iets gezelligs om ons samenzijn te vieren, dat vinden we toch behoorlijk zuinig van je. Al hadden we het natuurlijk kunnen weten. Je hebt tenslotte een reputatie te verliezen wat dat betreft.'

Ze zaten weer bij het vuurtje zoals voorheen, hij nu tussen hen in. Hij voelde nergens pijn meer, er was alleen een dof gevoel in zijn geslacht. Wel kriebelden er nog zandkorrels op zijn gezicht, maar toen hij ze met zijn mouw weg wilde vegen, kon hij zijn armen niet bewegen. Hadden ze hem geboeid? De man met het bruine gezicht was het vuur weer beginnen toe te waaieren; opeens echter hield hij in plaats van het stuk karton een trekharmonica in zijn handen en begon er zachtjes op te spelen, of liever gezegd, hij liet zijn vingers over de toetsen gaan zonder dat er geluid uit het instrument kwam, alleen een toonloos geklak, of hoogstens, heel af en toe, een zuchtend fluiten. Nu kon hij de man ook thuisbrengen: het was de Oost-Europese accordeonspeler die geregeld voor de ingang van de supermarkt in het dorpswinkelcentrum te vinden was en met wie hij af en toe een groet wisselde. Deze wetenschap bezorgde hem echter meteen ook een slecht geweten: hij had de accordeonspeler in al die tientallen keren dat hij langs hem heen was gelopen nooit geld gegeven. Zinspeelde de man daarop toen hij het over zijn 'reputatie' had?

Overigens was het hem ook bij die gelegenheden voor de supermarkt al opgevallen in wat voor gammele staat het instrument verkeerde waar de man op speelde, en nu hij de tijd had om het ding goed te bekijken zag hij dat het er nog slechter aan toe was dan het op het eerste gezicht al had geleken: niet alleen was de balg op de vouwranden overal sleets, hij was op veel plaatsen ook al met hechtpleister gerepareerd; bovendien was de lak van het buitenwerk grotendeels afgeschilferd, terwijl bij diverse toetsen en knoppen het ivoor of been vergeeld en gebarsten was of zelfs helemaal ontbrak. Geen wonder dat er geen geluid meer uit het geval kwam!

Of het nu echter zo was dat hij alleen maar een paar loopjes had geoefend om zijn vingers lenig te maken, of dat hij de lucht nu iets krachtiger in en uit pompte, plotseling had de man het instrument aan het spelen, en de klank die hij eruit kreeg was bij lange na niet aftands of broos, maar krachtig en glaszuiver. Terwijl de accordeonspeler wanneer hij voor het winkelcentrum zat altijd de meest wezenloze westerse deuntjes afjengelde, klonk er dit keer onmiskenbaar iets Balkan-achtigs, tegelijk geladen en ontspannen, staccato, bijna elke tweede noot met trillers versierd. Het was een dans, je moest meebewegen of je wilde of niet, met een voet of een hand, al wist je door het Oost-Europese struikelritme nooit goed hoe. Even abrupt als hij begonnen was hield de accordeonspeler ook weer op; het snelle wijsje was blijkbaar niet meer dan een intro geweest want hij ging meteen door met iets anders, een langzamer, meer gedragen melodie, van dezelfde of een daarop lijkende onmogelijke maatsoort, des te meeslepender nu het tempo trager was. Na wat gekuch en schrapen van zijn keel begon de man erbij te zingen. De wederzijdse gêne die tijdens de eerste tonen merkbaar opkwam – bij de een omdat hij hem nog niet eerder had horen zingen, op zijn stek bij de supermarkt zong hij nooit; bij de ander omdat hij er zich blijkbaar van bewust was zoiets intiems als zijn zangstem voor het eerst aan deze toehoorder daar vlak naast hem bloot te geven – smolt snel weg toen de zanger op dreef raakte. Zijn ogen kregen de typische ingekeerde muzikantenblik, het onvaste verdween uit zijn stem, die tegelijkertijd krachtiger en inniger werd toen hij na een paar coupletten aan een serie uithalen begon, half geroepen, half gezongen, vermoedelijk zoiets als een refrein. Tot dusver had de toehoorder nog geen woord van het lied verstaan, maar nu meende hij tussen al die onbekende Slavische geluiden toch bekende klankcombinaties te horen, en toen de zanger voor de tweede maal bij dezelfde serie uitroepen was aangeland, wist hij het zeker: het was een opsomming van plaatsnamen: Banja Luka!, Bratunac!, Tuzla!, Bihać!, Zenica!, Sarajevo!, ving hij onder meer op, de namen trots en met tederheid uitgeroepen en -gezongen, de volgende nog smachtender dan de vorige, en de volledige serie telkens besloten met een jubelend: BOSNIA!

Het moest een loflied zijn op Bosnië, het gekozen vaderland van zijn dochter. Ondanks het taboe dat er voor hem op dat land rustte had hij toch vaak genoeg boven de kaart van dit Balkanstaatje gezeten om de topografie ervan enigszins in zijn hoofd te hebben. Waarom kwam de accordeonspeler juist met dit lied? Het kon bijna geen toeval zijn – de man moest wel weten wie hij voor zich had; niet alleen wist hij waar hij woonde en dat hij de baas was van het hondje, hij was bovendien op de hoogte van bijzonderheden uit zijn verleden.

Ondanks de op z'n zachtst gezegd weinig aangename situatie waarin hij zich bevond, en ondanks dat de bezongen plaatsen op misschien Sarajevo na geen beelden bij hem opriepen en hun namen eerder iets sinisters voor hem hadden omdat ze met voormalige oorlogstonelen verbonden waren, miste het lied zijn uitwerking niet op hem. Weliswaar was het cordon van vuur dat voor hem ooit rond het land Bosnië gelegen had ondertussen afgekoeld tot niet meer dan een ring van smeulende as, maar het gebied daarachter was even onbetreedbaar gebleven als altijd. Nu door het lied had hij de sensatie het land binnengetrokken te zijn en er met de zanger doorheen te reizen, en de van affectie vervulde trots waarmee deze hem langs zijn dierbaarste plaatsen leidde, maakte het ook voor hem invoelbaar dat hij van ze zou kunnen houden, zodat hij door verlangen werd aangegrepen ze met eigen ogen te zien.

Hij was niet de enige die door het lied werd geraakt. In de zangpauzes, waarin alleen het instrument klonk, werd een zacht snikken hoorbaar, eerst niet uit te maken van wie van de twee anderen het afkomstig was, dan, door het zichtbaar schudden van het bovenlichaam, met zekerheid toe te schrijven aan de derde aanwezige, degene die het verst bij hem vandaan zat, een tengere, al oudere man met grijze baardstoppels.

'Dit lied,' zei de accordeonspeler in de stilte na het laatste, extra lang en krachtig aangehouden 'BOSNIA!', waarin het sniffen van de derde man nog duidelijker werd, 'zong je dochter altijd wanneer ze optrad. Ze sloot er haar optredens telkens mee af, en de hele zaal stond dan op en zong en huilde mee. Jij hebt het haar nooit horen zingen, daarom doe ik het hier maar even voor je.'

Het sarcasme in zijn stem bij deze laatste woorden ontging hem niet, maar dat was niet wat de aldus toegesprokene in de eerste plaats trof, net zomin als hij er al te zeer door uit zijn evenwicht werd gebracht dat uit wat de man daarnet gezegd had de onontkoombare conclusie getrokken moest worden dat ze inderdaad alles van hem wisten. Ergens in een hoekje van zijn bewustzijn had hij hier steeds rekening mee gehouden, en in plaats van zich daardoor ontmaskerd of in het nauw gedreven te voelen, luchtte het hem op en voelde hij zich erdoor gesterkt: laat maar komen wat voor hem bestemd was, eindelijk – hij had er al te lang op moeten wachten.

'Je dochter zingt niet meer,' vervolgde de accordeonspeler; hij had zijn instrument weggelegd en pookte in het vuur. 'Op een avond begaf haar stem het, en sindsdien heeft ze niet meer opgetreden.'

Hoewel hij serieus probeerde te luisteren, bleef het toch zo dat hij de woorden als van een afstand hoorde, alsof de man binnen in de bunker zat en niet vlak naast hem. Of hij wilde of niet, zijn aandacht ging vooral uit naar de gedaante met de twee jassen aan en de sjaal om zijn hoofd, degene bij wie hij het parfum vermoedelijk had geroken, alsof van deze persoon het gevaar kwam, eerder dan van de zanger. Gevaar was eigenlijk niet het goede woord, als je daar tenminste fysieke dreiging mee bedoelde; want hoewel hij zijn geslacht nog steeds voelde, hoefde hij bij deze figuur niet in de eerste plaats voor zijn lijf en leden te vrezen, daar was hij op de een of andere manier zeker van. Vanwege het parfum? Alsof parfumgebruik en geweld elkaar uitsloten! Zijn ogen registreerden niets bijzonders toen hij ze over de gestalte met de sjaal liet glijden; de jassen die deze droeg waren sekseneutraal, de broek evenzo, de schoenen waren gewone sportschoenen, zij het ook van een kleinere maat dan de zijne. Klein genoeg om in de voetafdrukken destijds in het bedauwde gras te passen?

'Kijk me aan als ik tegen je praat!' snauwde de man terwijl hij zijn kin vastpakte en zijn hoofd dwingend naar zich toe draaide, alsof hij een kleine jongen bestraffend toesprak. 'Ik heb het over je dochter die je al ik weet niet hoe lang geleden voor het laatst hebt gezien, en je luistert nauwelijks naar wat ik zeg. Ik begin te begrijpen waarom ze heel lang tegen ons heeft volgehouden dat ze geen vader en geen moeder meer had. Haar ouders waren verongelukt, vertelde ze altijd, 's nachts met de auto van de weg geraakt, in een vaart terechtgekomen en verdronken. Wij geloofden haar, vooral vanwege dat "vaart", waar bij ons geen woord voor is en dat daarom zo waarachtig klonk.' De Oost-Europese accordeonspeler sprak het uit met een lange donkere a en een rollende r, op zo'n manier, dat werkelijk heel even het zwarte water van een koud polderkanaal zich als een kille hand om je sloot.

'Later kwam uit dat jullie allebei nog leefden, en dat niet alleen: jullie leefden zelfs weer samen!' ging de man verder. 'En daarbij beeldde je je ook nog in dat jullie hereniging de zegen had van je dochter – weet je nog, in die treincoupé, toen jullie tweeën terugkwamen van jullie afscheidsbezoek aan De Bosrank en jij geloofde dat je verdwenen dochter als een cupido boven jullie zweefde? Wat een gotspe! In werkelijkheid, toen ze via via het nieuws hoorde – we zaten te eten in het restaurant waar we 's avonds op zouden treden – trok al het bloed uit haar gezicht weg. Ze legde haar mes en vork neer, schonk haar glas vol, stond op en bracht een toast uit op haar vader en haar moeder. Ik zal haar woorden hier niet herhalen, ik wil alleen zeggen dat ik niet graag in de schoenen zou staan van degenen tot wie deze heilwens gericht was. Daarop dronk ze het glas in één keer leeg en gooide het vervolgens op de grond aan scherven. Ik kan het me niet precies meer herinneren, maar het was geloof ik op diezelfde avond dat ze haar stem kwijtraakte, of anders op een van de avonden daar vlak na.'

De accordeonspeler zweeg en boog zich weer over het vuurtje, waar hij een paar denappels op legde, zodat het eerst rookte en toen helder opvlamde van de hars, die door de hitte sissend uit de schubben werd gedreven alvorens als vluchtig gas te ontbranden. De man had zijn kin inmiddels allang weer losgelaten, en als vanzelf was zijn hoofd weer naar de gedaante met de twee jassen toegedraaid. Deze hield zijn gezicht nog steeds afgewend, maar er was een kleine verandering in zijn houding gekomen, alsof hij zijn rug had gerecht. Naast hem was de derde opgehouden met sniffen en zat voor zich uit te staren. In het schijnsel van het opflakkerende vuur zag hij nu dat de man met de stoppelbaard een bierfles, van een niet eerder gezien model en merk, in zijn handen had, waar hij met zijn nagel het etiket van af aan het krabben was. Toen, alsof de woorden van de accordeonspeler hem op een idee hadden gebracht, zette hij met een plotselinge, rukkerige beweging de fles aan zijn mond, dronk in één teug wat er nog in zat op en smeet de lege fles, een onverstaanbare verwensing mompelend, met kracht tegen de bunkermuur, waar hij met een dof gerinkel, als was de fles van ijs in plaats van glas, uiteenspatte. Het was het geluid dat hij onderweg had gehoord, toen hij de grote vogel was tegengekomen. Een ogenblik later had de man eenzelfde fles in zijn handen, een volle, de kroonkurk spuwde hij naast zich uit in het zand. Daarop pakte hij diezelfde kroonkurk weer op en drukte hem niet ver daar vandaan met zijn duim in de grond, de bolle kant boven. Nu pas merkte de gast op dat er nog veel meer lagen op die plek, tientallen, en ook allemaal op dezelfde manier in het zand gedrukt, met de bolle kant naar boven – ja, het leek in het flakkerlicht wel of de kroonkurken in een bepaald patroon lagen, of ze een figuur, of meerdere figuren vormden! Waren het cijfers? Letters?

De twee anderen hadden niet op- of omgekeken toen de bierdrinker zich op deze rigoureuze wijze van zijn lege fles had ontdaan, blijkbaar waren ze het van hem gewend.

'Waarom ben jij je dochter eigenlijk nooit gaan zoeken, ik bedoel, ter plekke?' vervolgde de accordeonspeler na een korte stilte, terwijl hij opkeek van het vuur, dat alweer aan het inzakken was. 'Al had ze het er niet over, je kon merken dat het haar geweldig stak dat jij en haar moeder nooit naar Bosnië zijn gekomen. Ja, ik weet wat je daartegenin wilt brengen, en je hebt ook gelijk dat ze niet wilde dat ze gevonden werd, maar dat betekende niet dat ze niet gezocht wilde worden.

'Toen ze niet meer zong verloor je dochter steeds meer de zin in het leven,' ging de accordeonspeler verder. 'Ze begon te drinken, werd eerst dik, een tijdje later, toen ze ook drugs ging gebruiken, weer dun, steeds dunner, totdat ze op het laatst broodmager was. Wij hadden niet in de gaten dat ze zichzelf willens en wetens aan het ombrengen was. Ze verspreidde een steeds penetranter wordende geur om zich heen, het was de geur van de dood, maar ze strooide ons zand in de ogen doordat ze er altijd tot in de puntjes verzorgd uit bleef zien. Nooit had ze iets kapots of smoezeligs aan, ze had geen tand meer in haar mond, maar haar kleren leken zo van de stomerij te komen, haar nagellak leek altijd een minuut geleden opgebracht, zelfs haar schoenen vertoonden nooit een smetje. En dat terwijl ze zich steeds vaker in het stadspark ophield, ook 's nachts, en de bosjes in ging met wie het maar wilde. Ik hoef je niets te vertellen, je hebt haar gezien.

'Op een dag verscheen ze ook daar niet meer. Wij waren toen al een tijdje het contact met haar verloren, we wisten niet waar ze woonde, we vermoedden dat ze in een van de kapotgeschoten flatgebouwen huisde die er sinds de oorlog nog overal in de stad stonden, en waarin je als het donker was achter de met plastic dichtgemaakte raamgaten soms een lichtschijnsel zag bewegen. Toen we haar daar gingen zoeken en uiteindelijk ook vonden, moest ze al dagen dood hebben gelegen. Ze lag op een matras in een kale kamer, als opgebaard, op haar rug en met verstrengelde handen, in haar mooiste kleren, haar gezicht zorgvuldig opgemaakt, tussen opgebrande kaarsen en verwelkte bloemen.

'Naast haar lag een brief, en we hebben haar begraven volgens de instructies die ze daarin gaf, je hebt de foto van haar graf gezien. Dat was trouwens het enige waarbij we tegen haar wensen zijn ingegaan, want in haar brief had ze uitdrukkelijk gevraagd haar ouders niet van haar dood op de hoogte te brengen.'

De accordeonspeler had blijkbaar zijn verhaal verteld. Hij zweeg, pakte zijn instrument weer op en bewoog zijn vingers over de toetsen en knoppen, net als in het begin zonder geluid. In de stilte klonk alleen het sissen en knetteren van de vlammen, die blauw en geel langs de takken lekten. De derde man staarde voor zich uit, bracht van tijd tot tijd zijn bierfles aan zijn mond en pulkte tussendoor verder aan het etiket. Geen van hen keek naar hun gevangene, toch voelde hij dat ze alle drie iets van hem verwachtten, een uiting van verdriet nu hij de dood van zijn dochter bevestigd had gekregen. Hij kon echter het gevoel niet van zich afzetten dat ze het over iemand anders hadden en bespeurde bij zichzelf alleen een abstract en algemeen soort machteloosheid tegenover de hardheid van het bestaan. – Geloofde hij dan net als Asja dat hij zijn dochter eens terug zou zien? Nee, daar geloofde hij stellig niet in. Maar met even grote stelligheid kon noch wilde hij geloven dat hij haar nooit meer terug zou zien. Hij had de sensatie dat hij daar bij dat vuurtje zat in een glanzende wapenrusting waar alle slagen op afketsten waarmee het lot op hem inbeukte, ongeveer zoals indertijd, toen hij op dat smalle studentenbed zijn huid ondoordringbaar had voelen worden voor de vernietigende woorden die Asja op hem afvuurde na hun eerste vereniging.

Misschien vond de tweede, degene met de twee jassen aan, dat er genoeg gewacht was, of duurde de stilte hem te lang, of was hij gewoon aan de beurt: heel langzaam draaide hij zich naar hem toe, zette zijn muts af en begon de bedoeïenensjaal van zijn hoofd te wikkelen, die zo lang was dat er geen einde aan leek te komen. En terwijl bij elke afgewikkelde slag de parfumgeur sterker werd, leek het gezicht dat zo strookje voor strookje onder de sjaal vrijkwam voortdurend andere trekken aan te nemen. Het was vreemd, maar de ene keer dacht hij er de vader van Asja in te herkennen zoals hij glad en jong op de foto stond vroeger op de schoorsteenmantel in de flatwoning van de familie, dan weer zijn eigen moeder enkele uren nadat ze gestorven was en haar gezicht dat van een man was geworden; het volgende moment verzachtten de trekken zich weer en verscheen er de paardrijdster in, overgaand in die van Olga, Asja's zuster; soms ook was het een gezicht dat hij kende maar niet kon thuisbrengen, en dan weer was het een volslagen onbekende; een moment lang leek het zelfs de snuit van een dier, met de stekende ogen van een dier. De heimelijke vrees die hem beving dat het toch Asja zou blijken te zijn die zich onder de sjaal verborg, of zelfs – ijskoude angst – Marie, werd tot zijn onuitsprekelijke opluchting niet bewaarheid, want het bolronde, witbleke gezicht met de ver uiteenstaande zwarte ogen, de korte, rechte neus en de dunne mond dat uiteindelijk onder de doek vandaan kwam, had hij nooit eerder gezien. Het was geen jong gezicht, maar ook niet oud; je kon het geen mooi gezicht noemen, maar het was ook niet lelijk; het kon van een man zijn, maar ook van een vrouw; het drukte sympathie noch afkeer uit, opwinding noch kalmte, opstandigheid noch berusting, haat noch liefde, intelligentie noch domheid, gretigheid noch apathie, nieuwsgierigheid noch desinteresse; het stond volkomen onbetrokken, vlak, effen, neutraal, of hoe je de uitdrukking, of eigenlijk de afwezigheid van enige uitdrukking, verder nog kon omschrijven. Er ging door hem heen dat hij eerder in zo'n expressieloos gezicht had gekeken, nog pas kort geleden – het was het kalkwitte gezicht dat de maan hem had toegekeerd toen hij op het Lange Zand had proberen te slapen!

En dichter en dichter kwam het gezicht naar het zijne, hij trok zijn hoofd terug, steeds verder terug, totdat zijn achterhoofd de grond raakte en het niet verder meer kon. Hij lag op zijn rug en kon zich niet bewegen, het leek of er tien paar armen om zijn borst werden geklemd. Het gezicht was nu boven hem, en het kwam almaar dichterbij en het werd almaar groter en groter. Het was nu zo dichtbij dat het zijn sfeer binnenbrak, hij zag alleen nog, zijn hele blikveld vullend, dat vollemaansgezicht, waarin ogen, neus en mond langzaam hun vorm verloren en tot donkere vlekken uitvloeiden. En nog altijd was het hem blijkbaar niet dicht genoeg genaderd, want het bleef zich naar hem toe bewegen, steeds naar hem toe, totdat hij de warmte op zijn huid voelde. Maar nee, het was niet de warmte van dat andere gezicht, het was zijn eigen warmte die door het andere gezicht werd teruggekaatst, om het volgende moment overstemd, tenietgedaan, verzwolgen te worden door een koudestroom die uit een ijsgrot leek te waaien. De mond was beginnen te spreken, tegen hem, de woorden werden een voor een in zijn gezicht gesproken, hij lag in een houdgreep en kon er niet onderuit om te luisteren:

'Toen je vrouw een keer vroeger dan gewoonlijk van haar lesgeefdag op school thuiskwam, het was na jullie hereniging, jullie woonden alweer een tijdje samen, trof ze jou aan de keukentafel, aan het eten. Je had een restje van de vorige dag warm gemaakt of misschien iets vers gebakken of gebraden, er stond een kom sla, brood en een glas wijn naast je bord, je liet het je smaken. Als je van je bord zou hebben opgekeken op het moment dat zij de keuken binnenkwam, had je haar letterlijk kunnen zien terugdeinzen – alsof iets onzichtbaars haar naar de keel vloog. En zo was het ongeveer ook. Want wat ze op dat ogenblik zag was voor haar zo stuitend, zo volstrekt weerzinwekkend, dat haar lichaam als het ware weigerde aan te nemen wat haar ogen zagen en achteruitweek, als een springpaard dat weigert voor een hindernis. Toen jullie er later over kwamen te spreken, wilde jij haar doen geloven dat jouw rijk gedekte lunchtafel een blijk van erkentelijkheid was jegens het leven, een eerbetoon. Maar voor haar was het precies het tegenovergestelde, voor haar was het geen viering, maar een bezoedeling van het leven, een brute schending. Ze zag jou jezelf *te goed doen* aan het leven, als een aaseter die zich te goed doet aan een karkas. Voor haar zat daar niet iemand die gaf, maar iemand die *nam*, enkel *nam*. Eensklaps, alsof er iets weggeschoven werd waarachter die al die tijd verborgen was gebleven, werd haar de waarheid omtrent jou, de man met wie ze zo'n tijd had samengeleefd en met wie ze nu weer opnieuw samenleefde, onthuld, en door deze waarheid kwam alles wat zij tot dan toe over jou had gedacht en gevoeld in een ander licht te staan. Voor het eerst zag ze jou niet als haar in de grond van de zaak goedwillende, zij het ietwat onhandige, meestal echter meegaande en als het erop aankwam bespeelbare, beheersbare metgezel en tegenspeler, maar herkende ze jou als een los van haar bestaande, eigenstandige en eigenwillige persoon. En deze persoon was niet alleen maar een organisme, een lichaam, een wezen dat onafhankelijk van haar bestond, hij vormde een kracht, en wel een *tegen*kracht, waarmee ze, dat begreep ze toen plotseling, al meer dan een half leven lang in een gevecht was gewikkeld. En niet zomaar een gevecht – toen ze jou daar aan de keukentafel zo stuitend zag eten, werd het haar duidelijk dat het al die tijd een gevecht op leven en dood was geweest, omdat die kracht, die tegenkracht die zij in jou herkende, op haar ondergang, op haar vernietiging, haar annihilatie uit was. Dat je op dat moment juist een stuk vlees in je mond stak, had zeker iets te maken met dat plotselinge inzicht – zoals jij op dat moment een dier aan het verslinden was, zo verslond je ook haar, je vrouw, hapje voor hapje, van binnenuit, en je was daar al jaren mee bezig. Opeens viel alles op zijn plaats, al die momenten en incidenten, al dat geharrewar en gebakkelei van jullie leven samen, heel die warboel met zijn tot dan toe ondoorgrondelijke patroon – alsof uit een lukrake verzameling punten plotseling een figuur opdoemt.'

De mond sloot zich, de koude viel weg. In de stilte klonk glasgerinkel, met dezelfde doffe, ijsachtige klank als eerder. De derde man had weer een bierfles tegen de bunkermuur gegooid en vloekte, alsof dat zijn manier was om zijn instemming te betuigen. Toen het gezicht weer begon te spreken, kwam ook de koudestroom weer op gang; tegelijk voelde hij de omklemming waarin hij lag vaster worden, een fractie, maar onmiskenbaar.

'Alles veranderde voor je vrouw in één keer van aspect. Alles. Dat ze jou als zelfstandige persoon zag betekende tegelijkertijd dat ze ook zichzelf als zodanig zag, en op hetzelfde moment maakte haar leven zich los van het jouwe, ontwarde zich uit het jouwe, de gemengdkleurige kluwen van daarvoor scheidde zich in twee draden van een duidelijk te onderscheiden kleur, jouw donkere, haar lichte. Zo konden de twee draden gevolgd worden, gevolgd, uiteengehouden en de diverse knopen erin ontward, tot helemaal terug naar het begin. Zo deed ze het toen in die keukendeur, en zo doen we het nu.'

De accordeonspeler, die zich opzij had gebogen om te luisteren, ging weer rechtop zitten en produceerde een paar fanfareachtige tonen op zijn instrument, luid, schel, triomfantelijk. 'Ja, zo doen we het nu!' riep hij, en de derde man viel hem bij: 'Nu! Nu!' Nog voordat de twee mannen uitgespeeld en uitgeroepen waren sprak de mond alweer, eerst met stemverheffing, als om de twee het zwijgen op te leggen, even later, toen de anderen stil geworden waren, weer overgaand op de vlakke murmeltoon van daarvoor:

'Laten we bijvoorbeeld eens dat voorval bij de kop pakken helemaal uit jullie begintijd, een gebeurtenis die naar je zegt een wond heeft geslagen bij jou, een wond waarvan het litteken tot op de dag van vandaag zichtbaar zou zijn en waar je te pas en te onpas mee komt aanzetten, het maakt niet uit of je het je vrouw voor de voeten gooit of dat je het in een kuiltje in de grond fluistert of van de daken schreeuwt. Waar het hier om gaat is dat beruchte voorval van die eerste keer, jullie eerste keer, die nacht na jullie spoelkeukenwerk met aansluitend het dancingbezoek, toen je bleef slapen in dat smalle bed op je toekomstige vrouws studentenkamertje en zij tegen je zei, jullie omhelzing was bij wijze van spreken nog niet koud, dat ze nu zeker wist dat ze niet van je hield. Steevast haal je deze gebeurtenis aan als een illustratie van je vrouws onbetrouwbaarheid, onberekenbaarheid, haar nietsontziendheid zelfs, en over het hoofd van je vrouw heen slinger je dat verwijt eigenlijk naar alle vrouwen. Maar pas als we jullie twee levensdraden in deze verknoping precies nagaan en proberen uit elkaar te houden, krijgen we het volledige verhaal. Nooit heb je het bijvoorbeeld over de nachten daaraan voorafgaand, waarin je achter haar lag en zij de hele nacht jouw slapeloze opgewondenheid kon voelen, dwars door alle lagen dag- en nachtkleding heen waarmee jullie in bed lagen, een opgewondenheid die je nooit uitsprak en uit alle macht probeerde te verhullen, maar die daardoor des te broeieriger, des te zeurender, ja, des te drammeriger werd. Er ging van dat mannenlichaam daar achter haar in het donker een aandrang uit waarvan ze wist dat ze die op den duur niet kon weerstaan, meer nog, dat het zelfs des te bedreigender en gevaarlijker werd hoe langer ze die weerstond. Zodat het in feite een vlucht naar voren was toen je latere vrouw jou tot zich toeliet, of zoals zijzelf het zou uitdrukken: jou dicht bij zich liet komen, of zoals jij het bij voorkeur ziet: jou nam – om die spanning die er in dat kamertje hing en die zo gevaarlijk hoog was opgelopen maar tot ontlading te laten komen, en wel gecontroleerd tot ontlading te laten komen. Zij kon jou onder geen beding de overhand laten krijgen, ze zou in de withete brand die er dan ontstond worden verteerd. Precies om die reden was het ook dat ze daarna die beruchte woorden sprak, namelijk om de zaak nog verder af te blussen, en niet zozeer omdat jij er niets van bakte, zoals jij, ijdel mannetjesdier, in je gekwetstheid aannam. In het geheim was ze je zelfs dankbaar voor je gestoethaspel; het stelde haar in staat haar voorsprong op jou te behouden.'

De twee anderen waren weer stil geworden. Hij voelde zijn gezicht steeds weer verstijven onder de woordenstroom uit de mond boven hem; de rest van zijn lichaam leek echter onder de druk zelfs warmer te worden.

'Een vlucht naar voren, ja, daarmee zou je het hele leven van je vrouw met jou wel kunnen typeren. Dat is vanaf het allereerste begin al zo geweest, al had ze het zelf nauwelijks in de gaten, en jij nog minder. Dat vluchten was in feite al begonnen vóór haar zuster Olga's verjaardag in De Bosrank, het moment waarop jij jullie verbintenis laat aanvangen. Het begon namelijk al in de flatwoning van de moeder, waar jij toen via je vriend en Olga over de vloer begon te komen. Daar ontmoette jij je toekomstige vrouw, die in de stad op de academie zat en nog maar af en toe naar huis kwam, voor het eerst. Maar je durfde toen nauwelijks naar haar te kijken, zo bleu was jij, schooljongen nog, in haar aanwezigheid. Je kon je nieuwsgierigheid echter niet aldoor bedwingen, en als je dacht dat zij het niet zag keek je af en toe toch. Zij voelde jou kijken, maar ze negeerde het, want zij, met haar koolzwart opgemaakte ogen en in haar artistieke kunstacademiekleren, kon zich toch niet verwaardigen op de blikken van de eerste de beste melkmuil in te gaan, een *jongetje*, bovendien eentje met, toppunt van kleinburgerlijkheid, een stropdas om. Maar je werd opgemerkt, en je blik werd gevoeld. Later, bij dat eerste samenzijn in De Bosrank dan, waar je je ogen niet van haar af kon houden, en al helemaal niet meer toen je je blikken beantwoord waande, was ze al voluit voor je op de vlucht. Jij wist het alleen niet, omdat je het te druk had met je gevoelens van kleinheid en minderwaardigheid te koesteren, zoals je je leven lang hebt gedaan. Heb je er eigenlijk een idee van met wat voor blik jij kunt kijken? Waarmee je toen keek? Op dat moment was het in ieder geval zo, dat terwijl jij dacht dat ze de ongenaakbare speelde, ze zich in werkelijkheid uit alle macht moest afschermen tegen die brandende blikken van jou, om niet binnen de kortste keren te smelten.'

De mond zweeg, even werd de koude weggenomen. De druk van de armen echter bleef en maakte hem op een eigenaardige manier van zijn lichaam bewust. Voelde hij zich daarstraks tijdens het verhaal van de accordeonspeler nog in een ondoordringbaar pantser gehuld, nu was het alsof hij helemaal geen buitenkant meer had en een en al binnenkant was geworden. Bij het inademen werd hij niet alleen zijn ribben gewaar, maar ook zijn longen daarachter, hoe de lucht met moeite instroomde en bijna meteen niet verder kon en werd teruggeduwd door een grotere druk. Ergens daartussen klopte zijn hart, ietwat benauwd, ietwat kleintjes, naar het hem toescheen, zoals ook het ruisen van het bloed in zijn oren iets gejaagds had. Verder naar onderen voelde hij heel duidelijk de twee drukpunten van zijn heupbeenderen, en in de kom die ze vormden lagen zijn ingewanden, ook die enigszins in de verdrukking, met name zijn blaas, wat hem een lichte aandrang tot urineren bezorgde. De mond opende zich weer:

'Waar je vrouw achteraf bittere spijt van heeft gehad is dat ze jou toen dat visrestaurant waar ze werkte heeft binnengehaald. Hoe anders had haar leven kunnen verlopen als ze bij je uit de buurt was gebleven! Maar ze had je een tijdje niet gezien, ze was misschien vergeten hoe ze op je blikken reageerde, of misschien nam ze het te luchtig op, dacht ze dat ze jou wel de baas zou blijven. En in het begin leek dat ook zo. Het bleue spoorstudentje dat jij toen was had aanvankelijk de grootste moeite om zich daar in de heksenketel van die restaurantkeuken staande te houden, en was zij er niet geweest, jouw latere vrouw, dan had je het er zeker niet gered. Maar daar was ze, je baken in die spoelkeukenbaaierd, je oriëntatiepunt, je oogcontact, je blikrichtingbepaler – en kijken deed je, des te meer toen je na verloop van tijd dan toch op eigen benen ging staan. Daar tussen de dampende afwasmachines en de altijd lopende kranen van de spoelbakken begon toen je blikkenbombardement pas echt, en je blikken werkten als de bekende waterdruppel die de steen uitholt, maar dan sneller. In jouw ogen waren de glibberige spoelkeukentegels een spiegelende dansvloer geworden waarop jouw keukenprinses danste, soeverein, onaantastbaar, het onbereikbare idool van het gehele mannelijke restaurantpersoneel – in werkelijkheid echter waren het jouw brandende blikken die haar van hot naar her over de spoelkeukenvloer joegen en die haar uit pure nood deden flirten met elke kok en kelner die erop in wilde gaan. Ze had het alleen niet in de gaten! Nog niet!'

De mond liet een zucht ontsnappen, de druk verslapte iets, werd dan weer steviger.

'En nog minder had jij het in de gaten. Net zomin als je er conclusies aan verbond dat jouw prinses in die dancing waar jullie na het werk naartoe gingen wel met andere mannen danste – jij was immers geen danser – maar vroeg of laat altijd weer bij jou aan je tafeltje of aan de bar terugkwam. Zo begon zich toen al af te tekenen wat later pas duidelijk zou worden: terwijl jij – en ook zij – dacht dat jij haar gevangene was, was zij dat in werkelijkheid van jou. – Waarom? Wat hield haar dan gevangen? Wat was het in dat groene spoorstudentje, dat *jongetje*, wat haar boeide?

'Als je het haar gevraagd zou hebben, zou ze er geen antwoord op hebben weten te geven, ze zou zelfs ontkend hebben dat het zo was. Eigenlijk had ze toen helemaal geen bewuste mening over jou, noch een gunstige, noch een ongunstige. Jouw aanwezigheid bracht in haar niets teweeg, niets positiefs, maar ook niets negatiefs, er kwam in jouw nabijheid alleen een soort kalmte over haar, die ze als prettig ervoer, maar die ze ook had kunnen zien als een soort vacuüm, een soort verlamming; in jouw aanwezigheid raakte ze in een staat die je zou kunnen omschrijven als een levende dood, zoals waar de gastheer van sommige eitjesleggende parasieten in raakt, die door de uitgekomen larven levend wordt leeggevreten. Zodra jij echter niet meer in haar buurt was, keerde ze om zo te zeggen weer tot de levenden terug, en dat niet alleen: ze was jou en jouw indringende aanwezigheid ook meteen vergeten, je werd voor haar onmiddellijk weer zoiets als een goede kennis, die je niet mist als je hem niet elke dag ziet. Daarom kon het ook zo gemakkelijk komen tot wat jij pathetisch "de eerste breuk" noemt, die voor haar echter niet meer was dan "elkaar een tijdje niet zien", zonder dat daar ook maar een flintertje van de pijn mee gepaard ging die jij daar blijkbaar bij voelde.

'Toen je toekomstige vrouw jou na dat jaar of zo weer zag, op dat feestje waar jij na afloop je dronkemanstranen zo overvloedig liet stromen, 's nachts over straat tussen twee van je kompanen in waggelend, was ze niet voor niets al heel snel na jullie begroeting weer vertrokken. Ze liet niets merken, maar op het moment dat ze jouw blik weer op zich voelde rusten, herinnerde ze zich jou op slag weer, dat wil zeggen, niet zozeer jou als verschijning, want die was ze niet vergeten – hoefde ze ook niet te vergeten omdat die haar niet zoveel deed – maar ze herinnerde zich jou als tegenwoordigheid, presentie, en wat deze bij haar teweegbracht. Onder jouw blik voelde ze meteen dat vacuüm weer in zich ontstaan, voelde ze die eigenaardige verlamming weer over zich komen, en ze vroeg zich af of dit dan toch liefde moest zijn. – Gold ook in dit geval dat de vraag stellen hem beantwoorden was? Hoe het ook zij, haar overtuiging dat wat er tussen haar en jou bestond *geen* liefde kon zijn, werd aan het wankelen gebracht. Ze had er opeens spijt van dat ze niet langer op dat feestje was gebleven, en wachtte op een gelegenheid om haar twijfels weggenomen te zien worden dan wel bevestigd te krijgen. Die gelegenheid kwam op de dag dat jij je meerderjarigheid vierde, in De Bosrank, haar moeders weekendhuis, waar ze als een goede en boze fee tegelijk op je partijtje verscheen – een goede fee voor jou, een boze voor haar zuster Olga en de anderen, die ze tot de laatste man en vrouw wegjoeg, zodat jij en zij alleen achterbleven. Haar onverwachte komst daar overdonderde je; je moest wel geloven dat het een omslag was in jullie verhouding. Voorheen was het altijd zo geweest dat jij naar haar toe kwam, ditmaal kwam zij naar jou toe, en je kon je geluk niet op. Jij besefte niet dat haar naar jou toe komen geen ja tegen jou inhield, maar net zo goed onderdeel uitmaakte van haar vlucht naar voren, zoals eerder toen ze jou tot zich toeliet in haar stadskamertje, of later toen ze zwanger van je raakte.

'Voor het eerst stelde jouw toekomstige vrouw zich bij die gelegenheid bloot aan je verliefdheid in haar volle omvang, willens en wetens, ongeveer zoals je je vrijwillig bloot kunt stellen aan een experiment. Ze was er vast van overtuigd dat dit experiment zou slagen, dat wil zeggen, dat het definitief aan het licht zou brengen dat er in jullie samen geen toekomst zat. Ze vergiste zich, en het was niet de eerste keer dat ze zich op jou, op de kracht die jij belichaamde, verkeek. Ze had op die verjaardagsnacht afscheid van je willen nemen, eens en voor al, met zichzelf als afscheidsgeschenk. Zo had ze het zich voorgesteld. Maar het liep anders, ze wist zich niet afdoende tegen de hittestraling van je verliefdheid te beschermen, iets van de gloed daarvan stak ook haar aan.'

Nog steeds dronk hij elk woord uit de mond van degene boven hem in, en elk woord was koud als ijswater, waaronder zijn ziel samenkromp. Tegelijkertijd echter werd hij zich meer en meer bewust met wat er met zijn lichaam gebeurde. Was zijn lichaamsbewustzijn onder de aanhoudende druk van de armen om zich heen eerst naar binnen gegaan en scheen het daar als een onzichtbare lamp een voor een zijn organen aan, nu begon dit bewustzijn langzamerhand weer naar de buitenkant te verhuizen, nestelde zich net onder zijn huid en maakte die tot een extra gevoelige oppervlaktelaag. Zo fijngevoelig inderdaad dat hij alle contactpunten even duidelijk gewaarwerd als wanneer hij geen kleren aangehad zou hebben.

'Nee, zij was haar anticonceptiepillen niet vergeten in te nemen tijdens die week van jullie samen in De Bosrank,' ging de stem verder. 'Dat probeerde ze je wel op de mouw te spelden, maar daar keek zelfs jij meteen al doorheen, en je deed alleen maar alsof je haar geloofde. Diep in je binnenste was je er namelijk nogal verguld mee dat ze een kind van je wilde; in je onnozele optimisme zag je in een kind een bondgenoot, die de band met haar zou helpen verstevigen en bestendigen. Vreemd genoeg gold voor je aanstaande vrouw iets dergelijks. Zij wilde een kind van je, speciaal van jou, in een poging datgene in jou naar boven te brengen wat jij haar met je verliefdheid had voorgespiegeld, wat ze in je verliefde ogen als belofte had gezien, maar welke belofte je tot dusver niet had ingelost.

'Ook van die kant bekeken was deze stap weer een vlucht naar voren, al was ze zich van dit laatste aspect niet bewust. Veel duidelijker was dit het geval als je er niet zozeer een poging van haar kant in zag om jou te binden of uit te dagen, als wel een poging om je af te schudden, een ultieme. Dat speelde zeker mee. Want er bestond een reële mogelijkheid dat jij geen kind wilde, dat je voor de verantwoordelijkheid van een kind terugschrok en dat je daarmee ook haarzelf opgaf, de aanstaande moeder, dat je je achtervolging opgaf, ten langen leste.

'Het is tekenend dat er geen trouwfoto's van jullie bestaan. Geen foto van een stralende bruid die in haar bruidsjapon het ouderlijk huis verlaat en in de koets of in de oldtimer met de bruidegom stapt waarmee het paar naar het stadhuis wordt gereden. Ook niet van de ringen die om elkaars vinger worden geschoven, of van de kus nadat het huwelijk voor gesloten is verklaard. Zulke foto's zijn er niet om de eenvoudige reden dat er van bruidsjapon, oldtimer of ringen helemaal geen sprake was. Jullie zijn nog net niet in je spijkerpak op de fiets naar het gemeentehuis gegaan, maar daarmee waren jullie concessies aan wat jullie toen in jullie jeugdige minachting voor de vormen de "burgerlijkheid" noemden ook meteen uitgeput. Er bestaan wel foto's van de bruiloftsreceptie daarna, maar die zouden op elke receptie genomen kunnen zijn, op niet één ervan staan jullie er als paar op, laat staan als bruidspaar. Ook dat is tekenend, al zagen jullie dat toen anders.

'Nee, een paar zijn jullie nooit geworden, niet op jullie trouwdag, en ook later niet. Nooit heeft men er jou bijvoorbeeld op kunnen betrappen dat je, als je het over je vrouw had, "mijn vrouw" zei, zoals zij het nooit over haar lippen kon krijgen om "mijn man" te zeggen als zij over jou sprak. Oppervlakkig gezien kwam ook dit voort uit dedain voor de vormen, maar wat jullie toen nog onvoldoende wisten was dat inhoud niet alleen vorm, maar vorm net zo goed inhoud bepaalt: het vermijden van de aanduiding "mijn man" of "mijn vrouw" sanctioneerde als het ware een dieperliggende remming, een weigering om de ander én jezelf als zodanig te aanvaarden. Noch voor haar, noch voor jouzelf was jij haar man, zoals zij noch voor jou noch voor haarzelf jouw vrouw was.

'Het dichtst bij een tweezaamheid kwamen jullie in de tijd rond de geboorte van het kind, op het eind van haar zwangerschap tot vlak na de bevalling. Zo heb jij dat ervaren, en zo ervoer zij dat ook. Jij zegt van die periode dat er een soort zachtheid over je vrouw kwam die tot in alles doordrong, ook tot in jou. Maar kon het ook niet zo zijn dat je die zachtheid toen eindelijk tot je toeliet, doordat je even niet op je defensie lette? Want niet alleen zij dacht als een schaker altijd een paar zetten vooruit, ook jij was zo'n vooruitdenker, altijd op je hoede, altijd op het ergste voorbereid. Alleen toen blijkbaar niet, voorbijgaand.

'Als jullie samen al nooit een twee-eenheid waren, hoe kon je dan hopen dat jullie met het kind erbij een drie-eenheid zouden worden? Ook de moeder had zich misrekend, ook zij had haar hoop op het kind gesteld, om net zulke verkeerde, oneigenlijke redenen. Zij kwam er al snel achter dat een kind, zodra het er eenmaal is, zodra het geen woord meer is maar vlees is geworden, zijn eigen levensdrijfveren heeft en zich niet zomaar laat inpassen in andermans strategie, zelfs al is die ander zijn moeder of zijn vader. Toen die strategie daarmee kwam te vervallen, toen met andere woorden duidelijk werd dat de drie-eenheid, als die er al zou komen, niet bestendig zou zijn, wilde jij met alle geweld de oude twee-eenheid weer terug, waarbij je deed alsof die ooit had bestaan. Je drong die als het ware met terugwerkende kracht aan haar op, sterker, je smeerde haar die aan, met je geïdealiseerde herinneringen over "vroeger", hoe verliefd je op haar was, hoe goed jullie het samen hadden... ja,' onderbrak de stem zichzelf, en de ademstroom op zijn gezicht werd nog kouder, en de omklemming nog knellender, 'je kunt protesteren wat je wilt, je kunt zeggen dat je jezelf daar totaal niet in herkent, maar of je dat in werkelijkheid nu wel of niet met zoveel woorden hebt gezegd maakt geen zier uit, feit is dat je het dacht, het stond in je ogen te lezen, en we weten wat voor uitwerking die hebben!'

De houdgreep waarin hij zat werd plotseling weer iets losser, tenminste wat zijn bovenlichaam betreft, want hij kon iets vrijer ademhalen; zijn onderlichaam leek echter in een bankschroef te zitten, en bij de minste beweging van zijn kant, of alleen al de minste poging tot beweging, werd de schroef vaster aangedraaid. De koude adem op zijn gezicht, die even onderbroken was geweest, werd weer voelbaar:

'Je vrouw was intussen echter moeder geworden, en hoewel ze haar moederschap niet zo allesoverheersend beleefde als sommige andere vrouwen, bezat ze toch voldoende sterke moederinstincten om de vrouw in haar zo ver uit te schakelen dat ze niet aan je blikken toegaf en voor het kind koos. Aan duizend-en-één kleine dingen merkte ze dat jij de nieuwe toestand niet accepteerde, dat je er niet in kon berusten, dat je eraan tornde, eraan morrelde, elke keer weer, niet-aflatend. Als het kind 's nachts huilde bijvoorbeeld ging jij er niet alleen niet als eerste uit, je hield bovendien je arm een fractie te lang om je vrouws middel, zodat ze zich van je los moest maken om naar haar kind te kunnen. Als jullie het kind even alleen thuis hadden gelaten om samen iets te gaan doen, een boodschap, iets drinken in het café op de hoek of wat ook, en jullie moesten naar huis, dan was jij altijd degene die zei: "Nog even!" Als er muziek op stond en je vrouw zette die zachter omdat het kind moest slapen, draaide jij zodra ze de kamer uit was de volumeknop weer terug naar de oude stand. Zo kunnen we doorgaan.

'Dus niet pas vanaf het moment dat je vrouw het kind 's nachts in bed tussen jullie in legde was het kind voor jou de wig die jou en haar uit elkaar dreef. In plaats van de vereniger zoals je had gehoopt, werd het voor jou al vanaf het allereerste begin de uit-elkaar-drijver, en geen wonder dat het kind dat voelde en erop reageerde.

'Het was ook niet voor niets dat het kind in bed tussen jullie in werd gelegd. Jij hebt daar nooit iets anders in willen zien dan een poging van je vrouw om zich jou van het lijf te houden. Daar zit wel een grond van waarheid in, maar het was niet de enige waarheid. Je vrouw hoopte er ook jou en het kind nader mee tot elkaar te brengen. Tot haar diepe verontrusting moest ze namelijk merken dat de verhouding tussen vader en kind minder hecht was dan wenselijk, op z'n zachtst gezegd. Er doemde een toekomstbeeld voor haar op dat haar grote schrik aanjoeg: het grootbrengen van het kind zou geheel op haar schouders komen te rusten, en daar waren ze niet op berekend. Net zoals jij bezat ze niet het geduld en de lankmoedigheid, ontbrak het haar te zeer aan gezelligheidsdrang, om dag en nacht in iemands nabijheid te zijn, zelfs al was het van haar eigen kind. Ook daarom legde ze het kind 's nachts naast je, opdat de intimiteit jullie dichter bij elkaar zou brengen.

'Zeker: het was tegelijk een maatregel van je vrouws kant om meer afstand tot jou te verkrijgen, letterlijk. Net zoals eerder in haar studentenkamertje was jouw intimiteit, als je in bed tegen haar aan lag, niet zozeer antwoordend als wel vragend, en na de geboorte van het kind had zij even haar bekomst van jouw eeuwige gevraag. Het vervulde haar van weerzin te merken dat terwijl zij door de komst van het kind een ander mens was geworden, jij dezelfde was gebleven. Bovendien kwam het haar voor dat dat vragen van jou sindsdien ook dringender was geworden, eisend bijna, en als iets haar de kont tegen de krib deed gooien, was dat het wel.

'Zo gingen jullie verder op een weg die van het ene diepe dal naar het andere leidde, met steeds minder hoge toppen daartussen. Met de magie van je blikken was het in die tijd grotendeels gedaan, dat wil zeggen, de magie zelf werd af en toe nog wel zichtbaar, maar je vrouw moest steeds vaker tot de erkenning komen dat jij niet degene was die de erdoor opgeroepen belofte zou inlossen. Het begon haar te dagen dat ze op een plek terecht was gekomen waar ze niet wilde zijn, beland was in een situatie waarin ze niet wilde verkeren: ze zat in de val. Jij voelde dat eigenlijk ook zo; niet voor niets heb je een keer de vergelijking gebruikt van een onderwaterkooi waarin jullie je blindelings over elkaars ruggen heen naar de uitgang vochten. Uiteindelijk was zij het die deze uitgang forceerde toen ze jou door de keukenruit probeerde te drukken. En terwijl jij de trap afliep naar beneden om de voordeur voorgoed achter je dicht te slaan, voelde zij hoe door het gat in de ruit de wind van de vrijheid haar tegemoet waaide.'

Hoewel de stem even vlak en monotoon klonk als het gezicht waarvan hij kwam uitdrukkingsloos was, trilde er toch een diepe maar ingehouden emotie in mee – of werd die emotie niet door de stem overgebracht maar door iets anders, door de vibraties die het andere lichaam direct naar het zijne uitzond en die daarin een klankkast vonden? – Hoe het ook zij, de emotie was er, en was er op dit moment een van wilde vreugde, als van een voetballer die zojuist gescoord heeft en juichend op zijn knieën over het gras naar de camera aan de zijkant van het veld glijdt, bovenlichaam achteroverhellend, geslacht nadrukkelijk naar voren geduwd.

'Ze was vrij, eindelijk weer vrij! Wat een weldaad vond je vrouw het om alle kamers van de woning binnen te kunnen lopen zonder erop bedacht te hoeven zijn jou tegen te komen; wat een weldaad om jouw werkhok leeg te weten, heel zeker leeg, jouw drukkende aanwezigheid verdampt. Niet meer het stengungeratel van je schrijfmachine te hoeven horen, het schuifelen van je voeten als je ging verzitten, het rollen van je stoel over de vloerplanken, je gekuch, je geijsbeer als het werk niet vlotte. Overdag niet meer jouw afkeurende blik op zich te voelen rusten bij alles wat ze in huis deed, en 's nachts in bed niet meer jouw nimmer uitgesproken maar des te hardnekkiger drang te hoeven trotseren, jouw slopende belegering van haar lichaam, elke nacht opnieuw, zelfs over het kind heen, en op het laatst, toen jij al niet meer in hetzelfde bed sliep, door de kamermuren heen.

'Eindelijk kon je vrouw zichzelf weer gaan zien door haar eigen ogen en niet meer half en half ook door die van jou, eindelijk kon ze weer voor zichzelf gaan leven en niet meer als een tegenkracht of tegenpartij van jou, ze kon weer haar eigen koers varen en hoefde niet meer als jouw escorte te fungeren of jou op sleeptouw te nemen. Ze hervond het plezier in het onverwachte, wat ze door jou, die het toeval zo min mogelijk ruimte wilde toestaan, bijna was kwijtgeraakt; ze herontdekte de aantrekkingskracht van de snelle, oppervlakkige contacten, het vlinderbestaan, waar jij, verstokte aardeling, zo totaal geen capaciteiten voor bezat. Het uitgaansleven trok haar, ze ging weer dansen, tot diep in de nacht, niet meer in de Blue Star, inmiddels allang ter ziele, maar in een van de disco's die deze oer-dancing waren opgevolgd; het kind sliep thuis onder de hoede van een oppas. Ook je vrouws beroepsbestaan profiteerde van het wegvallen van het sleurmatige, de tredmolen die jou blijkbaar zo goed paste en waar je je kennelijk nog steeds goed in voelt. Ze sloeg met haar werk een heel andere richting in en begon sieraden te maken, barok van vormgeving en materiaal, jij zou ze extravagant noemen, en datzelfde zou je van de kleding zeggen die ze begon te dragen, waarbij jij dit woord in de afkeurendst mogelijke zin zou gebruiken.

'Ja, ze was vrij, en ze wilde het weten ook. Toegegeven: ook wel een beetje voor jou wilde ze het weten; ze hoopte dat jij op de hoogte gehouden werd van haar gangen en vooral van haar successen, en dat jij zou krimpen van de jaloezie. Omgekeerd wilde zij van jou niets weten, niet hoe het met je ging, niet wat je deed, niet of er een ander was, helemaal niets. Wat haar betrof had je van de aardbodem mogen verdwijnen zonder een spoor achter te laten, jammer alleen dat je dan niet meer jaloers zou kunnen zijn. Maar er was nog zoiets als je vaderschap, daardoor bleef je in het zicht, tot haar woedende verontwaardiging. Want jij had immers niets met het kind, je was er bang voor, en omgekeerd accepteerde het kind jou niet als vader. Toch kwam jij glashard je rechten opeisen, en er was niets aan te doen. Jij dwong af dat je dochter om de zoveel tijd een paar dagen bij jou was, en steevast kreeg je vrouw haar daarna huilend en onhandelbaar terug. Ze verdacht je ervan het kind te mishandelen, schakelde de kinderbescherming in, liet het kind een keer door de politie bij jou thuis ophalen omdat ze van de buren had gehoord dat jij 's avonds wegging en het kind dan opsloot – elk middel was geoorloofd om jou uit de ouderlijke macht ontzet te krijgen. Zo liep ze bijvoorbeeld rond met de gedachte om een tweede kind te maken, met een andere man, zodat die meteen als vervangende vader kon fungeren voor haar eerste – alles was goed, als jij maar uit de weg was, jouw naam doorgekrast, jouw bestaan uitgewist.'

De stem zweeg. De wilde vreugde en opluchting van daarnet, die hij in het relaas mee had horen of mee had voelen klinken, was inmiddels duidelijk weer weggeëbd; vreemd alleen dat het bijbehorende beeld van de in triomf met achteroverhellend bovenlichaam op zijn knieën over het gras schuivende voetballer bleef, of liever gezegd, niet het beeld zelf was gebleven, maar het was alsof de door dit beeld overgebrachte lichamelijke sensatie zich had geconcretiseerd, want heel duidelijk voelde hij iemands kruis tegen het zijne aan gedrukt worden. De stem was weer begonnen te spreken:

'Maar de tijd verstreek, en tijd slijt, zoals er ergens in je vrouws nieuwe woonstad onder een gevelklok in steen gehouwen staat. Zo ook hier: de tijd sleet de scherpe kanten van jullie breuk glad, althans glad genoeg om je niet aan elkaar te laten beschadigen wanneer jullie elkaar per ongeluk ergens troffen, jij altijd alleen, je vrouw met haar nieuwe vriend, en niet telkens een andere, zoals jij overal rondvertelde, maar in die pakweg tien jaren minder dan een handvol. Met de laatste, een man die haar aanbad, vertrok je vrouw naar de Verenigde Staten. Je dochter zat toen midden in haar opstandige periode, de nieuwe man bleek niet de substituutvader die je vrouw had gehoopt dat hij zou zijn, hij kon slecht met het kind overweg, en omdat Marie ook al om die reden absoluut niet mee wilde naar Amerika, kwam je dochter uiteindelijk bij jou in huis. Maar dat is een hoofdstuk apart, daar hebben we het later misschien nog over.

'Tijdens haar jaren in Amerika dus vergat je vrouw jou volkomen, zeker toen jullie dochter bij jou weggegaan was en bij haar muziekleraar was ingetrokken. Maar ook al die eerste tijd toen Marie nog bij je woonde was je beeld zo vervaagd dat je vrouw wanneer ze uit Amerika belde voor Marie en jou aan de lijn kreeg, niet eens meer je gezicht voor zich zag. Blijkbaar merkte jij dat, blijkbaar kon je het niet verkroppen dat je als man niet meer voor haar meetelde, dat je een non-entiteit voor haar was geworden, want op een keer, toen je vrouw jou uit bed had gebeld omdat ze zich in het tijdsverschil had vergist of omdat jij nog laat sliep, moest je haar zo nodig vertellen dat je daar spiernaakt in de kamer aan de telefoon stond, met een erectie bovendien, omdat je net van haar had gedroomd en nu haar stem in het echt hoorde. Je vrouw reageerde daar spottend op, ze raadde je een koud washandje aan, of die andere oude verpleegsterstruc voor opdringerige mannelijke patiënten: een snelle tik met de zijkant van de hand – dan zou het vlug weer goed met je komen. Maar je mededeling raakte haar toch meer dan ze jou liet blijken, juist omdat ze zich jouw gezicht niet kon herinneren en ze zodoende een beeld voor zich zag van een gezichtsloze naakte man met een enorme, recht vooruitstekende stijve. Ongewild bleef dat beeld haar bij, op de een of andere manier verdrong het ook de laatste beelden die ze nog van je had, wanneer ze voortaan aan jou herinnerd werd was dat het beeld dat als eerste en enige naar boven kwam.

'In zoverre had je impertinente mededeling tijdens dat nachtelijke of vroegochtendlijke telefoontje zijn uitwerking dus niet gemist. Achteraf zou je het kunnen zien als een desperate poging van jouw kant, instinctief of berekend, dat maakt niet uit, om nog even snel je zaad bij haar in te brengen voordat ze jou, en je voelde dat dit kon gebeuren, voorgoed vergat. Jij was altijd al goed in snelle ejaculaties, en deze, over twee oceanen heen, bleek wel bijzonder succesvol.'

Heel even leek het of de ander zijn kruis een paar keer extra hard tegen hem aan duwde. De stem sprak echter op onveranderd vlakke toon verder:

'In de tussentijd echter, zolang ze niet aan je werd herinnerd, vergat ze je, ze vergat je compleet, ze vergat je zoals een mens een ander mens maar kan vergeten, zelfs je fatale zaaisel vergat ze. Ze was vergeten hoe je stem klonk, welke kleur je ogen hadden, ze wist niet meer hoe je keek, praatte, lachte, hoe je rook, hoe je liep. Je was niet meer in haar aanwezig, ze had je uitgescheiden, zoals een afvalstof door het lichaam wordt uitgescheiden. Inderdaad, ze was schoon vanbinnen, ze had zich van je gereinigd, gepurgeerd, zo totaal, dat ze het zich niet eens bewust was.

'De nieuwe man en het nieuwe land eisten al haar aandacht op. Aanvankelijk kostte die aandacht haar geen moeite, ogenschijnlijk vond ze gemakkelijk haar draai, zowel in de samenleving met de nieuwe man als in het leven in het nieuwe land, ze had ook daar spoedig succes met haar werk, nu het kind niet meer bij haar woonde was de grootste bron van frictie tussen haar en haar nieuwe man weggevallen – ze had het gevoel dat ze nu pas begon te leven, alsof ze al die tijd een onderwaterbewoner was geweest en nu voor het eerst het land op kroop en haar longen vol lucht zoog.

'Maar alles gaat voorbij, niets is blijvend, en dat dit niet alleen een geluk kan betekenen maar ook pijn kan doen, aan die oude waarheid werd je vrouw weer eens herinnerd toen na enkele jaren in het nieuwe land het nieuwe ervan af begon te raken. De nieuwe lucht die ze in het begin ademde werd na verloop van tijd de gewone lucht, net als de nieuwe hemel waaronder ze had gelopen de gewone hemel werd, en de nieuwe man gewoon een man. Het was al pijnlijk genoeg geweest als het daarbij gebleven was, maar dat deed het niet. Land, hemel, lucht, man veranderden niet alleen van nieuw naar gewoon, de wijzer van de schaal bleef om zo te zeggen niet op of nabij het nulpunt hangen, maar sloeg door naar de min, en dat des te verder naarmate de jaren verstreken. Met de nieuwe man, die dus allang een gewone man was geworden, botste ze steeds vaker, niet zoals met jou over kleinigheden terwijl het grote onuitgesproken bleef, maar meteen over de hoofdzaken: werk, het samenleven, de levensvatbaarheid van hun liefde, in wisselende volgorde. Bovendien was er met hem nog iets anders. Jij mag dan jaloers geweest zijn, maar hij was dat nog tienduizendmaal erger. Het was een obsessie voor hem dat je vrouw vreemd zou kunnen gaan. Hij had haar het liefst achter zeven sloten gezet, maar in plaats daarvan sloot hij zichzelf op. Op een keer midden op de dag, terwijl hij eigenlijk op zijn werk hoorde te zijn, trof zij hem in de bergkast op haar atelier aan, waar hij zich in verstopt had omdat hij ervan overtuigd was dat ze daar een andere man ontving. Op een andere keer had hij zich verborgen in de kofferbak van haar auto, een oude deken over zich heen. De toestand werd onhoudbaar. Toen zij hem op een avond thuis, na weer eens een jaloerse ruzie, om een vuurtje vroeg voor haar sigaret, bleef hij opeens midden in de woonkamer stokstijf staan, met de aansteker in zijn hand, zijn duim al op het wieltje. Ze dacht dat hij een flauwe grap met haar uithaalde, werd boos, probeerde toen hij haar nog steeds geen vuur gaf de aansteker uit zijn hand te wringen, maar hij bleef plankstijf, met witte knokkels, onverwrikbaar, zonder een woord, ook niet meer aanspreekbaar, en dat niet even, maar een kwartier, een halfuur, een uur lang. Totdat ze op het laatst bang werd, haar koffer pakte, de dokter belde, een buurman waarschuwde en vertrok.'

Degene boven op hem slaakte een zucht en zweeg. Nog altijd voelde hij het kruis van de ander ongemakkelijk tegen het zijne geduwd worden. Het was wonderlijk, maar terwijl zijn huid op alle andere aanrakingspunten met de ander zo gevoelig was dat het leek of hij geheel uit vingertoppen bestond en nog door twee jassen heen bij wijze van spreken elke porie en elk haartje waarnam, liet hij het juist op die veelbetekenende plek min of meer afweten. Hij voelde alleen zijn eigen geslacht duidelijk, dat van de ander verloor zich in vaagheid, als een driedimensionale herhaling van weggeretoucheerde geslachtsdelen op oude blootfoto's. Het was hem onmogelijk om zelfs maar uit te maken of degene die op hem zat nu een man was of een vrouw. Maar hij moest luisteren, het relaas werd vervolgd:

'Je vrouw verhuisde naar een andere stad, ook aan de Westkust, maar veel meer naar het noorden, al naar de grens met Canada toe, en het enige wat haar aan haar subtropische woonplaats van daarvoor herinnerde waren de goudoranje gekeelde kolibries, die in het voorjaar met het ontluiken van de bloemen mee langs de regenrijke kust naar het noorden migreerden en in de late lente ook haar stad bereikten. Maar al in de nazomer trokken ze weer weg, vlogen ze terug naar het zuiden, en nooit eerder was je vrouw de herfst en winter zo lang gevallen als daar. Met haar verstand wist ze dat de besneeuwde Rocky Mountains in haar rug de stad beschutten tegen de blizzards en de poolkou van de arctische winter, maar naar haar gevoel straalden ze zelf een koude uit die ver onder het laagst gemeten minimum op Noord- en Zuidpool samen lag. Tegelijkertijd sneden ze de stad af van de rest van de wereld, sterker nog, het leek alsof de bergen elke keer dat ze ze zag weer een klein stukje dichterbij waren gekomen, alsof ze bezig waren de stad met inwoners en al in te sluiten en langzaam maar zeker de oceaan in te drijven.

'Het gevoel van de wereld afgesneden te zijn ging niet voorbij, ook niet toen ze na nog een winter weer terugverhuisde naar Californië, de Rockies ver weg. Hoe absurd het was om je nu net in de Gouden Staat, centrum der wereldcentra, van de wereld afgesneden te voelen, wist ze zelf. Ze begreep dat "de wereld" hier niet de wereld betekende die zo wonderbaarlijk voor haar open was gegaan toen ze voet aan wal zette in het nieuwe land, niet de grote wereld die overal en op elk plekje van de aardbol begint, maar dat de wereld waar ze zich van afgesneden voelde haar eigen kleine wereld was, de wereld van thuis. "Je hebt gewoon heimwee," zei haar galeriehouder tegen haar. Hij raadde haar aan een tijdje terug te gaan naar haar geboorteland en dan te zien of ze weer aan het werk kwam, of ze, zoals hij het op z'n Californisch uitdrukte, "de verbroken verbinding met haar Zelf weer kon herstellen".

'Het land waar ze na zoveel jaar in terugkeerde was niet meer het land waar ze uit weg was gegaan. Het was harder, sneller, maar ook opener geworden dan ze het zich herinnerde. Na de aanvankelijke teleurstelling begon ze het al spoedig prettig te vinden dat niets meer was zoals ze het van vroeger kende; ergens had ze het toch als een nederlaag ervaren om terug te gaan, en dat alles intussen anders was geworden verzachtte die nederlaag enigszins. Teneinde het gevoel van het nieuwe ook in het oude land zo lang mogelijk te bewaren doekte ze na korte tijd haar – en jouw – vroegere woning, die ze na haar terugkomst voorlopig weer had betrokken, op en verhuisde naar een stad waar ze geen verleden had en waar geen mens haar kende: het was de stad waar jij het ongeluk had later ook te komen wonen. Een ongeluk voor jou, maar niet minder voor haar! Jij hebt er nooit kunnen of willen aarden, maar zij voelde zich in haar nieuwe woonstad onmiddellijk thuis. Ze had er al snel een galerie gevonden, en verder kon ze er precies zo anoniem zijn als ze wenste en vond ze precies zoveel aansluiting als nodig was om zich niet verloren te voelen. Een bijkomend voordeel was natuurlijk dat ze jou daar niet zo gauw tegen het lijf zou lopen.

'Zagen jij en je vrouw na haar terugkeer uit Amerika elkaar al heel zelden, nu ze naar die andere stad was verhuisd stopte dat zo goed als helemaal. Even was er een opleving geweest toen de brief uit het voormalige Joegoslavië kwam, nog op het oude adres...'

Op het woord 'Joegoslavië' kwam de accordeonist, die na zijn eerdere interruptie stil en met gebogen hoofd naar het relaas had zitten luisteren, plotseling tot leven. 'Ah, Bosnia!' riep hij, en speelde een wilde riedel op zijn accordeon.

'... toen de brief kwam,' herhaalde de stem nadrukkelijk, om de accordeonspeler tot stilte te dwingen, 'met daarin de doodstijding van jullie dochter en de erop volgende commotie. Maar nadat die was gaan liggen, verflauwde het contact weer, en wat er nog bleef, verliep bovendien uitsluitend schriftelijk, totdat ook dat ophield.

'Je vrouw dacht uit zichzelf nooit meer aan je, werd ook nog maar zelden aan jou herinnerd, en nog zeldener verscheen het gezichtsloze beeld van jou met je stijve lid voor haar geestesoog. – Waarom stuurde ze je dan toch een rouwkaart toen haar moeder was gestorven? Ze heeft het zichzelf later wel duizend keer afgevraagd. Deed ze het uit plichtsbesef, in de hand gewerkt door de sfeer van het formele en officiële die een overlijden nu eenmaal met zich meebrengt? Tenslotte was de overledene in naam nog steeds je schoonmoeder, ook al had dat in het dagelijks leven voor jou noch voor haar enige betekenis gehad en zag jij haar sinds je vrouw en jij gescheiden leefden nooit meer. Of stuurde ze je die kaart omdat de dood door alle pantsers heen dringt en bij de blijvenden, de nog-bestaanden, de behoefte en de noodzaak wakker roept om zich wanneer iemand uit de omgeving wordt weggerukt tegen het gevaar van het niet-bestaan te verbinden, zoals een kudde buffels op de savanne zich aaneensluit wanneer de verscheurende leeuw rondsluipt? En kon zij zich met haar vermiste dochter, die ze het meest van iedereen bij zich had willen hebben in deze uren, alleen verbinden, of des te hechter verbinden, via jou, de vader?

'Wat de reden ook was, je vrouw had je die rouwkaart gestuurd en ze kon het niet meer ongedaan maken, hoezeer ze dat later ook zou hebben gewild. Later ja, maar toch niet op het moment zelf. Sinds het ogenblik dat de kaart op de bus was gegaan dook jij vaker op in haar gedachten dan in al die tussenliggende jaren bij elkaar, tot haar eigen verwondering. Het vreemde was dat ze daarbij geen enkele voorstelling meer van jou had;

ook het beeld van jou-met-erectie was niet meer oproepbaar, je was een lege plek geworden, een doorschijnende nevel, een kolom helder water. Desondanks kon ze niet ontkennen dat ze met enige verwachting naar jullie weerzien uitkeek. Dat dit weerzien zou plaatsvinden stond voor haar vast, ze wist zeker dat jij op de crematieplechtigheid zou verschijnen.

'Je vrouw had op de dag voor de crematie haar haar heel kort laten knippen, in een opwelling. Maar toen ze bij de kapper al die zwarte plukken om haar stoel heen op de vloer had zien liggen vroeg ze zich af of ze het misschien toch niet uit rouwbetoon had gedaan. En dan niet uit rouwbetoon om haar moeder, maar om haar dochter? – Maar haar dochter was immers niet dood, ze kon alleen niet op haar grootmoeders uitvaart komen!

'Jij herkende je vrouw het eerste moment niet, weet je nog, toen ze op die hete julidag voor de aula van de begraafplaats uit de volgauto stapte. Jij dacht dat het door haar korte haar kwam, maar op haar beurt herkende je vrouw jou ook niet onmiddellijk, en het duurde een tijdje voordat die vreemde slungelachtige man met die broeierige blik, die zich als jou voordeed, jou ook werkelijk werd. Maar toen was het ook raak. Jij weet nog precies op welk moment dat gebeurde, alleen legde je de gebeurtenis verkeerd uit. Gelukkig voor haar! Want daardoor kon ze de situatie tenminste nog enigszins meester blijven en hoefde ze zich niet in het openbaar aan je uit te leveren. Je begrijpt het al: het was het moment dat je vrouw voor de lessenaar stond om haar toespraakje te houden en ze plotseling met haar hand over de microfoon uitriep dat ze haar zus zo miste. In werkelijkheid miste ze haar zuster niet zo hevig als ze haar dochter miste – en jou, klootzak!'

Voor het eerst brak de emotie in de stem, die er aldoor al in had meegeklonken, ook door naar buiten. Het gezicht van de ander bevond zich te dicht bij het zijne om de tranen te kunnen zien, maar hij rook hun minerale geur boven het parfum uit. Hij hoorde de derde man, die al een tijdje geen fles meer kapot had gegooid, gretig 'Kloot-zak! Kloot-zak! Kloot-zak!' aanheffen, wellicht verheugd dat hij eindelijk een woord had opgevangen dat hij kende, en de accordeonspeler jouwde mee: 'Kloot-zak! Kloot-zak!'

'Zo begon haar vlucht naar voren opnieuw,' vervolgde de stem boven hem, bijna onhoorbaar in het geroep van de twee anderen. 'Of was die nooit onderbroken geweest? En dan te bedenken dat het allemaal voor niets is geweest, voor niets.'

De nog maar seconden geleden zo vaste omklemming waarin hij tot dan toe werd gehouden viel plotseling geheel weg, en degene met de twee jassen aan zakte als een slappe massa op hem neer. Hij werd gewaar hoe er twee, drie keer een snik door het lichaam boven hem ging, met korte nasnikken als bij een kind, en hij voelde ook zijn eigen wangen nat van de tranen, maar hij wist niet van wie ze waren, van hemzelf of van de ander. Op het moment dat hun metgezel boven hem ineenzeeg, waren de accordeonspeler en de derde man abrupt gestopt met hun 'Klootzak! Kloot-zak!'. Misschien dachten ze dat hij hun kameraad iets had aangedaan, want de derde man sprong met een harde Slavische vloek op, liep naar de bunkermuur en kwam met een bierflessenhals in zijn hand, het kapotte eind naar voren, dreigend op hem af. Tegelijkertijd zag hij de accordeonspeler een brandende tak uit het vuur grijpen, maar door degene boven op hem kon hij niet goed zien wat de man ermee van plan was, totdat de gloed van de vlammen zijn voetzolen schroeide. Hij schreeuwde het uit, hij had er niet meer aan gedacht, maar hij was nog steeds op blote voeten! Ondertussen had degene met de twee jassen aan, die net nog als een zoutzak over hem heen had gehangen, zich weer opgericht; het was hem ontgaan, maar blijkbaar had zijn directe belager iets tegen de twee anderen gezegd of hun een teken gegeven, want beiden hielden op met waar ze mee bezig waren, overigens niet zonder protest. De accordeonspeler gooide zijn brandende tak met een nijdige zwaai terug op het vuur zodat de vonken in het rond vlogen, en de man met de stoppelbaard had zijn kapotte fleshelft op de grond laten vallen en trapte die voordat hij weer ging zitten woest weg, en passant een pol gras met aanhangende aarde in het gezicht van hun gevangene schoppend, die de zandkorrels zijn wang en oor voelde striemen.

Het werd even heel stil; alleen het zachte knetteren van de vlammen was nog te horen, die nadat ze even hoog waren opgelaaid weer naar hun vroegere hoogte waren teruggezonken. De mannen waren op hun oude plek bij het vuur gaan zitten en keken strak voor zich uit als twee mokkende kinderen. Hij lag op zijn rug met zijn hoofd opzij en keek langs hen heen recht het zwarte gat van de bunkeringang in, zwarter dan de zwartste schaduw. Daarboven de ruim buiten de bunkerwanden uitstekende betonnen dakplaat, vanaf zijn positie gezien iets schuin oplopend, aan het eind overspringend in de lichte, sterreloze en nu ook maanloze hemel. De maan moest intussen achter de hoge dennen gezakt zijn; hun grillig gevormde kronen tekenden zich in het melkachtige licht en zonder dat de maanschijf zelf te zien was donker en haarscherp af.

'Hij is voor jullie, maar pas als ik met hem klaar ben,' verbrak degene boven op hem de stilte. De stem was naar opzij gericht, naar de twee mannen bij het vuur en niet naar hem, maar toch ving hij onmiddellijk op dat het geluid anders was geworden, dieper, maar vreemd genoeg tegelijk scherper. En ook toen de stem zich weer tot hem richtte en het onderbroken relaas voortzette, viel er geen spoor meer in te bekennen van de emotionele uitbarsting van daarnet – integendeel, hij was nog vlakker en monotoner dan daarvoor, en de koude die ervan uitging was zo mogelijk nog intenser. Er klonk bovendien een soort onwrikbaarheid in mee, alsof de eigenaar vastbesloten was zich door niets en niemand meer te laten ophouden en in rechte lijn op het onafwendbare einde af te gaan.

'Waar waren we gebleven,' hoorde hij degene met de twee jassen aan weer beginnen. Deze zat nu schrijlings boven op hem, hij voelde diens dijen en knieën om zijn ribbenkast klemmen, diens handen hielden zijn polsen naast zijn hoofd in een ijzeren greep. 'Het maakt trouwens geen zier uit – vanuit welk punt we ook vertrekken, het gaat steeds maar één richting uit: bergafwaarts. Of vind jij soms van niet?' kwam de stem naar zijn gezicht toe, en zo dicht erop dat hij zijn wangen onder de koude adem voelde verstijven.

'O ja, de crematie. Nu dan: het lukte je vrouw de eerste tijd na haar moeders crematie wonderwel om jou op veilige afstand te houden. Jij kwam niet dichter bij haar dan zij wilde dat je kwam. Je vrouw werd er weer aan herinnerd dat zij net zo goed macht had over jou, en die wetenschap stelde haar voorlopig gerust, maakte haar misschien ook overmoedig. Ze begon te geloven dat ze de situatie weer in de hand had, dat het gevoel van ontreddering waardoor ze tijdens de crematieplechtigheid overmand werd iets voorbijgaands was geweest, een tijdelijke zwakte, te wijten aan de droeve omstandigheden van dat moment.

'Toen ze er kort daarop alsnog mee instemde om nog één keer met jou mee terug te gaan naar De Bosrank, nadat ze eerst niet op je voorstel had willen ingaan – wilde ze daarmee jou, zichzelf of het noodlot tarten? Misschien wel alle drie. Maar dat ze op haar aanvankelijke weigering terugkwam kan heel goed ook een andere reden hebben gehad, namelijk dat ze bang was iets mis te lopen. Wat mis te lopen? Iets. Alles.

'Die eerste dag in jouw gezelschap na zoveel jaren bracht ogenschijnlijk wat er redelijkerwijs van verwacht kon worden: weinig of niets. Bij jou rakelde het bezoek allerlei herinneringen op omdat je al zo lang niet meer in het huisje was geweest. Voor je vrouw daarentegen was het geen groot weerzien; ze had er tot vlak voor haar moeders dood nog regelmatig gelogeerd en er lag maar weinig afstand tussen dit en haar laatste bezoek. Bovendien waren de herinneringen die zij aan de plek verbond van geheel andere aard dan die van jou; voor haar was het huisje wel in de allerlaatste plaats de plek van haar en jou, jullie liefdesnest, wat jij er zo graag in wilde zien. Dat je het zo zag, en dat je wilde dat je vrouw dat ook zag, dat wasemde je toen aan alle kanten uit. Het was haar eigenlijk al van het begin af aan duidelijk geweest waar het je om te doen was, ze had je uitnodiging niet voor niets eerst afgeslagen. Maar tegelijkertijd was ze benieuwd, benieuwd naar hoe jij het zou aanpakken, net zoals ze dat indertijd was toen ze die eerste week met jou samen in De Bosrank zou doorbrengen. En net zoals toen schatte ze haar eigen nieuwsgierigheid bij lange na niet in als de roekeloze hang van de mot naar de kaarsvlam, maar eerder als de onschuldige prikkelzoekerij van de achtbaanrijder, of hooguit als de ongevaarlijke experimenteerlust van een eenmalige drugsgebruiker.

'Nee, die eerste dag met jou samen sinds lange tijd bracht niets dan het al bekende, en waar het bekende toe leidde was eveneens bekend. Als ze de situatie in een beeld zou moeten omschrijven, dan bevond ze zich op een weg waarvan vaststond dat hij doodliep, maar desondanks bleef ze met je meelopen, in de veronderstelling dat ze er elk ogenblik de brui aan kon geven en op haar schreden terug kon keren. Hoe argeloos! Nog op het moment dat jij je hand op de hare legde, op de terugweg in de trein, verkeerde zij in de mening dat het maar spel was, en dat ze voordat het spel ernst werd ruimschoots de tijd had om haar hand terug te trekken. En zelfs toen jij een paar uur later onverwachts voor haar deur stond, midden in de nacht, nadat je ziek van verliefdheid naar haar toe was komen rijden omdat je haar stem door de telefoon had gehoord, zelfs toen nog dacht zij dat ze alles onder controle had en dat ze de dans kon ontspringen waar en wanneer ze maar wenste. Maar ondertussen had jouw gif zijn werk allang gedaan. Jouw gif, ja, want hoe moet je het anders noemen, dat fluïdum dat jij onophoudelijk naar haar uitzond en dat onzichtbaar en onvoelbaar haar bloedbaan binnendrong en haar gevoelscentrum lamlegde.'

Terwijl de toon van de stem niet veranderde was degene boven hem met zijn – of toch *haar*? in ieder geval voelde hij nu duidelijk dat het niet van een man was! – onderlichaam heen en weer beginnen te gaan, naar het hem voorkwam heel bewust met ritmische schuifbewegingen zijn geslacht zoekend en opvrijend, en tot zijn onuitsprekelijke gêne en verwarring voelde hij prompt, langzaam maar niet tegen te houden, een erectie groeien. Ondertussen sprak de stem verder, onbetrokken met wat er lager gebeurde, de schuivende en pompende bewegingen die daar werden uitgevoerd verraadden zich zelfs niet door de geringste trilling daarin:

'Je vrouw had jou niet binnen moeten laten toen je midden in de nacht voor de deur stond, ze had je weg moeten sturen, een smoes moeten gebruiken, de grofst mogelijke desnoods, ze had je op de mouw moeten spelden dat ze met een andere man in bed lag of iets dergelijks – alles beter dan zich op die manier door jou laten verrassen. Maar ook toen geloofde je vrouw nog dat zij de touwtjes in handen had, dat zij bepaalde hoeveel speelruimte jij kreeg. In werkelijkheid had jij de afstand met je coup beslissend teruggebracht; doordat je vrouw jou niet de deur wees maar binnenliet was ze letterlijk binnen je bereik gekomen, ze was het prooidier geworden dat nog zo lang door mag rennen tot de jager het moment gekomen acht dat het geslagen wordt.

'Te laat zag je vrouw dit in, veel te laat! Zij meende dat het voldoende was in bed haar pyjama aan te houden en het hondje tussen jou en haar in te leggen, ze was vergeten hoe het gegaan was helemaal in het begin, in de spoelkeukentijd, toen jij bij haar op haar studentenkamertje overnachtte en jij uiteindelijk toch kreeg wat je wilde.

'Ze mocht het dan vergeten zijn, het was natuurlijk niet echt uit haar verdwenen, zulke dingen worden nu eenmaal bewaard, diep of minder diep weggesloten in de herinnering, maar altijd bereikbaar voor wie zoekt. – Waarom zocht ze niet? Dat is een vraag die ze zichzelf toen niet stelde. Maar dat een vraag niet gesteld wordt, betekent niet dat het antwoord erop niet bestaat. En het antwoord op die niet-gestelde vraag was jij, of liever gezegd, je was het niet zelf, want dat zou te veel eer zijn, maar wat jij voor je vrouw belichaamde, wat zij in jou zag. Dat was waarom ze de deur al sinds de cremate van haar moeder voor jou op een kier had staan, en dat was waarom ze je uiteindelijk haar huis in liet. Jij wist dat, althans, je had het kunnen weten, moeten weten. Jij glipte op haar verwachting mee naar binnen, zoals je vroeger als jongetje zonder kaartje het voetbalstadion in glipte door je bij de controle stiekem aan het jaspand van een volwassene vast te houden. Handig, ja, dat was je! Of liever: slinks, want het stiekeme heb je je hele leven gehouden, nooit streed je met open vizier. En je ging door; het was nog niet genoeg dat je je haar huis binnensmokkelde, je smokkelde je ook haar bed in...'

De woorden stokten, degene boven hem stootte een gegrom

uit van pijn en woede, hij voelde diens onderlichaam woest op dat van hem geduwd worden zodat hij zijn erectie pijnlijk gewaarwerd, daarop kwam de woordenstroom weer op gang, met een plotselinge verandering van toon:

'... ook haar bed in, ja, en daar lagen jullie, met het hondje tussen jullie in. O, dat warme, vrolijke hondje! Wat mist je vrouw het nog elke dag! Hoe heb jij het ooit als een sta- of beter lig-in-de-weg kunnen ervaren, terwijl... terwijl...' De stem brak, een traan drupte op zijn gezicht, degene boven hem haalde snotterend zijn of haar neus op, vervolgde dan weer op neutrale toon:

'Als het hondje er niet was geweest, had ze je misschien nooit binnengelaten en was je zeker niet in haar bed beland.'

Hij begreep de opmerking niet, wilde vragen: Hoezo?, maar degene boven hem legde een hand op zijn mond, haalde diep adem en vervolgde:

'"Hoe doen we het met slapen?" Zo ongeveer had je het aan haar gevraagd, die nacht dat jij halsoverkop naar haar toe gereden kwam, en jullie uitgepraat raakten en moe werden. Je vrouw had het moment zo lang mogelijk proberen uit te stellen, had iets te eten voor je neergezet, koffie gemaakt, over koetjes en kalfjes gepraat, alles om je te ontnuchteren. Ze zag heel goed dat jij in brand stond, ze voelde jou het ene vlammensalvo na het andere op haar afvuren met het doel het vuur te laten overslaan, en ze probeerde uit alle macht en met alle behendigheid die ze op kon brengen het bombardement te ontwijken en hoofd en hart koel te houden. Toen jij je vraag over het slapen stelde zoals je hem stelde, redelijk nuchter, redelijk rationeel, begon ze te geloven dat het grootste gevaar was geweken. "Hoe doen we het met slapen?" Je koos je woorden goed, dat moet gezegd. Er ging de suggestie van uit van coöperatiefheid, van belangeloosheid, van eerbiediging van de uitkomst, ook als die in jouw nadeel zou uitvallen. Tegelijk deed je met dat "we" een beroep op haar om jullie als een eenheid te zien, alsof het besluit dat er genomen zou worden een gezamenlijk besluit zou zijn. Goedbeschouwd was jouw vraag een meesterstukje, in zijn indirecte directheid dreef hij je vrouw zonder omwegen in de fuik van het gewenste antwoord, welteverstaan: het door jou gewenste antwoord.

'Dat je vrouw toen antwoordde: "We doen helemaal niets met slapen," leek een ontsnapping maar was het niet; het was eigenlijk niet meer dan een omkering, het gewenste antwoord op zijn kop. In zijn botheid stak het haar uitspraak van destijds bijna naar de kroon, je weet wel, haar beruchte: "Nu weet ik zeker..." enzovoort na jullie eerste omhelzing lang geleden. Maar zoals het haar toen niet lukte om jou definitief af te schudden, zo bracht haar directheid het ook ditmaal niet voor elkaar om haar uit de gevarenzone te krijgen – ze spartelde ergens halverwege de fuik, niet wetend of ze voor- of achteruit zou gaan.'

Er viel een stilte, nog steeds lag de hand over zijn mond, tegelijkertijd drukte de man of de vrouw die schrijlings boven op hem zat zijn beide armen tegen de grond, zodat het was alsof deze drie handen had – of waren het er zelfs nog meer, van wie was de hand bijvoorbeeld die zich tussen hun twee lichamen wrong en aan zijn broek begon te frunniken? De twee anderen zaten nog op dezelfde plek bij het vuur voor zich uit te staren, alsof het hun niet meer aanging. Het gezicht boven hem verraadde niets, de mond was ondertussen weer beginnen te spreken:

'Als jij teleurgesteld was over haar afwijzende antwoord, dan liet je daar weinig van merken. Of deed het je werkelijk niet veel, had je verliefdheid zichzelf op dat moment al overleefd, was je zelfs heimelijk opgelucht dat het hierbij bleef, dat je niet "hoefde", zoals je het wel eens hebt uitgedrukt? En stak dat je vrouw als reactie weer, was ze op haar beurt gepikeerd dat jij haar zo zonder slag of stoot liet schieten, of op z'n minst dat je er zo gemakkelijk van afkwam? – Misschien moet wat eenmaal in gang gezet is gewoon zijn loop hebben, en kwamen de bewegingen die jullie volvoerden alleen maar in schijn uit jullie zelf voort, net zoals de wervelingen die de zandkorrels volvoeren op de bodem van een gestaag stromende rivier. Hoe het ook zij, het eind van het lied was dat jullie op een goed moment toch naast elkaar in hetzelfde bed lagen, in dat kermisbed op haar zolder, die jou zo dierbaar zou worden.

'Daar lagen jullie dan weer, na zoveel jaar. Weliswaar, door je vrouw bedongen, met hemd en broek aan en het hondje tussen jullie in, maar toch. Was het enige verschil met de spoelkeukentijd helemaal in het begin niet het hondje? Inderdaad kon je vrouw die nacht, naast alle opgewondenheid die er ook was!, een zekere teleurstelling, een licht gevoel van verveeldheid niet van zich afzetten: had ze dit al niet eens eerder meegemaakt? Was ze niet in een spel beland dat slechts een herhaling van zetten kende? Je lichaamsgeur, je ademhaling, de lengte van je armen en benen, zelfs je erectie, duidelijk voelbaar door jouw en haar kleren, en zelfs door het vel van het hondje heen, alles kwam uit de vergetelheid terug, zoals kledingstukken die jaren in de kast hebben gelegen, waarvan het nieuwe al heel snel na de eerste uitroep van verrassing: O ja, die! af is en die binnen de kortste keren weer in het uitentreuren bekende terugvallen. Hoe kon er nog iets nieuws geboren worden uit al dit oude? – Ze wist het zeker: wat haar te doen stond was snel een einde te maken aan dit spel en jou de volgende morgen naar huis sturen met de mededeling dat dit eenmalig was geweest en niet voor herhaling vatbaar.

'Met dit voornemen was ze in slaap gevallen, met dit voornemen werd ze weer wakker. Ze voerde het ook uit, tijdens het ontbijt aan de keukentafel. Maar terwijl ze haar boodschap aan je over probeerde te brengen constateerde ze al pratende, tegenover jou zittend, jouw gezicht beschenen door de ochtendzon, dat er sinds ze jou de laatste keer ongeschoren aan de ontbijttafel had getroffen grijze haartjes in je zwarte stoppelbaard waren verschenen, en dat je een levervlek op de rug van je linkerhand had gekregen. Er was dus toch iets nieuws aan jou!

'Ze ging verder met jou met alle beslistheid en eens en voor al duidelijk te maken dat er tussen jou en haar wat haar betrof niets mogelijk was, maar terwijl ze dat aan het doen was hoorde ze zichzelf plotseling haar beslistheid alleen maar spelen, en even plotseling was al haar overtuiging dat er tussen jullie niets mogelijk was in haar verdampt. Er gebeurde iets in haar, er greep een soort omzetting in haar plaats, het was alsof de hoop, die bij je vrouw reeds alle vaste vorm verloren had en bij wijze van spreken nog slechts in homeopathische verdunning in haar rondzweefde, zich op het moment dat ze jouw grijze baardstoppels en de levervlek op je handrug ontdekte plotseling weer concretiseerde, alsof deze ontdekkingen als kernen fungeerden waaromheen haar hoop zich kon kristalliseren.

'Jij bleef dus komen, ondanks haar afwijzing, of haar afwijzingspoging, want je vrouw mocht dan wel de nietsontziendheid hebben jouw hoop de bodem in te slaan, ze bezat niet de kracht haar eigen hoop uit te bannen. Jij wist dat, of voelde dat, en je handelde ernaar. Jij werd de kater die ergens op een dakplat of een tegelplaatsje, bij zon en bij regen, bij nacht en bij dag, ook na de zoveelste vergeefse poging geduldig blijft wachten, een klein eindje bij de uitverkorene vandaan zittend, poten onder zich gevouwen, staart om zich heen geslagen, alleen maar in schijn soezend, desinteresse veinzend, soms een andere kant uit kijkend of zelfs met de rug naar haar toe, maar niettemin de geringste beweging van haar registrerend, in de zekerheid dat zijn moment kwam, en dat hij het niet voorbij zou laten gaan. Zo was het toch?'

Bij de woorden 'Zo was het toch?', gevolgd door 'Hè? – Hè? – Hè? – Hè?' werd hij met twee handen bij zijn schouders beetgepakt en onzacht op en neer geschud, terwijl hij voor de rest onwrikbaar in de houdgreep bleef. Had degene boven op hem er dan opeens nog een paar armen bij gekregen? Want de veelarmige had ook nog steeds een hand in zijn broek, had de knoop en de rits los en probeerde nu zijn geslacht bij zich naar binnen te brengen. Tegelijkertijd was de stem weer gaan spreken, op neutrale toon, alsof de uitbarsting niet had plaatsgevonden en alsof er daar beneden niets aan de hand was:

'En dan nog iets: wilde jij toen eigenlijk nog wel serieus iets met haar? Wilde jij voor haar nog wel de persoon zijn met wie samen zij zich uit zichzelf, en zag jij op jouw beurt in haar nog wel de persoon met wie samen jij je uit jezelf kon bevrijden, al was het maar voor een ogenblik? Of was je toen inderdaad al enkel en alleen die kater en had je net zoals hij maar één ding in je harde katerkop: haar eronder krijgen, letterlijk en figuurlijk?

'Jij bleef dus bij haar komen, de eerste tijd weinig genoeg om haar niet met je gezelschap te overvoeren, en tegelijk vaak genoeg om haar weer aan dat gezelschap gewend te laten raken. Je bent altijd al een meester geweest in het doseren. Als geen ander was jij in staat de macht van het bekende voor je te laten werken.

'Altijd ging jij naar haar toe, en slechts bij uitzondering kwam je vrouw bij jou. Dat kwam nu eenmaal zo uit, zei jij, je moest voor je werk toch regelmatig in haar stad zijn, en wat lag er meer voor de hand dan dat je haar even ging opzoeken, nietwaar. – Het is nooit bij haar opgekomen om na te gaan of die klant die jij in haar stad zei te hebben werkelijk bestond. Was die niet gewoon een verzinsel van je, ook alweer om de druk van je bezoekjes af te halen, om haar niet het voor haar misschien benauwende gevoel te geven dat je speciaal voor haar kwam?

'En zocht je haar dan op en waren jullie bij elkaar, dan liet je haar de leiding, logisch, het was tenslotte haar huis en haar stad, en jij was gast. Zij bepaalde zodoende of er uitgegaan of thuisgebleven werd, zij koos het restaurant, het café, de film, de voorstelling, het concert of wat het ook werd, je liet je zelfs door haar meeslepen naar de disco – zolang jij op het eind kreeg wat je wilde: je nacht op de zolder, de zolder van jouw zeven zaligheden.

'Bleef er wanneer jullie overdag samen waren altijd een zekere spanning tussen jullie bestaan, een nooit geheel verdwijnende vreemdheid, iets wat jullie blik van elkaar weg deed trekken zodat jullie elkaar alleen maar vanuit de ooghoeken konden aankijken, 's nachts in bed leek dat gevoel van verlegenheid of onwennigheid of opgelatenheid eindelijk weg te vallen. Ook bij je vrouw! Jij schildert de blauwe nachten en blauwe dageraden op haar zolder af als jouw voorstelling van het aardse paradijs, maar voor haar waren ze dat net zo goed! Jou ademend achter haar te weten, je warmte te voelen, niet de in de grond toch vreemd blijvende hete, droge dierenwarmte van het hondje maar de levende, gelijkaardige, geruststellende warmte van een soortgenoot, van een man bovendien – dat alleen al zorgde ervoor dat je vrouw de nachten dat jij bij haar was altijd een tikkeltje beter sliep, een tikkeltje dieper, een tikkeltje vaster, puur vanwege het feit dat ze de reis door de nacht ditmaal niet alleen hoefde te maken.

'Het paradijsverhaal, dat weet je, bestaat niet zonder de geschiedenis van de verdrijving uit datzelfde paradijs – maar wil dat ook zeggen dat dit verhaal zonder een verdrijving niet mogelijk is? Toen jouw Eva haar paradijsverhaal begon, was dat inderdaad haar mening. Het was een sceptische mening, maar geheel ongegrond kon je haar scepticisme niet noemen. Kende ze immers haar Adam niet een beetje? Toch, ondanks haarzelf, kalfde haar scepticisme elke keer dat ze naast je lag en jouw warmte voelde verder af, zoals een ijsberg begint af te kalven zodra de temperatuur van het zeewater waarin hij drijft stijgt. Je zou het ook zo kunnen omschrijven: haar ongeloof bleef als een harde kern in haar bestaan, werd in verhouding echter steeds kleiner. In verhouding tot wat? In verhouding tot de uitdijende gaswolk van geloof en hoop in haar. En wel geloof en hoop in jou, in jullie.

'Er waren momenten dat je vrouw, naast jou liggend, het gevoel had dat ook haar harde kern in die gaswolk van geloof en hoop oploste, dat ze helemaal gaswolk werd, en naast haar gebeurde met jou hetzelfde. Jullie twee wolken konden niet anders dan zich samenvoegen, in elkaar overgaan, elkaar doordringen, één wolk worden. Zij was in jou en jij was in haar, er was geen grens meer te trekken waar "zij" ophield en "jij" begon, zij was jou, jij was haar – wat was daarbij vergeleken een daadwerkelijke, fysieke vereniging? Want je vrouw voelde wel dat jij daar op aanstuurde – je had toch niet gedacht dat dit onopgemerkt bleef, wel?'

De sarcastische uitval van de veelarmige ging vergezeld van een stoot met het onderlichaam, die hem van pijn ineen deed krimpen. De stem vervolgde, en ondanks de vlakke toon lag er spijt en woede, maar ook iets koesterends in, als van iemand die zijn handen beschermend om een teer en broos wezentje houdt en dat toespreekt:

'Tijdens zulke gaswolkmomenten, die niet aldoor, maar toch wel geregeld voorkwamen, loste met die harde kern van ongeloof ook de notie op dat jij op een afstand gehouden moest worden, dat ze jou voor moest blijven, dat ze uit jouw greep moest blijven – hoe kon het ook anders, als de een de ander werd en de ander de een, en er van een jou of een haar helemaal geen sprake meer was! Wat deed het er dan nog toe of jullie nu in nachtgoed naast elkaar lagen of huid aan huid, of het hondje nu wel tussen jullie in lag of niet, of jullie je nu wel verenigden of niet!'

De veelarmige zweeg even, voordat ze – want het was nu wel zeker: als ze íets was, dan een *ze* – verderging, zich ondertussen vaster op hem drukkend, wat hem een toenemende, vlijmende pijn bezorgde:

'Maar voor jou deed het ertoe. Steeds vaker kwam je vrouw tot de ontdekking, of kwam iets in haar tot de ontdekking, dat de wolk waarin jullie waren opgelost, de wolk die uit jullie bestond, gedurende de tocht zijn spanning had verloren, in volume was afgenomen, alsof er ergens onderweg een deel was ontsnapt. En ze kon niet anders dan tot de conclusie komen dat het deel dat was ontsnapt wel jouw deel moest zijn, aangezien het niet het hare was. Zelf zweefde ze nog even in haar eigen kleine wolk verder, allang weer zij en haar geworden. Jij lag ondertussen op je zij gerold naast haar of nog boven op haar, je had een arm om haar heen of je handen al tussen je eigen benen weggestoken, je was nog wakker of je sliep al, meer jij, onverbloemder, onomwondener, onontkoombaarder jij dan ooit.

'Steeds vaker ook gebeurde het dat er wel voor korte tijd zo'n tweewolk was, maar dat hij als het ware niet omhoogkwam, aan de grond gehouden als hij werd door jullie verstrengelde lichamen. Log is het woord dat op zulke momenten bij jullie paste, log lagen jullie op elkaar, log kreunden en steunden jullie, als zwaarlijvige dieren, walrussen. Op zulke ogenblikken was het wolkje allang ineengezegen, onmachtig teruggevallen in jullie zware zielen.

'De dag, of liever gezegd de nacht kwam dat de wolk van geloof en hoop helemaal niet meer ontstond, en ook niet de daaropvolgende nacht en de daar weer op volgende. Jij miste hem blijkbaar niet eens, je ging tenminste gewoon door met boven op je vrouw te liggen of niet boven op je vrouw te liggen, al naar je lust je ingaf. Jij was definitief jij geworden, en je was er met geen tien paarden meer uit te trekken.

'Zolang de wolk er was geweest, of zolang de kans op de wolk bleef bestaan, had je vrouw jou laten begaan. Als dat jouw manier was om de wolk te laten ontstaan, goed, dan had ze er vrede mee. Maar toen de wolk niet meer van de grond kwam of helemaal niet meer kwam en jij desondanks bleef aandringen, werd het een andere zaak. Ze moest de mogelijkheid onder ogen zien dat het jou van meet af aan nooit om die of om welke andere wolk ook te doen was geweest. Ze had zich laten paaien met mooie beloftes, ze had je goedgelovig aan boord laten komen, om vervolgens door jou gekaapt te worden. Ze was erin getuind, weer!'

Opnieuw duwde de veelarmige hem dieper in zich. Het voelde alsof zijn geslacht een ruwe, stijf opgepropte halfdroge dweil werd binnengedrongen, en bij elke millimeter verder werd de pijn feller. Maar in plaats dat zijn erectie erdoor afnam, werd hij juist groter en groter, en dat terwijl hij in het geheel niet opgewonden was, eerder het tegenovergestelde.

'Als je soms had gedacht dat je vrouw aan libidoverlies leed of plotseling frigide was geworden,' ging de boven op hem zittende verder, 'dan had je dat verkeerd gedacht. Er waren weinig spelletjes op dit gebied waar ze geen plezier aan beleefde, ook toen nog. Alleen niet met jou!

'Toen je vrouw dat brede bed kocht en jullie van de zolder naar de slaapkamer een verdieping lager verhuisden, betekende dat voor jou de verdrijving uit het paradijs; voor haar was die verdrijving echter allang eerder begonnen, en de engel met het vlammende zwaard was jij zelf. Alhoewel, engel? Wat je vrouw uit het paradijs verdreef kon je geen engel noemen, het was een soort vleugellamme aardkruiper, om het over zijn vlammende zwaard maar niet te hebben. Nee, met jou zou ze niet meer vliegen, dat zag ze met de maand, met de week, met de dag duidelijker in.

'Aan de andere kant viel dit feit voor je vrouw moeilijk te accepteren, het wilde er bij haar eenvoudigweg niet in dat ze zich een half leven lang had vergist. Ze had een bewijs nodig, desnoods van het tegendeel. Natuurlijk kwam zo'n bewijs er niet, en leek er zich toch iets voor te doen wat als zodanig zou kunnen dienen, dan werd het wel op een wijze geïnterpreteerd dat het zijn kracht grotendeels verloor. Zo bleven jullie bij elkaar, dat wil zeggen, jullie bleven in hetzelfde huis wonen, en alleen de alleroppervlakkigste buitenstaander zou in jullie nog een liefdespaar hebben kunnen zien.

'In deze patstelling begon de meubelcarrousel van je vrouw op volle toeren te draaien. Als er dan geen beweging te krijgen was in jullie zelf, laat dan tenminste de dingen om jullie heen bewegen, alles was beter dan stilstand. Te midden echter van die werveling, als het ware op de bodem van de kolk, bleven je vrouw en jij onbeweeglijk tegenover elkaar zitten, wachtend, elkaar in de gaten houdend, elkaar als het ware wederzijds met jullie blik verlammend.

'Deze onbeweeglijkheid was echter maar schijn. Net zo waren de twee personen op de bodem van de kolk niet echt jullie, het waren slechts jullie poppen. In werkelijkheid bewogen jullie wel degelijk: van elkaar weg. Jij bijvoorbeeld verplaatste je werkadres, eerst naar de stad, daarna nog verder weg, toen je tegen je kampbarak in het bos aanliep. Je vrouw ging lesgeven, richtte haar vizier op andere dingen dan op jou. Zo werden ook de laatste verknopingen uit jullie twee levensdraden gehaald, zodat ze nog wel parallel, maar al bijna zonder raakpunten naast elkaar voortgingen, op de splitsing toeijlend die ze uit elkaar zou doen lopen, en nu voorgoed.'

De pijn werd langzamerhand onhoudbaar. Bij elke pompende beweging omlaag die zijn belaagster inzette probeerde hij zijn onderlichaam terug te trekken, maar de grond waarop hij lag gaf geen millimeter mee. Bovendien leek zijn geslacht bij elke slag alleen maar verder te zwellen, en hij had het gevoel alsof de voorhuid ruksgewijs en uiterst pijnlijk werd afgestroopt. Degene boven hem moest de grimas op zijn gezicht zien maar voerde het tempo alleen nog maar op. Haar stem had het onverbiddelijke van haar bewegingen overgenomen:

'Het punt waarop jullie wegen zich definitief scheidden werd bereikt toen je vrouw eerder dan gewoonlijk van haar school thuiskwam en je aan de keukentafel zag eten, en niet pas zoals jij dacht toen je je slippertje met de paardrijdster aan haar opbiechtte. Sinds die eetscène had ze op een gelegenheid gewacht om jou haar huis uit te bonjouren, en je larmoyante bekentenis kwam als geroepen. Het pleit niet voor je dat je dacht dat de woede van je vrouw honderd procent echt was en niet ten minste voor een deel gespeeld. En het pleit nog minder voor je dat je toen gewoon je spullen hebt gepakt en bent gegaan, zonder zelfs maar een poging te doen om je liefdesverklaring voor haar uit te spreken, zoals je immers van plan was geweest te doen. Zelfs toen nog, terwijl ze eigenlijk al definitief afstand van je had genomen, de loopplank om zo te zeggen al had ingetrokken, had je de sprong kunnen wagen, en wie weet waar en hoe je terechtgekomen zou zijn. Maar je sprong niet, je liet haar gaan, op het moment suprême liet je haar lopen, zoals je haar al een paar keer eerder had laten lopen, na haar zo lang en zo hardnekkig achtervolgd te hebben.

'Je weet, een jager is het aan zijn prooi verschuldigd dat hij die neerlegt: jij hebt daarin gefaald. En zo, Grote Jager, is het niet meer dan logisch dat de rollen een keer omgedraaid worden, de jager zal de prooi, de prooi zal de jager zijn. En ik zweer het je, ditmaal is er van laten lopen geen sprake!'

Met deze woorden begon de veelarmige nog heftiger met haar onderlichaam op en neer te bewegen, zodat hij zijn ogen dicht moest knijpen van de pijn. Alsof ze daarop had gewacht, voelde hij meteen haar koude mond op zijn mond, er was met geen mogelijkheid aan te ontkomen, hoe hij zijn hoofd ook heen en weer gooide. Het was of de vrouw er nog steeds nieuwe armen bij kreeg, want hij kon geen vin meer verroeren, ook zijn hoofd kon hij nu niet meer bewegen. Tegelijkertijd voelde hij de mond op zijn gezicht groter en groter worden, koud speeksel en kwijl bedekte zijn kin, zijn wangen, zijn voorhoofd, tot aan zijn oren, er drong een stank zijn neusgaten binnen, walgelijker dan ooit eerder geroken. Het gevoel van machteloosheid dat hem al in zijn greep had sinds hij door de drie gevangen werd gehouden kreeg nu gezelschap van een ander gevoel, dat van een woedende opstandigheid: als hij dan de prooi moest zijn – dan in ieder geval geen willoze! En hij hield ermee op om nog langer met de bewegingen van zijn belaagster mee te gaan, zette zich daarentegen schrap, pijn of geen pijn. Daarmee bleek hij het vuur van de veelarmige echter alleen maar aan te wakkeren, ze begon hem nu ook te bijten, eerst zachtjes, als teder, toen zette ze werkelijk haar tanden in zijn huid en was het of er hele stukken van zijn wangen werden gescheurd. Was het bloed wat er over zijn gezicht liep? Hij zag niets, sinds hij zijn ogen dicht had geknepen van de pijn kon hij ze niet meer openmaken, wat hij ook probeerde, alsof zijn belaagster er nog weer een arm bij had gekregen en die over zijn oogkassen drukte. Toch moest en zou hij ze open krijgen, het was het allerbelangrijkste, zijn leven hing ervan af, het was absoluut noodzakelijk dat hij zijn oogleden optilde, maar ze waren zo zwaar, zwaarder had hij nooit getild, alsof de vrouw er met haar hele gewicht aan hing, maar hij moest ze optillen, op – op – op – til op – nu!

Toen hij weer zag hing er geen vrouwengezicht over hem heen maar een hondensnuit, van Asja's hond. Op de een of andere manier moest het dier uit het afgesloten huis geraakt zijn, was zijn spoor gevolgd en likte hem nu wakker, dol van blijdschap. Hij ging met zijn hand over zijn wang en bekeek hem, er zat geen bloed aan, enkel hondenspeeksel. Terwijl hij de hond streelde kwam de wereld weer bij hem binnen. Hij lag dus niet als gevangene bij de bunker in de omklemming van tien paar armen, maar in zijn slaapzak gewikkeld, alleen. Boven zijn hoofd spreidde een dennenboom zijn parasolachtige kroon, een zwarte wirwar tegen de iets lichtere dageraadhemel, de hoekig geknikte takken ontspringend aan dezelfde kromgegroeide stam waar hij de avond tevoren tegenaan had geleund om de maan te zien opkomen. Zijn geslacht schrijnde, maar dat kwam vermoedelijk, realiseerde hij zich, doordat het pijnlijk tegen zijn broek drukte, niet doordat het gemangeld was in de droge schoot van de een of andere wraakzuchtige – ja, wat was het: engel? duivel? Hij zou zich opgelucht moeten voelen nu hij aan een groot gevaar was ontsnapt – want dat het een groot gevaar was geweest, stond voor hem vast –, maar opluchting was wel het laatste wat hij voelde. Eerder leegte, en tegelijkertijd, al ging dat eigenlijk niet goed samen, zwaarte, alsof er nog steeds iemand boven op hem lag. Hij kon ruiken en proeven dat de lucht die hij inademde tintelend fris en kruidig was, maar het leek wel of de lucht zijn longen niet helemaal bereikte of onderweg zijn pit verloor. Nogmaals haalde hij diep adem, met hetzelfde resultaat. Hij keek om zich heen. Het zou niet lang duren of de zon zou opkomen, boven de oostelijke bosrand begon de hemel al op te lichten. Tot zijn verwondering – want had hij hem al niet zien ondergaan? – scheen in het westen nog de maan, krachteloos, bijna doorschijnend geworden, als een zwakke weerschijn van zichzelf. Lager dan de maan fonkelde een ster, de enige die er was te zien; zijn rusteloze geflikker trof hem onaangenaam, het was of iemand daar onafgebroken dringende noodsignalen uitzond. Onder het zich nu snel met licht vullende hemelruim strekte het Lange Zand zich donker rondom hem uit, niettemin zichtbaar van rand tot rand, zonder een zweem van ochtendnevel, de donkerte niet verhullend maar alleen lichtloos, winters kaal en uitgekleed zoals soms een nieuwjaarsochtend kan zijn. Was het dat in zekere zin ook niet, een nieuwjaarsochtend, de feestdagen zijn voorbij, en een onafzienbare rij van louter januaridagen strekt zich voor je uit, eenvormig, deprimerend eender in hun grauwe kaalheid? Ja, dat was het gevoel dat zich opdrong: alsof zijn oude leven de afgelopen nacht met een knal was uitgeluid en hij nu een nieuw leven was binnengegaan, dat niets had van een nieuw begin maar dat totaal en tot op de bodem zonder belofte was. Hij keek naar zijn handen, en van zijn handen weer naar de horizon. Er was weinig verschil; de zich kronkelig vertakkende aderen op zijn handruggen zetten zich honderdvoudig voort in de grillig gevormde dennenstammen van de verre bosrand, de rimpelige huid om de knokkels ging naadloos over in de windrimpels op het zand van de stuifduinen. Hij zou hier kunnen blijven liggen totdat de wind door hem heen waaide, ding met de dingen worden.

Hij zou ook op kunnen staan en naar huis gaan, het maakte niet uit. Waar was de hond? De hond zat twee meter van hem vandaan en keek hem verwachtingsvol aan. Het dier wilde iets van hem, maar hij wilde niet, hij wilde niet dat het dier iets van hem wilde, opeens hinderde het hem bovenmate dat er een beroep op hem werd gedaan, helemaal door de hond van Asja. – De hond van Asja? Er was geen Asja meer. De naam Asja was een lege huls geworden, een map zonder inhoud. Wat er nog van Asja in hem over was had de vrouw van vannacht met haar gewicht uit hem weggedrukt, en niet alleen met haar gewicht.

Nadat hij een hele tijd zo gelegen had, kroop hij uit zijn slaapzak en begon die op te rollen, om iets te doen. De hond danste om hem heen, maar zonder te blaffen, met een stille opgewondenheid, als om de baas te ontzien. Deze stond op, trok zijn schoenen aan, hing de slaapzak over zijn schouder en begon te lopen. Juist verscheen de zon boven de oostelijke bosrand, en meteen al helder stralend, als midden op de dag, terwijl het beneden nauwelijks lichter leek te worden. Ooit was hij 's zomers met het vliegtuig via Groenland naar Europa teruggevlogen. Volgens de klok moest het nacht zijn, maar diep beneden hem lag het kale, met sneeuw bedekte poollandschap in een soort smeulend strijklicht, elke verhevenheid en inzinking zichtbaar, maar als gedompeld in een donkere gloed. In de wolkeloze hemel stond ergens heel laag en ver een kleine zon, die rechtstreeks uit de zwarte ruimte leek te schijnen. Destijds in zijn vliegtuigstoel had hij zijn blik niet van dat totaal desolate, totaal belofteloze landschap beneden hem kunnen losmaken, verwonderd over zijn eigen fascinatie. Nu, terwijl hij door net zo'n desolate en belofteloze ochtend liep en daaraan terugdacht, begon hij die fascinatie te begrijpen: was het niet alsof hij toen naar zijn eigen toekomst had zitten kijken?

Werktuiglijk richtte hij zijn schreden naar de dichtstbijzijnde bosrand, weg van de open vlakte, naar de dekking van de bomen. Hij begon pas weer op de omgeving te letten toen hij even later opeens voor het hek van het militaire oefenterrein stond, precies op de plek waar het poortje in het gaas was gemaakt. Dat stond half open, hij zag het onmiddellijk. Een van de takjes waarmee het in de grond vastgezet hoorde te zijn, was losgeschoten, het opgekrulde gaas liet een opening vrij waar gemakkelijk een flinke hond doorheen kon, en helemaal zijn kleine. Op hetzelfde ogenblik hoorde hij hem ook al keffen, frenetiek, maar met tegelijk iets vreesachtigs, alsof hij tegen iets stond te blaffen wat hij niet durfde aan te vallen. Iets, of iemand? Hij hoefde zich niet af te vragen waar het geluid vandaan kwam, hij kon blind richting bunker gaan. Eigenlijk had hij al vanaf het moment dat hij van zijn boomeiland was vertrokken geweten dat hij daar naartoe onderweg was. Wat verwachtte hij, dat de afgelopen nacht ongedaan zou worden gemaakt als hij naar de plaats des onheils terugkeerde? – Misschien niet ongedaan gemaakt, maar toch wel ontdaan van zijn scherpe kantjes, zodat hij iets geruster verder kon leven. Met name hoopte hij daar ter plekke antwoord te krijgen op een vraag die hem al had beziggehouden vanaf het moment dat die zichzelf stelde, een antwoord waar hij naar uitkeek, maar dat hij tegelijk vreesde. Zo liep hij door het Betoverde Land op de bunker af in een gemoedsgesteldheid die, realiseerde hij zich, niet veel verschilde van waar de hond in moest verkeren, als hij zijn geblaf juist interpreteerde. Terwijl hij de laatste heuvel voor de bunker beklom, veranderde dit echter plotseling van toonhoogte, het keffen werd hoger en opgewondener, tegelijkertijd verplaatste het zich, en toen hij boven was zag hij hoe beneden bij de bunker een grote donkere vogel statig opwiekte, met het hondje er blaffend achteraan. Of het nu was dat de vogel de hond wilde uitdagen, of dat hij de goede stijgwind onder zijn vleugels zocht of iets anders, feit was dat hij aan het eind van de open plek een draai begon te maken, en voor de bomen langs met een bocht terug kwam wieken naar de bunker, laag boven de grond, op ongeveer gelijke hoogte vliegend als waar hij zich op zijn heuveltop bevond. Heel duidelijk kon hij de lichte gevlekte borst onderscheiden, de korte gebogen snavel, de twee oorpluimen boven de grote oranjegele ogen, die de uil – want dat was het – even sloot toen hij geluidloos langs hem heen vloog. 'Ja, we kennen elkaar, vader!' kon hij niet nalaten te mompelen terwijl hij de roofvogel nakeek, die vlak voor de bomen begonnen een steile klim inzette en hoog tussen de kruinen verdween. De hond was inmiddels gekalmeerd en snuffelde rond op de plek waar de uil was opgevlogen. Hij daalde de heuvel af en liep erheen, ondertussen in gedachten pogend de situatie van de afgelopen nacht te reconstrueren. 'Als daar de ingang van de bunker is, dan moet daar dus het vuurtje geweest zijn waar we omheen zaten.' Op de plek aangekomen was hij nauwelijks verbaasd dat hij daar inderdaad verkoolde houtresten en as aantrof, zij het door en door koud, ook toen hij de resten met een tak uiteenharkte. Er ging wel een kleine schok door hem heen toen hij daar vlakbij, ongeveer op de plaats waar hij door de vrouw in de houdgreep was genomen, een paar hazelnoten en een paperclip in het gras vond, vlak bij elkaar, de hazelnoten net zo donkerbruin en glimmend als de hazelnoten die al sinds vorig jaar in zijn eigen jaszak rouleerden, de paperclip net zo dof en roestig. Waren het die van hem, bij de worsteling en het daaropvolgende fouilleren uit zijn zak gevallen? Hij voelde, maar realiseerde zich meteen dat de hazelnoten en de paperclip in een andere jas zaten dan die hij aanhad. Langzaam liep hij op de bunker toe – inderdaad, daar lagen de scherven van de bierfles-

sen die de derde man van tijd tot tijd vloekend tegen de bunkermuur had gegooid. Alleen waren deze niet van het onbekende
merk van vannacht, maar droegen een meer gangbaar etiket. Hij
riep de hond, die ergens gespannen naar iets op de grond stond
te kijken en pas na drie keer roepen kwam. Hij stuurde hem
vooruit het bunkergat in, wachtte een ogenblik, hoorde niets en
kroop de hond achterna, zijn tunnelangst onderdrukkend.
Binnen was het zoals hij had verwacht, de bunker was leeg en
verlaten. Toen hij rechtop stond zag hij in het schemerduister
van de ronde bunkerkamer geen spoor meer van de verzameling
plastictassen die er tegen de wand aan had gestaan. Het traliehek
waarachter de hond eens opgesloten had gezeten stond op een
kier; ervoor lagen alleen wat dorre bladeren, op een hoop ge-
veegd door de tocht, die hij nu ook langs zijn gezicht en handen
voelde strijken. Zelfs wanneer hij op zijn diepst inhaleerde voerde de lucht die hij naar binnen zoog nog niet het geringste vleugje met zich mee van het parfum dat hij hier de eerste keer had
geroken.

Weer buiten schoten hem opeens de kroonkurken te binnen,
een gevoel van opwinding veroorzakend als hing daar alles van
af. Waar lagen de kroonkurken die de derde man steeds wanneer
hij er een met zijn tanden van de bierfles had gewipt bij de andere in de grond had gedrukt en waarvan het had geleken of ze
samen een woord of een getal vormden? Hij begon er meteen
naar te zoeken, vond ze ook, echter niet waar ze in zijn herinnering moesten liggen maar een stukje verderop, ongeveer op de
plek waar de uil was opgevlogen. Daar had de hond daarstraks
al, voor ze de bunker waren binnengegaan, naar de grond staan
turen, en hetzelfde deed hij nu weer, met zijn oren rechtop, zijn
hele lichaam gespannen, kwispelend met zijn staart, alsof het
dier inderdaad iets in de uitgelegde figuur in het zand zag, alsof

het bestaansraadsel daar werkelijk een tipje van zijn sluier op-
lichtte. Dichterbij gekomen kon zijn baas echter geen enkel patroon of plan in de tien- en tientallen in de grond gedrukte flessendoppen ontdekken, hoe hij er ook omheen liep en van welke
kant hij er ook naar keek. Nee, het leek erop dat ze niets voor-
stelden, ook helemaal niets wilden voorstellen, behalve een verzameling lukraak in het zand geduwde flessendoppen. Ondanks
zichzelf voelde hij zich teleurgesteld. Blijkbaar had hij toch gehoopt iets te vinden. Wat? Het sleutelgetal? Het verlossende,
verzoenende woord, het woord dat alle woorden van vannacht
ongezegd maakte? Of anders (o, kon het nog één, één keer zo
zijn!) een hart met een pijl erdoor, de initialen A en P eronder
onlosmakelijk vervlochten, de M erboven zwevend als een kroon-
tje, of uitgerekt als de boog van een mollig cupidootje? – Nu pas
ontdekte hij waar de hond zo strak naar had zitten kijken, en
op het moment dat zijn baas aan kwam lopen ook durfde te
besnuffelen. Het was geen zich onthullend stukje wereldraadsel
dat daar lag, zelfs niet het minuscuulste deeltje, maar iets doods,
een dode muis, kennelijk door de uil achtergelaten toen deze bij
zijn maaltijd was gestoord. Terwijl hij de hond erbij vandaan
hield merkte hij op dat het dode dier geen bos- of spitsmuis was,
zoals je hier in het vrije veld zou verwachten, maar zo goed als
zeker een huismuis, te oordelen naar de kleur van de vacht en
de lengte van de staart. Waar had de uil hem gevangen? Muis-
grijs en met bleke pootjes lag het op zijn zij, de lange kale staart
over het uitstulpende roze achterste. Er was geen spoor van bloed
noch enig ander teken van geweldpleging op het lijfje te zien. Het
morgenlicht scheen door het vliesdunne oor, waarin een blauw
adertje kronkelde. De half geloken zwarte kraalogen keken
nietsziend de wereld in, de lange snorharen lagen plat langs de
snuit, de lippen waren iets opgetrokken, de gelige tandjes ont-

bloot, waardoor het leek of de muis stil in zichzelf lag te grijnzen.

Wat was dat voor een grijns geweest, vroeg de beschouwer zich even later af, toen hij het Betoverde Land alweer had verlaten en op weg was naar huis, de hond naast hem trippelend. Zeker niet vrolijk, niet gnuivend of monkelend, ook niet sarcastisch, en al helemaal niet cynisch. Wat dan? Hij zocht naar het juiste woord. Daar had hij het: grimmig. De grijns op het muizengezicht was grimmig geweest. Het vinden van het woord stemde hem op de een of andere manier tevreden. Er viel iets samen, het was of hij alsnog ergens antwoord op had gekregen. In plaats van de pijl door het hart het grimmige muizengezicht. Zo was het dus, zo zag de wereld na Asja er dus uit. – Wel, hij kon er zich maar beter meteen in proberen te schikken.

Bij de productie van dit boek is gebruik gemaakt van papier dat het keurmerk Forest Stewardship Council (FSC) draagt. Bij dit papier is het zeker dat de productie niet tot bosvernietiging heeft geleid. Ook is het papier 100% chloor- en zwavelvrij gebleekt.